AF304528

Cornelia Härtl stammt aus Süddeutschland. Bereits während ihres Betriebswirtschaftsstudiums begann sie, Fachartikel und Beiträge für Frauenzeitschriften zu schreiben. Inzwischen konzentriert sie sich auf Unterhaltungsliteratur und veröffentlich sowohl Krimis als auch gefühlvolle Romane. Sie lebt mit ihrem Mann südlich von Frankfurt.

CORNELIA HÄRTL

LIEBE
ZWISCHEN DEN
ZEITEN

Prolog

Als ich das Kleid sah, wusste ich, dass ich meine Schwester gleich erwürgen würde. Mit dem Strick, der wohl den Gürtel des unförmigen, knöchellangen Teils darstellen sollte, das sie mir aufs Bett gelegt hatte.

»Das sieht ja aus wie ein Kartoffelsack«, rief ich zur offenen Tür. Ivy rumorte nebenan in ihrem Zimmer herum.

»Du gehst nicht auf eine Modenschau, Sister. Sondern zu einem Krippenspiel der besonderen Art«, schrie sie zurück. »Damals haben die Leute keine Designerklamotten angehabt. Die waren froh, wenn sie überhaupt was hatten!« Der letzte Satz kam sehr laut.

Es war Heiligabend und mir stand ein sterbenslangweiliges Weihnachtsfest im Zweitwohnsitz meiner Familie in den Highlands bevor. Schuld war Ivy. Die hatte es geschafft, Mum und Dad zu überreden, den alljährlichen Familien-Skiurlaub in Aspen abzusagen und dafür ... was eigentlich zu tun? Ein von Ivy selbst geschriebenes Mini-Theaterstück, das die Umweltzerstörung und die Weihnachtsgeschichte zusammenbrachte, in der Dorfkirche aufzuführen. Ihr Glück, dass der Pfarrer dort nicht so verknöchert war wie sein Vorgänger und sich für diese Idee schnell hatte begeistern lassen.

»So, wie wir leben, tun wir der Welt nicht gut«, predigte Ivy, schon lange bevor es *Fridays for Future* gab. Nur, was hatte das alles mit mir zu tun? Würde die Welt untergehen, wenn ich in meinem neuen Skidress die Abhänge hinabwedelte? Sicher nicht!

Ich knallte die Tür zu, ging zum Fenster und tippte im Smartphone die Nummer meiner amerikanischen Freundin Blake an. Die meldete sich sofort. Aus mir sprudelte der Frust geradezu heraus. »Stell dir vor, Ivy hat sich doch tatsächlich durchgesetzt mit ihrem Vorschlag, ein sozialkitschiges Kurztheaterstück in der Kirche aufzuführen. Mich hat sie ebenfalls für eine Rolle eingeplant.« Ich hörte selbst, wie sich meine Stimme gefährlich nach oben schraubte, während ich in den tief verschneiten Garten unseres Grundstücks hinausblickte. Rechts von mir schimmerte aus rund zwei Kilometern Entfernung der gelbe Widerschein des beleuchteten Kirchturms durch die Nacht. Auf der anderen Seite verlief die Straße nach dem viel weiter weg liegenden Inverness. Dahinter erstreckte sich Heidelandschaft. Im Sommer blökten hier nicht selten Schafherden. In der vergangenen Nacht jedoch hatte sich eine für diese Gegend ungewohnt hohe Schicht Schnee über alles gebreitet.

Weiße Weihnacht, wer hätte gedacht, dass es das doch noch gibt.

Die beruhigende Stimme am anderen Ende redete davon, dass man sich ja im Januar noch treffen könne. Schnee gäbe es in den Bergen auch dann genug, meinte Blake. Ich musterte mit trübem Blick mein Zimmer.

Alles rot, schwarz, silberfarben. Sehr stylisch, sehr cool. Die Innenarchitektin hatte ganze Arbeit geleistet. Dabei erinnerte unser Landsitz von außen eher an ein kleines *Anglesey Abbey*. Meinen Vater hatte es schon vor langer Zeit ein Vermögen gekostet, den alten und zugigen Kasten so herrichten zu lassen, dass es innen auch im Winter behaglich war. Ich liebte das Haus durchaus, wäre gerade jetzt aber noch lieber woanders gewesen.

»Du verstehst nicht. Meine Eltern wollen gar nicht fliegen, nicht dieses, nicht nächstes Jahr. Meine ökologisch bewusste Schwester hat sich auch da durchgesetzt. Unser CO_2 Abdruck sei schon riesig genug. Das nicht verbrauchte Geld will sie karitativen Einrichtungen spenden.«

Blake fand das in Ordnung. Auch ihre Familie, sagte sie, spende immer wieder größere Summen. Das gehöre in den USA zum guten Ton. Immerhin sei ihre Familie ja reich genug. *Und deine auch*, schwang in Blakes Worten mit.

Geschenke würde es am morgigen Tag auch keine geben. Lediglich den traditionellen Truthahn und Plumpudding. Am Nachthimmel huschte etwas Helles vorbei. Eine Sternschnuppe, die aussah, als würde sie einen Salto am dunklen Firmament schlagen, bevor sie mit einem letzten Aufleuchten aus meinem Sichtfeld verschwand.

»Ich wünschte, ich könnte diesen Abend woanders verbringen. Ganz woanders«, seufzte ich.

Blake lachte leise auf. »Süße, man muss immer das Beste aus den Dingen machen. Denk dran, wie viele

Menschen sich jedes Jahr darum schlagen, in eurer Gegend ihren Urlaub zu verbringen.«

Sie hatte gut reden. Sie musste nicht so ein blödes Kleid anziehen.

Missmutig beendete ich das Gespräch, zählte noch einmal kurz auf meinem Instagramprofil die Herzchen für meinen letzten post (»Champagner fürs Christkind!«, hatte ich unter ein Foto von mir mit einem Haarreif voll goldener Sterne geschrieben) und warf dann das Handy mit Schwung aufs Bett.

Verstand mich denn zurzeit gar niemand mehr?

»Du bist oberflächlich«, warf mir meine Schwester immer wieder vor. »Es gibt ein Leben ohne Must-Have-Pieces, soziale Medien und Luxusreisen.«

»Leben nennst du das? Pah! Da würde ich mich lieber umbringen.«

Inmitten von herumliegenden Designerklamotten, die auf Designermöbeln verteilt waren, stiefelte ich durch mein Zimmer. Das in weniger betuchten Kreisen als 3-Zimmer-Wohnung durchgegangen wäre. Das war mir durchaus bewusst. Dennoch ... ich hasste das Gefühl, die Weihnachtstage nicht mit Snowparty und meinen Freundinnen verbringen zu können.

»Freu dich doch über die Zeit, die du hier mit deiner alten Mädelsclique zusammen sein kannst«, hatte Ivy gemeint, als sie mich über den geänderten Plan unterrichtet hatte. Möglicherweise hatte ihre Stimme dabei etwas schnippisch geklungen.

Seufzend blickte ich auf die Uhr und erhob mich. Es war Zeit, sich umzuziehen. Ich griff nach dem taubenblauen Kleid aus grobem Leinen. »Das kratzt bestimmt«, murmelte ich dabei. Ivy hatte darauf bestanden, dass alle Mitwirkenden in Klamotten auftraten, die einer früheren Zeit zuzurechnen waren. Das Material war so hart, dass ich das Kleidungsstück sofort wieder auszog. Zudem schien es nicht gerade gut zu wärmen. Und war es in Kirchen nicht immer kalt? Vorsichtshalber streifte ich mir lange Skiunterwäsche über. Angora und Seide, ein Traum, der nach meinem aktuellen Lieblingsparfüm von Dior duftete. *Ein bisschen Trost tut gut in diesen Zeiten.*

Danach schlüpfte ich erneut in das unförmige Kleidungsstück. Ich sah aus wie ein Kartoffelsack. Nope, so würde ich nirgendwohin gehen. Nicht einmal Ivy und meinen Eltern zuliebe zu einem Weihnachtsspiel in unserer kleinen Kirche. Ich kramte im Schrank herum und zog das Kleid gleich darauf an der Taille mit einem weichen, cognacfarbenen Ledergürtel zusammen. Darunter ein Paar knallblauer Leggins, dazu die neuen Doc Martens, die sahen cooler aus als die merkwürdigen Schuhe, die Ivy mir ausgesucht hatte. Mein Handy summte, gerade als ich mir die Lippen schminkte. Mit einem zartrosa Gloss natürlich, der das bescheidene Gesamtbild nicht stören würde.

Eislaufen. Morgen. 15 Uhr?

Claire, meine BFF hier, seit wir fünf Jahre alt waren.

Ja! Freu!

textete ich zurück, bevor ich mich rückwärts aufs Bett plumpsen ließ. Schon einen Augenblick später schnellte ich wieder nach oben. Wenn schon mit meiner Homebase-Clique in der schottischen Provinz, dann wenigstens mit Champagner! Im Keller meiner Eltern lagen etliche Flaschen, ich würde eine davon holen und vorsorglich kühlen. Ich angelte eine Strickjacke aus einem Berg von Klamotten und zog sie über, im Keller war es stets arschkalt, bevor ich auf den Flur hinaustrat und schnupperte. Bereits seit meiner Ankunft roch es im ganzen Haus nach frisch gebackenen Keksen.

»So ein Unsinn, das ganze Personal nach Hause zu schicken«, knurrte ich, weil ich ausnahmsweise meine Koffer hatte selbst auspacken und meine Klamotten hatte selbst bügeln müssen. Ganz still war es, denn unsere Eltern glühten bei Bekannten im naheliegenden Dorf mit Eggnog und Portwein vor und würden erst in der Kirche zu uns stoßen.

»Ivy?« In ihrem Zimmer war sie nicht. Ich nahm die geschwungene Treppe zum Erdgeschoss und steckte den Kopf durch die Küchentür. Im Ofen buk Shortbread, zwei Bleche mit Walnusshäufchen standen zum Auskühlen auf der Arbeitsplatte. Obwohl ich normalerweise Kohlenhydrate mied, war der Duft einfach zu verlockend. Ivy war nirgends zu sehen. Ich mopste mir zwei der Plätzchen und schob sie schnell in den Mund.

Köstlich! Nicht zu süß und irgendwie – herzhafter, als ich gedacht hatte.

Unwillkürlich zollte ich meiner jüngeren Schwester Respekt für deren Backkünste. Und weil ich jetzt auf den Geschmack gekommen war, aß ich noch drei weitere Nusshäufchen, bevor ich meinen Weg in den Keller fortsetzte.

Der größte Teil unserer Kellerräume war hell und gefliest, in einem davon befand sich der Weinkeller meines Vaters. Von jedem Frankreichaufenthalt und jeder Reise nach Italien oder Österreich brachten unsere Eltern etliche Kisten mit, die sie dann hier lagerten. Dazu kamen Dutzende Flaschen Champagner. Weil das Licht über mir nervös flackerte – vermutlich ging die Röhre gleich kaputt – schnappte ich mir die nächstbeste Flasche vom Regal. Ich wollte bereits zurück zur Treppe gehen, als ich aus dem Augenwinkel heraus einen Lichtstreifen am hinteren Ende des Gewölbes erblickte, der mir merkwürdig vorkam. Ich ging zurück und durchquerte den halbrunden Durchgang, der zum ältesten Teil des Kellers führte. In einen Bereich, den unser Urgroßvater (oder war es der Ur-Urgroßvater gewesen?) beim Bau des Hauses in seinem ursprünglichen Zustand gelassen hatte. Dort, wo früher Kartoffeln, Äpfel und Eingemachtes gelagert worden waren, befanden sich jetzt ein paar morsche Holzregale, voll mit leeren, blinden Gläsern und bauchigen Flaschen. Links daneben führte eine niedrige Holztür, der ich bisher nie Beachtung geschenkt hatte, in den ehemaligen Kohlenkeller. Der wurde schon lange nicht mehr genutzt und ich fragte mich, warum jetzt die Tür dorthin halb offen stand? Durch diesen schmalen Spalt fiel ein mattes Licht.

»Ivy? Bist du da drin?« Niemand antwortete. Ich griff die Champagnerflasche fester und ging auf die Tür zu. Raschelte da drin etwas? Hatten wir etwa Mäuse? Unwillkürlich verzog ich den Mund. Ich mochte keine Tiere, sie flößten mir Unbehagen ein, und Mäuse standen seit jeher ganz oben auf der Liste der Lebewesen,

die ich nicht leiden konnte. Vorsichtig zog ich die Tür
weiter auf und blinzelte verwirrt, als ich sah, was sich
dahinter verbarg. Zwei Hochbeete, über denen Lampen
baumelten. Vorsichtig ging ich weiter in den Raum hinein, um nachzusehen, was sich in den Holztrögen verbergen mochte. Überrascht hielt ich inne, als ich es sah.
Pilze? Seit wann züchten wir hier Pilze?

Die Lampen über den Trögen summten leise. Ich
stand davor und versuchte, mir ein Bild davon zu machen, was das alles hier zu bedeuten hatte. Dann
schnippte ich in Gedanken mit den Fingern. Das
musste eines der Ökoprojekte meiner Schwester sein.
Vielleicht ein Schulprojekt? »Wir und der Pilz im biolo-
gischen Einklang mit unserem Planeten?«

Oder aber … Mein Gedankengang brach mittendrin
ab, als habe ihn jemand mit einer Schere durchschnit-
ten. Einer der Pilze schien nämlich plötzlich zu atmen.
Gebannt beugte ich mich über ihn. Tatsächlich! Der
Hut bewegte sich wie die Brust eines Menschen. Und
dann veränderte er auch noch seine Farbe. Das Senf-
gelb wurde zu einem zarten, schimmernden Grün. Dieses wiederum verwandelte sich in eine fluoreszierende
Masse. Ich hatte einmal Quallen gesehen, die sich in der
Schwärze der Tiefsee wie zart transparente, türkise
Schleier bewegt hatten. Genauso sah dieser Pilz jetzt
aus. Und nicht nur er. Alle anderen hatten sich ebenfalls verändert. Sie schwankten hin und her, als würden sie einen Tanz aufführen. Mir war das suspekt, ich
wollte weg, aber ich konnte nicht. Es war, als seien
meine Füße einbetoniert. Erst, als einer der Pilze urplötzlich anfing zu wachsen und in Sekundenschnelle
so riesig wurde, dass ich glauben musste, einem

ausgewachsenen Kaktus gegenüberzustehen, trieb der Schreck mich an. Eilig trat ich ein paar Schritte zurück. Doch der Kaktuspilz war schneller, seine Arme schnellten nach vorn, auf mich zu. Ich wich aus, stolperte und fiel, für mein Gefühl wie in Zeitlupe, zu Boden. Dort schlug ich mit dem Kopf schmerzhaft hart auf.

Verdammt, was war in den Plätzchen, dachte ich noch. Dann versank ich in tiefer Dunkelheit.

KAPITEL 1

3Etwas kitzelte meine Nase und ich musste niesen. Himmel! Wonach stank es denn hier? Mühsam kämpfte ich mich aus dem Schlaf. Mir brummte der Schädel. Hatte ich zu viel Schampus getrunken? Oder gar etwas Stärkeres? Meine Lider lagen schwer wie Blei auf den Augen, ich musste mich zwingen, sie zu öffnen. Was ich wahrnahm, ergab kein sinnvolles Bild. Vor mir tanzten Staubflocken in einem Lichtstrahl.

Warum hat niemand meine Gardinen zugezogen?

Ich wollte schon losschreien, das Personal zusammenfalten, als mir einfiel, dass ja gar keines da war. Ivy! Das hatte ich ihr und ihrem sozialen Fimmel zu verdanken. Jemand schnaubte laut in mein Ohr und ich fuhr erschrocken auf.

»Hilfe! Hilfe!«, mein Geschrei klang selbst in meinen Ohren hysterisch. Der Gaul, der vor mir stand, schob bereits wieder sein weiches Maul in mein Haar und knabberte daran herum.

Jetzt nahm ich meine Umgebung deutlicher wahr. Ich befand mich nicht in meinem Zimmer. Ich lag in einer Holzbox, auf einem Haufen Stroh, das mich nicht nur erneut zum Niesen brachte, sondern auch noch verdammt unangenehm in Arme und Beine stach. Winterweißes Licht fiel durch ein winziges Fenster hoch zu meiner Rechten, die Luft war eiskalt und ich begann augenblicklich zu frieren. »Wo bin ich?«, murmelte ich vor mich hin und erschrak Sekunden später zum zweiten Mal heftig, als ein Mann neben mir auftauchte. Hinter ihm hechelte ein Jagdhund mit schwarz-weiß geflecktem, kurzem Fell, der mit einer unangenehm feuchten Nase sogleich an meinen Beinen schnupperte.

»Hast du so geschrien?«, wollte der Fremde wissen und musterte mich stirnrunzelnd. »Was machst du überhaupt hier im Stall?«

Ja, das wüsste ich auch gern. Leicht panisch robbte ich weg von ihm und dem Hund und klaubte mir Strohstängel aus den Haaren, damit der Gaul mich endlich in Ruhe ließ. Ich trug die merkwürdigen Klamotten, also musste das Ganze hier etwas mit der Weihnachtsaufführung zu tun haben. War ich umgekippt, noch bevor es losging? Wenn ja, wo war Ivy, wo waren die anderen? Und wo zum Teufel befand ich mich? Das war doch keine Kirche? Mühsam versuchte ich, mich zu erinnern, was meine Schwester mir über die Aufführung erzählt hatte. Das einfache Leben, darum ging es. Sich klarzuwerden darüber, was wir in unserer Wohlstandsgesellschaft zur Verfügung hatten. Wo andere in prekären Umständen lebten. Nur, dass alle Leute in meinem Bekanntenkreis, die Pferde hatten, nicht gerade zur Unterschicht gehörten. Ich räusperte mich, um die Flocken loszuwerden, die sich in meinen Atemwegen festgesetzt hatten. Ställe, Stroh und Pferde hatte ich noch nie gemocht.

»Mit Dieben machen wir hier kurzen Prozess.« Er trat einen Schritt auf mich zu und stemmte die Arme in die Hüften.

»Sorry«, sagte ich zu dem Typ. »Aber ich weiß grad nicht mehr, wie ich hergekommen bin. Und was sollte ich wohl hier stehlen wollen?«

Er verzog keine Miene.

»Wo ist meine Schwester?«, fragte ich. Seiner derben Kleidung nach – er trug grobe braune Hosen, ein einfaches Hemd mit Schnüren am Verschluss und eine gräuliche Fellweste – spielte er ebenfalls in diesem kurzen Stück mit, da würde er ja wohl wissen, was hier gerade abging.

»Du hast eine Schwester hier bei uns?« Er sah mich verständnislos an, schob aber freundlicherweise das Pferd zur Seite. »Wer ist sie?«

»Die, die das Weihnachtsspiel hier organisiert.«

Er antwortete nicht, dafür sprach sein Blick Bände. Hielt er mich für gaga?

»Ivy«, half ich ihm auf die Sprünge. »Oder Martha-Ivonne.« Unsere Eltern hatten Freude an Doppelnamen entwickelt, nachdem sie mich Valerie-Anne getauft hatten.

Ich musterte ihn. Er war einer dieser Männer, deren Haar ein bisschen zu lang und der Bart ein wenig zu 3-Tage-mäßig war, aber das stand ihm gut, so wie die Robin-Hood-Kluft, die er trug. Nur dieses mottenzerfressene Fell, das er um den Oberkörper trug, sah merkwürdig aus. Aus welchem Theaterfundus der Plunder wohl stammte?

Er würde auch in einem Anzug gut aussehen. Oder in einer Badehose.

Ein ziemlich sexy Bild entstand in meinem Kopf. Ups. Ich musste lachen. Vermutlich war ich schon zu lange Single.

»Martha ist im Haus«, entgegnete er schleppend. Ob er hübsch, aber doof war? So ganz konnte ich mir seine lahme Reaktion nicht erklären.

»Und du solltest besser gehen. Der Earl duldet hier keine Fremden.«

»Der Earl?«

»Aye.«

Hatte ich eine Hörstörung? Mein Kopf funktionierte leider immer noch nicht einwandfrei.

»Hilf mir mal, aufzustehen«, forderte ich ihn auf und streckte ihm die Hand entgegen. Nach einem kurzen Zögern trat er näher, packte mich am Handgelenk und zog mich hoch.

»Puh du stinkst wie ein Iltis. Hat dein Deo versagt?«, konnte ich es mir nicht verkneifen, zu sagen. Er ließ meine Hand los und ich plumpste auf den Boden.

»Hey, spinnst du?«, schrie ich. Er schüttelte den Kopf und trat zwei Schritte zurück.

»Freches Weibsstück«, grummelte er.

Stöhnend erhob ich mich. »Zeig mir einfach, wo das Ganze stattfindet.«

Schwankte ich oder war das der Boden unter meinen Füßen?

»Himmel, wenn ich nicht wüsste, dass ich gar nichts getrunken habe, würde ich meinen, ich hätte den Hangover meines Lebens.« Verzweifelt kramte ich in meiner Erinnerung. Da war der Keller, die Champagnerflasche. Die Tür. Das flackernde Licht. Die Pilze. DIE PILZE!

»Oh Gott, ich glaube, ich habe eine Dosis magic mushrooms gegessen.« Unwillkürlich kicherte ich. Mein Gegenüber sah nicht glücklich drein.

»Bist du auf den Kopf gefallen?«

»Vermutlich ja«, entgegnete ich. Die Erinnerung war so vage und schwammig wie manchmal ein Traum, an den man sich beim besten Willen nur noch in Fetzen erinnern kann.

»Da waren diese Pilze. Sie haben getanzt. Ihre Farbe verändert. Einer wurde auf einmal ganz groß.« Ich deutete mit der Hand ein Stück über den Scheitel des Mannes. »Dann hat er nach mir gegriffen. Ich bin vor Schreck gestolpert und hingefallen.«

Und dann? Nichts mehr. »An mehr kann ich mich nicht erinnern. Also – wo bin ich?«

Ich trat näher zu ihm. Abgesehen vom strengen Körpergeruch war er wirklich attraktiv. Lebendige braungrüne Augen und der Rest sah nach viel Bewegung an der frischen Luft aus.

»Du bist im Stall von Bathermore Castle.«

»Häh?« Was war das denn für ein Witzbold?

»Stall? Ist das Teil des Spiels?«

In einer verständnislosen Geste schüttelte er den Kopf. »Was für ein Spiel meinst du? Eines, bei dem du gefallen bist?«

Jetzt war es an mir, verständnislos zu gucken. War der so schwer von Begriff oder tat der nur so?

»Himmel. Bring mich zu Ivy!« Ich wurde laut. Meine Schwester konnte was erleben. Mich in eine solche Situation zu bringen. Das Pferd neben mir schnaubte bei meinem Geschrei erschrocken auf. Der Mann legte beruhigend seine Hand auf das Hinterteil und sofort war das Tier wieder ruhig.

»Ich bringe dich ins Haus«, sagte er schließlich und gab mir mit einer Geste zu verstehen, ich solle ihm folgen. Nichts lieber als das!

»Aber wehe, du hast mich angelogen. Wegen der Schwester.«

Ich schüttelte erschöpft den Kopf.

»Nein, habe ich nicht. Ich bin übrigens Valerie. Genannt Val.«

Na, hat's jetzt geschnackelt?

Offensichtlich nicht, sein Blick war fragender als zuvor. Aber wenigstens stellte er sich jetzt ebenfalls mit Namen vor.

»Adrian. Ich bin Wildhüter und Jäger.«

Er befahl dem Hund, sich wieder in seine Ecke zu trollen und winkte mich mit einer Kopfbewegung zur Tür hinaus. Ich folgte ihm, heftig mit den Augen rollend. Der nahm das blöde Spiel ja sehr ernst!

KAPITEL 2

Die nächste Überraschung ließ nicht lange auf sich warten. Als ich nämlich hinter diesem Adrian aus dem Gebäude trat, befand ich mich keineswegs in einer mir bekannten Umgebung. Ein unebener, nur teilweise gepflasterter Hof, umgeben von hohen Mauern, lag zwischen dem Stall und einem zweistöckigen Haus, das mich mit seinen grauen, groben Steinen an die alten Burgen erinnerte, die ich als Teenager gelegentlich mit meinen Eltern besichtigt hatte. Ein paar Hühner flatterten auf, als der Mann vor mir mit festen, weit ausholenden Schritten den Innenhof durchquerte. Aus einer halboffenen Stalltür hörte ich das Muhen einer Kuh. Es war so kalt, dass mein Atem kleine weiße Wölkchen vor meinem Gesicht bildete. Frierend zog ich meine Strickjacke fester um mich und war froh um die Doc Martens, denn der Boden war gefroren und die unebenen Steine eisglatt. Es war heller Tag, was mich irgendwie erschreckte, denn als ich mein Zimmer verlassen hatte, um in den Keller zu gehen, war es draußen bereits dunkel gewesen. Andererseits war der Schnee vom Vorabend verschwunden. Jetzt machte sich der Winter durch dichten Raureif und eisüberzogene Äste bemerkbar.

»Hier herein.« Der Mann hielt mir eine Tür auf und ließ mich hindurchtreten. War ich eben noch von kalter, klarer Luft umgeben gewesen, befand ich mich nun in einem völlig überhitzten, riesigen Raum, in dem dicke Bündel getrockneter Kräuter von der Decke hingen und durch den intensive Essensgerüche zogen. Sofort brach mir der Schweiß aus.

»Martha!«, rief der Mann.

Eine kleine, dicke, heftig schnaufende Frau tauchte aus dem hinteren Teil des Raumes mit einem Korb voller Eier an der Tür zur Küche auf. Sie trug eine helle, unter dem Kinn zusammengebundene Haube, ein graues Kleid mit einem gebauschten, knöchellangen Rock und darüber eine helle Schürze, die schon bessere Tage gesehen hatte und voller Flecken war.

Wo bin ich hier? Sind das die Brüder-Grimm-Festspiele?

»Das ist ...«, der Braungekleidete kam nicht dazu, seinen Satz zu Ende zu sprechen.

»Valerie«, ergänzte ich seinen Satz. »Aber Ihr könnt Val zu mir sagen.«

Ich musste grinsen, denn plötzlich wusste ich genau, was hier los war.

»Und dann hätte ich gerne einen Cappuccino und die neue Vogue und zur Feier des Tages ein paar Kohlenhydrate. Brownies oder Salted Caramel Cashew Cookies Ice Cream.« Ich lachte laut auf, bevor ich mich umdrehte, die Hände in die Hüften stützte und schrie: »Und die versteckte Kamera kann rauskommen!«

Keine Reaktion der anderen Anwesenden, wenn man einmal von den verständnislosen Blicken absah, die sich die beiden zuwarfen.

»Äh, also, die junge Frau ist gestürzt«, stammelte der Mann neben mir nun. Er bewegte die Hand mit einer vielsagenden Geste vor dem Gesicht hin und her.

»Ja, ja. Gestürzt. Aber egal, was ihr hier mit mir aufführen wollt. Ich mach jetzt nicht mehr mit.«

Hinter der dicken Köchin betraten nun zwei weitere, wesentlich jüngere Frauen den Raum. Eine hatte schwarzes, unsauber wirkendes Haar. Sie musterte mich aus harten Augen und murmelte etwas, das ich nicht verstand. Sie trug Holzscheite im Arm, die sie neben einer Feuerstelle ablegte.

»Wo habt ihr nur dieses alte Gelump gefunden?«, murmelte ich beim Anblick eines Ofens mit offener Flamme, auf dem in einem großen Topf etwas vor sich hinköchelte.

»Da müsstet ihr aber einen Feuerlöscher parat haben, oder?« Fragend blickte ich mich um. Jetzt fiel mir auf, dass es im ganzen Raum nicht nur keinen Feuerlöscher, sondern auch keine Lampen und keine Steckdose gab.

Die zweite der neu hinzugekommenen Frauen trug ein eng um den Kopf gebundenes Tuch, unter dem ihr ein langer, kastanienfarbener Zopf über den Rücken fiel. Sie war so schmal, dass der Wassereimer, den sie in der Hand trug, geradezu riesig wirkte. Sie starrte mich aus großen, hellblauen Augen an, bevor auch sie dem Mann und der Köchin fragende Blicke zuwarf.

»Valerie. Genannt Val.« Ich streckte ihr die Hand hin, die sie zögernd ergriff.

»Ich bin Lizzy«, murmelte sie. Ihre Finger waren schwarz, unter den Nägeln zeigten sich Trauerränder und sie roch intensiv nach Schweiß. Ich trat zwei

Schritte zur Seite und wiederholte das Begrüßungsritual mit der Dicken und der Frau mit den Holzscheiten, die mir jedoch die Hand nicht gab, sondern lediglich nickte.

»Ich habe sie im Stall bei den Pferden gefunden. Sie sucht ihre Schwester«, stellte der Mann klar. »Sie sagt, das seist du.«

»Nein!«, rief ich aus. »Natürlich ist diese Frau«, ich deutete auf die Dicke, die er angesprochen hatte, »nicht meine Schwester. Ivy!«, rief ich. »Komm endlich raus. Ich habe keinen Bock mehr auf das Spiel.«

In die Stille hinein, die darauf folgte, hätte man eine Stecknadel fallen hören können. Adrian, Martha und die beiden Frauen warfen sich beunruhigte Blicke zu. Sie spielten ihre Rollen so echt, dass mir ein kalter Schauer über den Rücken lief.

»Ich muss jetzt gehen. Der Herr will später ausreiten.« Adrian bewegte sich rückwärts zu einer Tür. Er ließ mich dabei nicht aus den Augen.

»Ich bin keine Diebin!«, rief ich ihm zu. Plötzlich wurde mir schwindelig und ich sah mich nach einer Sitzgelegenheit um. Auf einem grob gezimmerten Schemel sank ich nieder.

»Also – jetzt noch einmal zum Mitschreiben. Ich sollte beim Krippenspiel von Ivy, meiner Schwester, mitmachen. Dann bin ich im Keller gestürzt. Danach weiß ich nichts mehr, nur, dass ich im Stroh aufgewacht bin. Keine Ahnung, wer mich in den Stall gebracht hat. Aber jetzt will ich entweder heim oder in die Kirche, um endlich bei diesem Spiel mitzumachen. Heute ist doch Heiligabend.«

Die Dicke scheuchte die beiden Jüngeren, die neugierig näherkamen, zurück an ihre Arbeit.

Adrian zog die Augen zusammen.

»Heiligabend war gestern. Und die nächste Kirche ist im Dorf. Eine Strecke Wegs weg. Und dort findet nichts statt. Nicht gestern, nicht heute, nicht morgen.« Adrian schüttelte leicht den Kopf.

Mir blieb die Spucke weg.

»Trink einen Becher Wasser«, murmelte der Jägersmann. »Ich muss jetzt zu meinem Herrn. Er wartet sicher schon.«

Die dicke Martha brummte etwas und hob ihren Korb. »Ich bereite ihm gleich das Frühstück«, warf sie Adrian zu. Dann wandte sie sich an die Holzscheitfrau. »Und du hole einen Krug Ale aus dem Keller.«

Misstrauisch musterte sie danach mich. »Suchst du Arbeit?«

»Arbeit? Nein, ich studiere ja noch«, entgegnete ich leichthin.

Die Augen der Dicken wurden kugelrund, die Holzscheitfrau prustete hinter vorgehaltener Hand und Adrian trat verlegen von einem Fuß auf den anderen.

»Sie ist verrückt«, stellte die Frau mit dem Wassereimer fest, bevor sie ihre Last abstellte und nach einer riesigen schwarzen Pfanne griff, die von einem Haken an der Wand hing.

Sie ging zu dem Ungetüm von Eisenherd, nahm ein paar Ringe von der Feuerstelle herunter und stellte die Pfanne auf den Freiraum. Zischend schäumte gleich darauf das Fett auf, das sie reichlich hineingab. Danach schlug sie in aller Seelenruhe ein Dutzend Eier auf. Ich stand auf und trat näher.

»Das ist alles für eine Person?« Fassungslos schüttelte ich den Kopf. »Wenn das keine Cholesterinbombe ist, weiß ich auch nicht«, murmelte ich. »Wer auch immer das essen soll, dem wird kein langes Leben beschieden sein.«

Die Köchin schien jetzt alarmiert, ihr Gesicht lief puterrot an, ihre Augen bewegten sich nervös. »Bringt sie weg«, wandte sie sich an Adrian. »Sie ist nicht ganz richtig im Kopf und kann hier nicht bleiben.«

»Ja, genau«, gab ich der Köchin recht. »Bringt mich weg. Am besten zu meiner Schwester und ihrer Spielschar.« Die hatten ja wohl das Spiel über den Heiligabend hinaus verlängert. Anders konnte ich mir all das hier nicht erklären. So drehte ich mich noch einmal um und rief, indem ich mich um mich selbst drehte, in alle Ecken des Raumes »Ich bin Valerie, der Star dieser Show. Holt mich hier raus. Aber presto.« Mein Kichern klang mir laut in den Ohren. Leider war ich die Einzige, die das lustig fand.

KAPITEL 3

Wir standen alle noch in der Küche, als von draußen Schritte auf dem Steinfußboden zu hören waren. Gleich darauf sanken die Frauen in einen Knicks, Adrian senkte den Kopf. Ein Mann in einer Art Uniformjacke über dem Kilt, so altmodisch wie die Kleidung aller um mich herum, betrat die Küche und blickte sich um. Ein herrischer Blick traf mich. »Knie nieder, der Herr des Hauses kommt!«, ranzte mich der Kerl sogleich an.

»Den Hofknicks habe ich grade nicht drauf«, entgegnete ich trotzig und verschränkte die Arme vor der Brust. Unter seinem harten Blick wurde mir allerdings ein wenig unwohl. Gleichzeitig spürte ich Adrians Hand, die sich auf meine Schulter legte und mich mit Kraft nach unten drückte. Auf eine gewisse Art und Weise knickste ich dadurch also doch und weil er mich in dieser Position festhielt, kam ich nicht mehr hoch. Gleich darauf betrat ein nicht allzu großer, schmächtiger Mann um die Fünfzig den Raum. Er war rothaarig, blass, unscheinbar und schob darüber hinaus einen Schmerbauch vor sich her. Anhand seiner Kleidung konnte man jedoch schnell feststellen, dass er hier wohl derjenige mit der meisten Knete war.

»Martha, erhebe dich«, nuschelte er. Die dicke Köchin ächzte leise beim Aufrichten. Ich hob den Kopf und erntete einen missfallenden Blick.

»Wer ist diese junge Frau? Eine neue Küchenhilfe?« Er trat näher, kraulte dabei seinen fusseligen roten Bart und bedeutete mir mit einer Geste, mich ebenfalls zu erheben. Die Hand verschwand von meiner Schulter, ich stand auf. Der Hausherr betrachtete mich von oben bis unten. Noch bevor jemand seine Frage beantwortet hatte, zwickte er mich in die Wange. »Hübsch anzusehen«. Er drehte sich um. »Lasst sie gleich das Frühstück auftragen, damit ich sehen kann, was sie taugt.«

Ich wollte etwas entgegnen, doch Adrian hatte mich bereits am Oberarm gepackt und zog mich zur Seite. Sein Blick sprach Bände. *Halt jetzt bloß den Mund*, sagte er mir.

Der Herr des Hauses spazierte zum Herd, wo noch die Pfanne mit den Eiern stand. »Ich glaube, die sind fertig«, stellte er fest und die eine der beiden Mägde beeilte sich, alles vom Feuer zu nehmen.

»Habt ihr noch genügend Fleisch im Haus? Heute Abend will ich meine Jagdfreunde zu einem kleinen Imbiss laden«, wandte er sich inzwischen an Martha.

Während nun die Köchin aufzählte, was noch alles in ihrer Speisekammer lag, machten sich die beiden Mägde daran, das Frühstück weiter vorzubereiten. Eine legte Fladenbrot auf einen Teller, die andere eilte in eine Kammer nebenan und kam mit einem Stück Käse zurück.

»Adrian, folge mir«, befahl der Earl und der ließ mich endlich los und tat, wie ihm geheißen. Nicht, ohne mir noch einen warnenden Blick zuzuwerfen.

»Schickt uns das neue Mädchen«, rief der Earl der Köchin über die Schulter zu, bevor er mit seinem Begleiter verschwand. Mir war leicht schwindelig nach diesem Auftritt, mein Arm schmerzte. Vielleicht war ich in eine Folge von *Leben wie vor Hunderten von Jahren* geraten? Bloß wie? Hatte ich einen Teil meines Gedächtnisses verloren? Die dicke Köchin schnaufte verärgert.

»Zeig ihr den Weg!«, befahl sie der Magd, die neben der Pfanne stand.

»Ich bin doch keine Servicefachkraft«, wagte ich zu bemerken. Doch jetzt schien niemand mehr von mir Notiz zu nehmen. Der Earl-Darsteller wartete auf sein Frühstück und am Abend wurden Gäste erwartet. Genug zu tun für alle, die in diesem Haushalt beschäftigt waren. Ohne es zu wollen, gehörte jetzt auf einmal auch ich dazu.

»Na gut«, knurrte ich. »Bringen wir dem Herrn sein Frühstück.« Vielleicht würde dieses Spielchen ja noch unterhaltsam.

KAPITEL 4

War mir das Auftragen des Frühstücks mit Hilfe von Lizzy, der stilleren der beiden Mägde, noch einigermaßen gelungen – die Herren saßen in einem großen, düsteren und zugigen Raum inmitten von dunklen Möbeln, aber wenigstens in der Nähe eines Kaminfeuers und waren in Gespräche vertieft, die sich um Jagd, Politik und lukrative Geldanlagen drehten, und nahmen daher kaum Notiz von uns – verlief der Rest des Tages eher schrecklich.

»Hier, rupf das«, hatte Martha mir zugerufen, mir dabei ein totes Huhn zugeworfen, dessen Kopf auf dem gebrochenen Hals herumschlenkerte.

Igitt! Diese Sendung, in der ich mich immer noch glaubte, war wohl nicht die, in der die Rosen verteilt werden, sondern der mit den Ekelprüfungen nachempfunden. Still blickte ich auf das tote, nasse Tier in meinem Schoß. Würde es etwas nützen, wenn ich jetzt verkündete, ich sei Vegetarierin? Vermutlich nicht, es entsprach ja sowieso nicht der Wahrheit.

Vorsichtig zog ich ein bisschen an einer der weißen Federn. Sie löste sich erst, als ich fester zog.

»Was ist mit dir? Weißt du nicht, wie man ein Huhn rupft?« Die Köchin stand vor mir, die Fäuste in die Hüften gestützt.

»Nein, das habe ich in der Tat noch nie gemacht«, erwiderte ich. Woraufhin sie mir das Federvieh aus der Hand nahm, um zu demonstrieren, wie das ging. Die weißen Federn flogen nur so durch die Luft und landeten in kleinen Häufchen zu meinen Füßen.

»So macht man das«, beschied mir Martha und ließ das Tier wieder in meinen Schoß fallen. So sehr ich mich auch abmühte, es gelang mir nicht, den Vogel richtig zu rupfen, sodass die stille Magd mir zur Hand ging. Als sie die Haut des Federviehs dann über dem Feuer absengte, wurde mir so übel von dem Geruch, dass ich nach draußen rannte, um mich in einen winternackten Busch zu übergeben.

Wieder zurück in der Küche, durfte ich den Tisch mit Sand scheuern und den Boden mit einem Reisigbesen fegen. Das ging ja noch. Allerdings wurde mir bei der Aktion ziemlich schwummerig. Außer einem Stück Brot hatte ich noch nichts gegessen und mein Magen zog sich zunehmend schmerzhaft zusammen. Dazu kam, dass nichts von dem, was ich tat, den Ansprüchen der Köchin gerecht wurde.

»Das ist nicht sauber genug!«, fuhr sie mich nach einem Blick auf den sandigen Boden an, sodass ich noch einmal fegen musste. Weiter ging's, ohne dass es besser wurde. Wassereimer schleppen oder die Kühe melken – ich war mit allem überfordert. Noch dazu kam das Gedankenkarussell in meinem Kopf nicht zum Stillstand. Vor den Weihnachtsferien hatte ich mich mit einigen meiner Studienkollegen mal über eine Show in den USA unterhalten, bei der Bewerber*innen mit den aberwitzigsten Aktionen auf Herz und Nieren geprüft wurden. Ich hatte am lautesten gelästert über die

Aspiranten. Man merkt doch, wenn man veräppelt wird, lautete meine Devise. Dass man nicht alles mitmachen müsse, hatte ich auch gesagt. Der Gedanke, dass ich diese Situation womöglich gar nicht meiner Familie oder meinen Freunden zu verdanken hatte, sondern dass mich Studienkollegen in dieser Ulkshow untergebracht hatten, bei der es sich womöglich um eine Art Assessment-Center handelte, brachte mich dazu, den ganzen Mist mitzumachen. Sollten sie sich doch schieflachen vor ihren Bildschirmen. Denn dass ich in irgendeiner Weise beobachtet wurde, stand für mich fest. Wobei ich mich fragte, warum so ein Aufwand betrieben wurde. Die Location, die so authentisch wirkte. Die Darsteller, die so echt in ihren Reaktionen waren. Die Kostüme und die Ausstattung. Hier gab es ja noch nicht einmal einen versteckten Winkel, in dem ein Kühlschrank mit Diät-Coke oder Mineralwasser stand. Durst hatte ich, doch als man mir beschied, ich solle mit der Kelle aus dem Eimer schöpfen, winkte ich eilig ab. Der Eimer war nicht sauber, die Kelle hatte bisher jede der anderen Frauen benutzt. Über das hygienische Desaster, das daraus erwuchs, wollte ich erst gar nicht nachdenken. Auch die Toilette – es gab keine –, war ein Thema. Man hatte mich zu einem Lokus im Hof geschickt, einem Plumpsklo, das nicht nur olfaktorisch mehr als gewöhnungsbedürftig war, sodass ich mich einfach hinter einen Strauch gesetzt hatte. In der Hoffnung, wenigstens dabei nicht gefilmt zu werden.

Am Nachmittag kam der Jäger zurück.

»Wie hat sie sich gemacht?«, wollte er von der Köchin wissen. Die brummte etwas und warf mir einen nicht sehr freundlichen Blick zu. Ein Knecht betrat die Küche und verlangte heftig stotternd einen Becher Milch, bevor er mit dem Finger auf mich zeigte.

»Ist da-da-das die neue Magd?«

Der Jäger nickte. Ich schüttelte den Kopf. »Ich bin nur auf der Durchreise«, verkündete ich. »Sobald der heutige Dreh beendet ist, rufe ich mir ein Taxi und fahre nach Hause.«

Die Köchin schüttelte verständnislos den Kopf.

»Häh?«, machte der Knecht und verschüttete etwas von seiner Milch.

»Sie ist nicht von hier. Redet eine andere Sprache«, erläuterte der Jäger.

»Du kommst aus einem anderen La-La-Land?« Der Stotterer riss die Augen auf.

»Genau. Aus La-La-Land. Und Ryan Gosling ist mein Freund.« Ich lachte herzlich auf bei dieser schönen Vorstellung.

»Wo genau liegt dieses Land?« Das war wieder der Jäger.

Tja, wenn ich das so einfach sagen könnte. Mir war schleierhaft, wohin man mich gebracht hatte.

Scheißspiel.

Vage deutete ich in alle möglichen Richtungen.

»Komm, ich bringe dich dorthin zurück.« Schon ging er voraus, zur Tür hinaus. Ich folgte ihm auf den Innenhof, in den Stall, in dem ich aus meiner Ohnmacht erwacht war. Beim Anblick der Pferde zuckte ich jedoch sofort zusammen. Tiere waren einfach nichts für mich. Weder Kaninchen noch Katzen – sogar Hamster waren mir suspekt. Und nun sollte ich auf ein Pferd steigen? Alles in mir rebellierte. Was blieb mir aber anderes übrig, wenn ich doch wieder zurück wollte?

Kurze Zeit später saß ich, in ein etwas unangenehm riechendes Plaid gehüllt, vor dem Jäger auf dem Pferd. Seine Hände hielten die Zügel, seine Arme hielten mich. Das Tier schritt nicht allzu schnell voran, dennoch krallte ich mich ängstlich in seine wollige, bis fast zum Boden reichende Mähne. Adrian sagte nichts, er hatte mir lediglich erklärt, einen Ort aufsuchen zu wollen, von dem aus ich hoffentlich die Richtung bestimmen könne, die wir einschlagen mussten.

»Dann bringe ich dich zurück. Für mich gibt es um diese Jahreszeit sowieso nicht viel zu tun.«

Ich konnte nur hoffen, dass er mich nicht auf dem Gaul heimbringen wollte. Das könnte unter Umständen ja ewig dauern. So wie es schien, hatte man mich weit weg von zu Hause ausgesetzt. Außerdem war mir kalt. Lediglich den Rücken wärmte mir der Kerl hinter mir recht gut.

Während wir so dahinritten, wurde mir bewusst, wie ruhig es um uns herum war. Klar, wir befanden uns auf dem Land und nicht mitten in einer Stadt wie Edinburgh mit ihrem steten Grundrauschen. Dennoch kam mir diese Stille so fremd vor, als empfände ich sie in meinem ganzen Leben zum ersten Mal. Außer dem gelegentlichen leisen Zungenschnalzen des Reiters hinter mir, dem Schnauben des Pferdes und den Hufgeräuschen war nichts zu hören. Wir folgten einem schmalen Pfad, der zwischen winterstarren Heidebüscheln und windgebeugten Gräsern entlangführte. Am Horizont zog sich eine zart schneebedeckte, flache Hügelkette entlang, aber weil ich für Landschaften noch nie einen Blick gehabt hatte, – es sei denn, sie dienten als dekorativer Hintergrund für Instagram-Fotos – kam mir der Anblick gleichermaßen vertraut wie fremd vor. Ich blickte nach oben. Das Blau des Himmels war mit Wolken betupft. Kein Kondensstreifen war zu sehen, kein Blinken eines Flugzeugs.

»Was ist dort oben?«, wollte der Jäger wissen.

»Merkwürdigerweise nichts«, entgegnete ich leise. »Nicht einmal ein Flugzeug.«

»Ein ... was?« Er zügelte das Pferd und blickte ebenfalls nach oben.

»Ein Flieger. British Airways. Lufthansa. Was auch immer.«

»Du redest in Rätseln«, verkündete er, den Kopf immer noch nach oben gereckt.

»Na, ein Stahlvogel«, versuchte ich es erneut.

Er drehte den Kopf hin und her. »Von so einem Vogel habe ich noch nie gehört. Aber schau, da! Ein Habicht!« Der Raubvogel zog weit oben seine Kreise, es wirkte, als lasse er sich mit dem Wind treiben.

»Hier sieht uns doch keiner! Du kannst aufhören, dieses Spiel zu spielen!«, fauchte ich ihn an. »Oder bist du verkabelt?«

Er senkte den Kopf und blickte mich verständnislos an. »Ich verstehe deine Sprache nicht. Ich denke, wenn du wieder zu Hause bist, wird es dir besser gehen«, erklärte er.

Ja, das denke ich auch. Je eher, desto besser.

Den Rest unseres Ausritts brachten wir schweigend hinter uns.

KAPITEL 5

Die letzte Strecke des Weges führte durch einen bewaldeten, sanft ansteigenden Hügel. Die Nadelbäume dort standen im oberen Bereich so dicht, dass es wirkte, als sei außerhalb des schmalen Pfades alles in Dunkelheit gehüllt. Urplötzlich erreichten wir dann ein unbewachsenes Plateau, wo uns ein eisiger Wind entgegenpfiff. Ich musste die schmutzstarrende Decke fester um meine Schultern ziehen. Meine Finger waren klamm, meine Ohren eiskalt. Vor uns erhob sich ein Turm, der wie das Überbleibsel einer Burg wirkte, die schon lange verlassen war. Etwas daran kam mir bekannt vor, aber ich wusste nicht, was. Der Jäger stieg ab und hob mich vom Pferd. Ich fragte mich plötzlich, warum er mir helfen wollte. War das seine Rolle? Seine Miene war undurchdringlich. Bei seinen nächsten Worten jedoch wusste ich nicht, ob ich lachen oder mich ärgern sollte.

»Sie glauben, dein Geist wäre wirr. Die Köchin ist abergläubisch und fürchtet, deine bloße Anwesenheit würde ihr Essen vergiften. Ich muss dich wegbringen, bevor dir etwas geschieht oder sie dich in einem Kloster einsperren.«

»Das wird nicht geschehen«, erwiderte ich knapp, nachdem ich den ersten Schock über seine Worte weggesteckt hatte. »Was auch immer das hier für ein Spiel ist, ich marschiere jetzt hinaus aus der Kulisse und bringe in Erfahrung, wessen blöde Idee das war.«

Er zuckte mit den Schultern und ging voraus. Ich folgte ihm. An der Innenwand des Turms wandt sich eine Steintreppe nach oben. Sie war ausgetreten, feucht und glatt. Ich war froh, meine Doc Martens an den Füßen zu haben. Eine Taschenlampe wäre auch nicht schlecht gewesen, man konnte nicht viel sehen und der Aufstieg dauerte länger, als ich erwartet hatte. Endlich kamen wir oben an. Eine kleine Plattform, moosüberwuchert, teilweise bedeckt mit harschem Schnee. Hier oben beutelte mich der kalte Wind besonders stark, im Nu fühlte ich mich wie ein Eiszapfen.

»Dieser Turm wurde vor langer Zeit von einem der Lords erbaut. Sobald Fremde auf dem Gebiet auftauchten, entzündete man ein Feuer, damit die Menschen in den umliegenden Ortschaften gewarnt waren.«

Ein Feuerschein musste weit reichen. Von unserem Standpunkt aus konnte ich tief ins Land hineinsehen.

»Nun, wo liegt deine Heimat?«, wollte mein Begleiter wissen.

Ich blinzelte, denn die Kälte brannte in den Augen, und drehte mich langsam um mich selbst.

»Wo zum Henker sind wir?«, presste ich zwischen den Zähnen hervor. Nichts von dem, was ich sah, kam mir bekannt vor. Weit und breit nur graubraune Landschaft, gelegentlich mit Schnee betupft. In weiter Entfernung zwei, drei winzige Ansammlungen zusammengeduckter Cottages, aus deren Kaminen Rauch emporstieg. Aus einem der größeren Steinhaufen, wohl das Dorf, von dem Adrian gesprochen hatte, ragte ein quadratischer Kirchturm.

Es sah so aus, als hätte man mich ein ganzes Stück von unserem Haus entfernt abgesetzt. Beim zweiten Hinsehen bemerkte ich, dass es praktisch keine Straßen gab. Die Verbindungen zwischen den Dörfern bestanden eher aus Trampelpfaden. Darauf waren zu diesem Zeitpunkt, eher schemenhaft zu erkennen, lediglich ein Ochsenkarren und zwei Fußgänger unterwegs. Kein Auto, kein Bus, nicht einmal ein Fahrrad. Mit zunehmender Panik drehte ich mich wieder und wieder um mich selbst. Die Sicht war gut, ich konnte kilometerweit sehen. Nirgendwo Gleise. Keine Strommasten. Keine Autos. Und immer noch kein Flugzeug. Es war, als drücke mir jemand das Herz zusammen.

»Das kann doch nicht sein«, murmelte ich. Schrie ich. Immer wieder.

»Was ist mit dir los?« Der Jäger griff mich fest an den Schultern und schüttelte mich.

»Wo bin ich hier?«, schluchzte ich. Denn nun, ganz langsam, schleichend wie ein heimtückisches Gift, breitete sich die Wahrheit in meinem Bewusstsein aus.

»Wir kommen aus Bathermore Castle«, erklärte er mir ruhig. »Das hier sind ein paar der Siedlungen rundherum. Schafzüchter. Bauern.«

»Welches Jahr?«

Er sagte es mir.

»Himmel«, schrie ich, erneut bis aufs Mark getroffen.

Der Himmel antwortete, indem er auf mich niedersank.

KAPITEL 6

Das Lager, das man mir zugewiesen hatte, bestand aus einem muffig riechenden Strohsack und einer Decke, die dringend eine Wäsche gebraucht hätte. Es gab kein Badezimmer, ich hatte mich notdürftig mit einem Lappen gesäubert und meine Zähne mit dem Finger geschrubbt. Nun lag ich auf dem Rücken, neben mir schlief Lizzy, die stille Magd. Die Köchin hatte Zeter und Mordio geschrien, als der Jäger mit mir zurückkam.

»Du solltest sie wegbringen«, kreischte sie. »Sie bringt Unglück! Sie ist gottlos! Die Milch ist heute schon sauer geworden!«

Das war natürlich alles Blödsinn, dennoch hatte ich es mir selbst zuzuschreiben, hatte ich doch vor unserem Reitausflug erklärt, dass ich einfach genug hätte von Big Brother. Auf die Frage, wer das sei, deutete ich vielsagend nach oben und erklärte, dem nun den Hals umdrehen zu wollen. Das war natürlich, bevor ich begriff, dass es diesen Beobachter nicht gab. Jetzt waren alle hier davon überzeugt, dass ich Gott gelästert hatte. Auf dem Turm hatte ich die schreckliche Wahrheit begriffen. Dass alles echt war. Kein Joke, keine Show. Ich befand mich nicht mehr in meinem eigenen Leben, sondern im Jahr 1718! Und dann hatte ich erkannt, wo ich war. Den Turm, auf dem ich eben noch gestanden hatte, gab es in meiner Zeit nicht mehr. Er musste irgendwann in sich zusammengefallen sein. Wir nannten ihn den Steinhaufen. Fotogen überwuchert, war er ein beliebtes Ziel für Touristen und Instagramer. Die Erkenntnis war unglaublich. Ich fühlte mich wie durch einen riesigen Fleischwolf gedreht, wobei die schlimmsten Schmerzen tief in meinem Inneren saßen. Lizzy schlief neben mir in der engen Kammer. Ihr Atem ging ruhig und gleichmäßig, ich beneidete sie darum. In meinem Kopf herrschte entsetzliches Chaos. Würden meine Eltern nach mir suchen? Ivy? War ich vielleicht in meinem eigenen Leben schon tot und dies hier eine Art Jenseits, in das mich mein Ableben geschleudert hatte? Oder lag ich gar im Koma? Lebte ich in einem Paralleluniversum? Keine dieser Möglichkeiten beruhigte mich. Niemand würde mich je finden. Dann, ich musste irgendwann trotz der eisigen Kälte, meiner schmerzenden Knochen und meiner Seelenpein eingeschlafen sein, schreckte ich aus dem Schlaf wieder hoch. Mein Handy! Hatte ich es nicht mitgenommen? Verzweifelt tastete ich in der Tasche meines Gewands herum und fand dort lediglich eine Packung Papiertaschentücher und eine Tube Lipgloss. Enttäuscht sank ich zurück. Auch wenn mir gleich klar wurde, dass ein Handy mir hier nichts nützen würde. Was wollte ich denn? Einen Anruf in die Zukunft tätigen? Ohne es verhindern zu können, liefen mir bereits wieder die Tränen übers Gesicht. Ich schniefte und rollte mich unter der dünnen Decke zusammen. Was würde nur aus mir werden? Eine Magd, die von morgens bis abends schuftete für nicht viel mehr als Kost und Logis!

»Es tut mir leid«, flüsterte ich in die Dunkelheit hinein.

»Was tut dir leid?«, fragte Lizzy schlaftrunken zurück. Mein Weinen musste sie geweckt haben. »Dass ich immer so gemein zu dir war.« Obwohl es nicht meine Schlafgenossin war, sondern meine Schwester, der ich in meiner Vergangenheit in der Zukunft das Leben manchmal schwer gemacht hatte mit meinen Launen, wollte ich diese Worte laut aussprechen.

»Du bist halt auf den Kopf gefallen«, antwortete sie, drehte sich um und schlief weiter.

KAPITEL 7

»Benimm dich anständig und höre um Himmels willen auf, Gott zu lästern«, raunte mir der Jäger am nächsten Morgen zu, als wir uns in der Küche trafen. »Ich will mit Martha keinen Ärger kriegen.«

Ich hatte schlecht geschlafen, war hungrig, müde, durchgefroren und mir tat jeder Zentimeter meines Körpers weh. »Hör auf, mir Vorschriften zu machen«, ranzte ich zurück.

Zwar hatte er mich aus dem Stall gerettet, das gab ihm aber noch lange kein Recht, mich zu bevormunden.

»Du bist eine Frau und hast zu gehorchen«, schnaubte er. »Sei froh, dass du nicht meine bist, sonst würde es was setzen.« Er hob leicht die Hand, vermutlich im Scherz. Ich trat einen Schritt näher an ihn heran und tat es ihm gleich. »Wage es«, knurrte ich, »und ich schlage zurück.« Seine Augen funkelten zornig und es wäre vermutlich nicht gut ausgegangen für einen von uns, wären wir in diesem Moment nicht unterbrochen worden.

»Die junge Lady wünscht ihr Frühstück«, verkündete eine Frau, die ich bisher nicht gesehen hatte. Sie war groß, knochig, das graue Haar war zu einem dicken Knoten aufgesteckt und sie trug Schwarz.

»So früh?« Martha erschrak. »Die Mägde sind noch im Stall, bei den Kühen und den Hühnern.«

»Schickt doch diese da.« Die Schwarzgekleidete hob ihr Kinn in meine Richtung.

Ich stand da, wie festgefroren, bis mich ein Stoß in den Rücken weiter in den Raum hineinbeförderte.

»Was macht ihr hier, Jäger?«, wollte die Frau von ihm wissen.

»Nachsehen, was an Nachschub gebraucht wird. Unser Earl und seine Freunde haben gemeinsam getafelt gestern Abend.«

Erfreulicherweise ohne meine Hilfe beim Servieren. Die Herrschaften hatten reichlich getrunken, ihre von schrägen Dudelsackklängen begleiteten Lieder waren durchs ganze Haus gedrungen.

»Ah!«, sagte die Schwarzgekleidete, raffte ihre Röcke und verließ die Küche.

»Los, halt hier nicht Maulaffen feil und bring das hier Lady Isobel.« Martha drückte mir ein Tablett in die Hand. Ein Becher heiße Milch, Brot, Fruchtmus. Mir knurrte der Magen auf einmal derartig, dass ich mich am liebsten selbst auf das Frühstück gestürzt hätte. Stattdessen trug ich es brav nach oben, folgte der Wegbeschreibung des Jägers und stand gleich darauf an der Tür zum Schlafgemach der jungen Lady. Das Tablett war aus schwerem Holz, ich musste es auf meinem Oberschenkel balancieren, um anklopfen zu können.

Jemand antwortete, ich schob die Tür auf und fand mich in einem Raum wieder, der so gar nicht zu dem zu passen schien, was ich bisher in diesem eher karg ausgestatteten Castle gesehen hatte.

In einem von einem Baldachin bedeckten Bett, in das gut und gerne ein halbes Dutzend Personen gepasst hätten, saß eine junge Frau. Sie mochte sechzehn, siebzehn Jahre zählen. Im ersten Moment sah ich nur blondes langes Haar, dann ein paar leicht schräg stehende grüne Augen. »Gigi«, dachte ich, denn das Mädchen im Bett sah dem Supermodel von meinem Standort aus unheimlich ähnlich. Dann hob Isobel eine kleine, weiße Hand, schob den Haarvorhang zur Seite und legte damit den Blick auf eine lange, hervorspringende Nase frei, die auf den ersten Blick so gar nicht in das zarte Gesicht zu passen schien.

»Hierher«, verlangte sie und verzog die blassen Lippen zu einem Schmollmund, gerade so, als habe ich sie unverhältnismäßig lange warten lassen. Dabei klopfte sie mit der flachen Hand aufs Bett.

»Guten Morgen«, sagte ich brav und stellte das Tablett ab.

»Du bist neu?«, wollte sie wissen und machte eine auffordernde Geste hin zu ihrer Mahlzeit.

Erst verstand ich nicht, doch dann krauste sich die Alabasterstirn und ich begriff, dass die junge Lady sich ihr Brot nicht selbst schmierte. Eilig zog ich einen Stuhl neben das Bett, setzte mich und brach den Brotfladen in kleine Stücke, bestrich sie mit Fruchtmus und reichte ihr alles auf einem Tellerchen an. Sie aß, den Blick ins Nichts gerichtet. Immer, wenn sie den nächsten Bissen haben wollte, hob sie den Mittelfinger leicht an. Trinken konnte sie gottlob selbst. Ungeduldig sah ich ihr zu, wie ein Stück Brot nach dem anderen in ihrem Mund verschwand. Sie kaute langsam, genussvoll und erst, als der letzte Krümel verputzt und der Becher

Milch geleert war, bedeutete sie mir, dass ich gehen könne.

»Zicke«, dachte ich, während ich in die Küche zurückkehrte.

Martha blickte streng auf den Teller und hob anerkennend die Braue. »Sie hat alles aufgegessen«, stellte sie fest. »Gut so. Sie ist viel zu dünn.«

»Ich habe ebenfalls Hunger«, brachte ich mich in Erinnerung. Lizzy kam herbeigehuscht, sie zog mich zu einem Tisch, der in einem durch einen gemauerten Rundbogen von der Küche abgetrennten Bereich stand.

»Hier isst das Gesinde«, informierte sie mich und deutete auf einen Becher mit Milch und einen Teller mit Brot, das sich als hart herausstellte. Keine Butter, kein Käse, keine Wurst, kein Ei und auch kein Fruchtmus. Und die Milch war mit Wasser gestreckt. Ich tunkte das Brot ein und starrte vor mich hin. Ich musste hier raus. Je schneller, desto besser. Nur fehlte mir im Moment jegliche Fantasie, wie ich das bewerkstelligen sollte.

»Wer war die schwarz gekleidete Frau?«, fragte ich Lizzy.

»Clothilde. Die französische Gouvernante der jungen Lady«, antwortete diese im Flüsterton.

»Wie viele Bedienstete gibt es hier?«

Lizzy sah mich befremdet an. »Das weiß ich nicht.«

»Du begegnest ihnen doch hier ständig.«

Die Magd nickte. »Das schon. Aber ich kenne die Zahlen nur bis zehn.«

Mir war schlagartig klar, warum meine Aussage, ich würde studieren zu einem nervösen Lachen bei den anderen weiblichen Angestellten geführt hatte. Frauen hatten keinen Zugang zu den Universitäten, aber es musste doch Schulen geben.

»Ja«, erwiderte Lizzy auf meine diesbezügliche Frage. »Es gibt schon Schulen. Aber meine Familie war arm, da wurde jede Hand in Haus und Garten gebraucht. In der warmen Jahreszeit hütete ich die Schafe und meine jüngeren Geschwister, im Winter fehlten mir festes Schuhwerk und das obligatorische Brennholz für den Ofen, den die Schüler gehalten waren, mitzubringen.«

Auch alle anderen der einfachen Bediensteten konnten lediglich rudimentär lesen und rechnen, viele konnten nicht mehr schreiben, weil sie das Bisschen, das sie in jungen Jahren gelernt hatten, inzwischen wieder verlernt hatten.

»Wer von uns braucht es denn?«, fragte sie noch. »Und dem Earl ist es lieber, wenn wir nicht allzu gebildet sind.«

Val, hast du ein Glück, dass du ein paar hundert Jahre später geboren wurdest!

Leicht unbehaglich dachte ich daran, wie selbstverständlich ich das alles genommen hatte. Immer noch nahm. Ich würde hoffentlich irgendwie wieder in mein Leben zurückkehren. Nur wie, das wusste ich noch nicht.

Was in eine Richtung geht, kann auch in die andere gehen.

Daher traf es sich gut, dass mich Martha, die nicht nur als Köchin, sondern auch Hauswirtschafterin fungierte, an diesem Tag nicht zum Küchendienst, sondern zum Putzdienst einteilte.

»Sie kann keinen Besen schwingen, kein Huhn rupfen, keine Kuh melken und nicht einmal ein Feuer

anmachen. Vielleicht taugt sie zum Abstauben«, raunte
sie der lebhafteren der beiden Mägde zu. Noch war
Martha nicht bereit, mich dauerhaft im Haushalt zu
dulden. Der Jäger hatte ihr gesagt, dass es unklar war,
wo mein Heimatland lag. Da überdies der Earl sich
nach mir erkundigt hatte, wagte sie nicht, mich rauszu-
werfen.

»Aber halt dein loses Mundwerk«, verlangte mein Ret-
ter, »sonst findet sie Mittel und Wege, dich doch noch
loszuwerden.«

Stattdessen drehte ich ihm eine lange Nase.

Jetzt stand ich in der Bibliothek des Earls und be-
staunte zwei hohe Regale voller Bücher. Alles alte
Schinken, mit Lederrücken und in einer Schrift verfasst, die ich schwer lesen konnte. Bewaffnet mit einem
Lappen und einer Art Staubwedel widmete ich mich
dem Zimmer. Es sah nicht aus, als würde es häufig benutzt. Ich dachte an meinen E-Book-Reader. Wie viele
von den alten Schmökern würden da drauf passen? Die
Tür flog auf, der Earl betrat den Raum mit schweren
Schritten.

»Hallo«, sagte ich unbekümmert, bis mir einfiel, was
hier von mir erwartet wurde.

Schnell sank ich in einen Knicks. Der Herr des Hauses
trat näher zu mir, wieder kraulte er seinen Vollbart, das
musste eine nervöse Angewohnheit sein.

»Nun mein Kind, wie gefällt es dir hier?«

Gar nicht, hätte ich am liebsten gesagt. *Ich will zurück
in die Zukunft!*

Stattdessen murmelte ich etwas, das sich anhörte, als
wäre mein Aufenthalt hier eine interessante Erfahrung.

»Ach ja?« Erstaunt trat er einen Schritt zurück und bedeutete mir, ich könne mich erheben.

Ich rückte unwillkürlich meine Haube zurecht, auf die Martha bestanden hatte. Mir war sie unangenehm, schon allein wegen der steifen Schleife unter meinem Kinn. »Interessant also.« Er hatte ein gutes Gehör. »Wo warst du vorher in Stellung?«

Nirgends. Ich hatte Personal.

»Weit entfernt von hier.«

»Mein Jäger hat mir von diesem Land erzählt. Niemand kennt es. Wie kamst du hierher? So ein hübsches Fräulein. Ganz allein.«

Ja, wie ich herkam, wüsste ich auch gerne.

»Man hat mich nächtens hergebracht.«

Woher nahm ich nur die Chuzpe, derlei Zeug zu erzählen?

»Hat man dir ein Leid angetan?« Seine Augen funkelten wissbegierig, er trat näher, als wolle er an mir schnuppern und sein Mund kam mir auf einmal ekelhaft rot und feucht vor.

»Niemand hat ihr etwas angetan.« Das war die Stimme des Jägers, der plötzlich auf der Schwelle zur Bibliothek aufgetaucht war. »Mylord, die Pferde sind gesattelt.«

Der Earl wirkte leicht ertappt, er trat einen Schritt zurück, hörte aber nicht auf, mich zu mustern.

»Dann ist sie also rein wie frisch gefallener Schnee?« Seine Frage richtete sich an den Jäger.

Dessen Miene war nun anzusehen, dass er sich eine andere Wendung des Gesprächs erhofft hatte.

»Aye. Sie ist einem Baronet versprochen«, entgegnete er. Ich hob die Brauen. Ich, versprochen? Wem denn?

»Sein Name ist Ryan. Er lebt in diesem Land, aus dem sie kommt. Dem La-La-Land.«

Ach du liebes Lieschen. Da zog meine flapsige Bemerkung über den Film mit Ryan Gosling also immer noch ihre Kreise.

»Nun gut«, meinte der Earl mit schwer zu deutender Miene. »Dann soll sie hier ihre Arbeit verrichten.« Sprach's, drehte sich um und stiefelte hinaus.

Der Jäger warf mir noch einen Blick zu. Er wirkte verunsichert, aber vielleicht bildete ich mir das auch nur ein. Er ging ohne ein weiteres Wort und ließ mich mit dem Gefühl zurück, als habe er mich ein zweites Mal gerettet.

In meinem normalen Leben habe ich Tiere immer gehasst. Während Ivy als Teenager weiße Mäuse gezüchtet hatte, im Herbst jeden Igel rettete und so oft es ging mit ihrem Hengst Mahatma, natürlich benannt nach Gandhi, ausritt, konnte ich mich weder für Hund, Katze, Hamster noch Fisch erwärmen. Aus diesem Grund war der Aufenthalt in Bathermore Castle für mich von Beginn an eine einzige Tortur. Krähte morgens der Hahn, mussten wir aufstehen, in eisiger Kälte die Feuer in sämtlichen Kaminen anzünden, was mir erst am fünften Tag gelang. Anschließend gings in den Hühnerstall. Gelegentlich musste Lizzy eine Ratte vertreiben, bevor wir mit klammen Fingern die Eier einsammeln konnten. Danach wurden die Kühe gemolken. Leider waren die wesentlich zotteliger als die, die ich kannte und hatten darüber hinaus die Angewohnheit, mit ihren kotverkrusteten Schwänzen herumzuwedeln, sodass ich mehr als einmal vor Schreck und Ekel zurückwich und von dem kleinen Schemel fiel.

»Das gibt Ärger«, meinte Lizzy und besah traurig die verschüttete Milch. Ich war nahe an einem hysterischen Anfall. Vermutlich aus Mitleid mit mir gab Lizzy später an, sie sei schuld an der Misere. Marthas Donnerwetter ließ sie stoisch über sich ergehen, doch dass sie zur Strafe am Abend nichts zu essen bekommen sollte, leuchtete mir nicht ein. Ich schmuggelte ihr ein Stück Brot in unser Schlafgemach und bekundete ihr, dass es mir leidtat.

Wann hatte jemand zuletzt so etwas für mich getan?

Schlimmer noch war die Frage, wann hatte ich so etwas für jemanden getan? Mir fiel nichts ein.

KAPITEL 8

Meine Schuhe hatten von Anfang an die Aufmerksamkeit des anderen Personals geweckt. Noch immer hatte ich keinen genauen Überblick, wer wofür zuständig war. Mägde, Knechte, der Jäger, die Gouvernante, das Kammermädchen der jungen Lady und weitere Personen, deren genauer Aufgabenbereich mir unbekannt war, kamen zwar zum Essen in einen Speiseraum neben der Küche. Doch war all das zu verwirrend, manche sahen sich in ihren kartoffelsackähnlichen Kleidern, mit den klobigen Gesichtern und gleichförmigen Frisuren einfach zu ähnlich. Jedem von ihnen fielen jedoch meine Stiefel auf.

»Wo bekommt man so etwas?«, wurde ich staunend gefragt.

In der Zukunft bei Doc Martens, hätte ich am liebsten geantwortet. Aber dann hätten sie mich womöglich wieder für verrückt erklärt. »Da, wo ich herkomme«, sagte ich stattdessen. Das entsprach der Wahrheit und verriet nichts.

Auch meine Strickjacke wurde bestaunt. Stephan Boya, aktuelle Kollektion, 790 Euro. Zwar durfte ich das Teil tagsüber nicht tragen, nur die Schürze über meiner Kleidung war erlaubt, aber nachts, in der kalten Kammer, blieb mir gar nichts anderes übrig, als mich in die flauschige Wolle einzuwickeln. Inzwischen sah das gute Stück daher auch ziemlich mitgenommen aus. Meine Unterwäsche hatte nur Lizzy gesehen, die sie still ergriffen betrachtet hatte. Seide und Angora, etwas ganz anderes als die einfachen Sachen, die die Leute hier trugen. Irgendwie musste es sich jedoch zur Tochter des Earls herumgesprochen haben. Isobel ließ mich rufen. Sie saß auf einem zierlichen Stühlchen vor einem recht blinden, riesigen Spiegel und winkte mich zu sich. Ohne jede Zurückhaltung hob sie meinen Rock hoch, betrachtete die Schuhe (»Das ist nicht schön!«), und meine lange Unterhose (»Sag, ist die warm genug?«).

Wärmer als alles, was ihr hier tragt, hätte ich sagen können. Stattdessen gestand ich, seit meiner Ankunft hier Tag und Nacht zu frieren.

»Ah«, entgegnete sie desinteressiert, betrachtete mein Haar und verlangte, dass ich den Zopf, den ich hier stets streng geflochten unter der Haube trug, öffnen sollte. Mein Haar ist wellig, überschulterlang und sieht nur die Schere eines Vidal-Sassoon-Salons. Isobels Haar war von Natur aus wunderschön, nur an den Spitzen ausgedünnt und etwas splissig. Sie seufzte, warf es nach hinten über die Schulter und wandte sich wieder ihrem Spiegel zu. Dann tunkte sie den Finger in ein winziges Glasgefäß und schmierte sich etwas auf die Lippen, das wie Holundersaft aussah.

»Heute kommt der Sohn eines Freundes meines Vaters«, murmelte sie dabei vor sich hin. »Und er will, dass ich mich zurechtmache.«

Ich musterte sie. Sie war dünn und blass und mit dem hellen Reispuder, den sie verwendete und dem dunklen

Saft auf den Lippen wirkte sie wie ein Clown. Ich tastete in der Kängurutasche meines Kleides herum.

»Probiert das«, sagte ich und reichte ihr das zartrosa Gloss aus dem Hause Chanel.

Isobel mit ihrem verschmierten Mund blickte auf die Tube in meiner Hand.

»Was ist das?«

»Das wird eure Lippen in einen wunderschönen, elegant schimmernden Kussmund verwandeln«, versprach ich. In Ermangelung von Kleenex nahm ich einen viereckigen Leinenlappen von ihrem Schminktisch, tunkte ihn in Wasser und wischte vorsichtig das Holunderzeug ab. Dann nahm ich das Lipgloss und bestrich damit ihre Lippen.

Wow! Das sanfte Pink schimmerte echt verheißungsvoll. Das fand wohl auch Isobel, deren Augen ganz groß wurden. »Woher hast du das?« Nun musste wieder das ferne Land herhalten und die Geschichte, dass ich leider die Richtung dorthin nicht kannte.

»Dann bist du entführt worden?« Ja, so irgendwie.

Zurück in der Küche fand ich mich vor einem Berg Kartoffeln wieder, die zu schälen waren. Auch das endete in einem Desaster, Martha schrie wie von Sinnen, als sie sie dicken Schalen sah. »Da bleibt von der Kartoffel nichts mehr übrig!« Klagte sie und schickte mich in den Hof, um Holz zu holen. »Da kannst du wenigstens nichts falsch machen.« Ich hoffte, sie hatte recht.

KAPITEL 9

Es war nicht so, dass ich meine Situation sofort klaglos akzeptiert hätte. Nach dem Erlebnis auf dem Turm rannte ich x-mal am Tag aus dem Haus, um in den Himmel zu schauen. Kein Flugzeug. Zwar mochte es Gegenden geben, über die nicht wirklich viel flog. Aber irgendwo sah man doch immer einen Kondensstreifen. Das nahe gelegenen Dorf war winzig und erinnerte in keinster Weise an das idyllische, aber wesentlich größere Admore, das ich kannte – mit seinen Inns, Hotels und B&Bs. Jetzt gab es hier keine einzige befestigte Straße, keinen Strommast und nichts, was auf das 21. Jahrhundert hindeutete. Wie konnte es sein, dass ich rund 300 Jahre zurückgeschleudert worden war? Eine logische Erklärung dafür gab es nicht und auch keinen Hinweis darauf, ob und wenn ja wie ich den Weg zurückfinden würde.

Nun war es so, dass ich normalerweise trotz Studium, Fitnesstraining, sozialer Netzwerke, den Unternehmungen mit Kommilitoninnen und Freundinnen einen recht entspannten Tagesablauf hatte, der mir genügend Zeit gab, bei einem Earl Grey über Lifestyle, Places to be und angesagte It-Pieces nachzudenken, den Kinoabend mit einem Gin-Tonic einzuleiten oder den Besuch in einem der Edinburgher Clubs bis zu den frühen Morgenstunden auszudehnen. Seit ich hier gelandet war, sah alles anders aus. Ich wurde bei Morgengrauen aus dem Bett geworfen, wenn man die Holzstatt mit dem Stroh darauf überhaupt so nennen konnte, den ganzen Tag über mit Arbeit eingedeckt, bis ich am Abend völlig erschöpft in meine Kammer wankte, um tief und traumlos zu schlafen. Der Gedanke daran, was geschehen war und wie ich es rückgängig machen konnte, wurde einfach verdrängt von Dingen, die getan werden mussten.

Ivy hätte dabei ihre helle Freude gehabt an vielem, was hier so anders war. Meine Internetaktivitäten bezeichnete sie gerne als unwichtigem Kram, mit all dem wollte sie möglichst wenig zu tun haben. Sie schwor auf Bio-Gemüse, das man selbst kochte. Darauf, viele Wege zu Fuß zurückzulegen. Träumte von einer Welt ohne Plastik und ohne Erderwärmung. Warum hatte es nicht sie treffen können? Sie würde sich in dieser Umgebung sicherlich nicht nur wohler fühlen als ich, sondern sich auch wesentlich besser zurechtfinden. Immerhin hatte sie dieses kleine Spiel für Heiligabend vorbereitet. Jetzt würde ich nie erfahren, wie sie es umgesetzt hatte.

»Deine Schwester möchte darauf hinweisen, dass wir alle auf einem Planeten leben und sowohl für die Umwelt als auch für uns gegenseitig verantwortlich sind«, hatte meine Mutter mir am Telefon erklärt. »Weihnachten als Fest einer weltumspannenden Liebe und Fürsorge«.

Nun ja. Unter weniger als dem tat es Ivy nicht. Nicht, dass ich wirklich viel damit hätte anfangen können. Mir stand der Sinn eher nach Tiefschnee, Eislaufen und

Après-Ski in Aspen mit meiner amerikanischen Freundin und ihrer Clique. Und wenn das dieses Jahr nicht auf dem Plan stand, hätte ich auch ein kuscheliges Weihnachten mit einem gemieteten Sternekoch und etwas Glitzerndem unterm Baum akzeptiert.

»Wir schenken uns dieses Jahr nichts«, hatte hingegen Ivy gefordert. »Darüber hinaus spenden wir alles, was wir nicht für den Urlaub ausgeben an eine Wohltätigkeitsorganisation.« Ganz zu schweigen von ihrem ellenlangen Vortrag über den CO2 Fußabdruck, den jeder von uns ihrer Meinung nach bereits hinterlassen hatte.

Nun ja, das konnte einem hier nicht passieren. In diesem Jahrhundert spielte Weihnachten überhaupt keine Rolle und somit hatte es am ersten Weihnachtsfeiertag weder Truthahn noch Plumpudding noch irgendein Geschenk gegeben. Und was die Kühe und Schafe betraf, die furzten hier noch völlig unbeachtet. Wusste ja keiner, was das mit unserer Erdatmosphäre machte. Was mir allerdings nichts nützte und mich auch nicht glücklich machte. Wie gerne hätte ich eine heiße Dusche genommen, meine Klamotten in eine Waschmaschine geworfen und mir abends eine meiner Serien reingezogen. Jetzt war ich irgendwie mittendrin in etwas, das sich wie die Kombination aus *Game of Thrones* und *Aschenputtel* anfühlte. Nur leider nicht vor der Mattscheibe, sondern mittendrin.

KAPITEL 10

Der nächste Tag sollte für mich eine schicksalhafte Wende bringen. Doch zunächst begann er mit lautem Geschrei. Noch bevor Lizzy und ich die Feuer in der Küche und in den Kaminen der zugigen Gemächer entzündet hatten, war Isobels Kammerzofe bei Dunkelheit im Haus herumgeirrt. Ein Windzug musste wohl ihre Kerze ausgeblasen haben, sie stolperte und stürzte so unglücklich, dass Martha nach einem lautstarken Lamento sofort nach dem Pfarrer und dem Leichenbestatter schickte. Ich war geschockt. Nicht nur über den Todesfall, sondern auch über die emotionslose Art und Weise, mit der die junge Frau aus dem Haushalt verabschiedet wurde. Der Pfarrer kam, sprach ein paar salbungsvolle Worte, danach wurde der Leichnam in ein Tuch gewickelt, auf einen Leiterwagen gelegt und der Bestatter zog mit ihm von dannen.

»Wo wird sie denn beerdigt?«, fragte ich.

»Auf dem Kirchhof im Dorf«, antwortete Martha barsch. Sie war schon dabei, die Aufgaben im Haus neu zu verteilen. Als sie aus Isobels Zimmer zurückkehrte, erinnerte sie an ein Flusspferd, kurz bevor es angreift.

»Räum deine Kammer«, beschied sie mir. »Die junge Lady will dich als ihr Kammermädchen haben.« Es war ihr deutlich anzumerken, wie wenig ihr das gefiel.

»*Sie* soll das werden?« Fiona, die lebhaftere der beiden Mägde, schaltete sich jetzt ein. Mit ihr hatte ich in den vergangenen Tagen wenig zu tun gehabt, und das war auch gut so. Sie ließ es mich deutlich spüren, dass sie mir nicht traute und mich nicht leiden konnte. Jetzt bekam ich mit, dass sie es war, die auf die Stelle gehofft hatte. »Ich bin schon viel länger im Dienst des Earls«, empörte sie sich. Ich starrte auf ihr ungepflegtes Haar und den Dreck unter ihren Fingernägeln und ahnte, warum sie sich als Kammermädchen nur bedingt eignete. Sie sah das gänzlich anders. »Ich kenne die Gepflogenheiten. Im Gegensatz zu dieser hergelaufenen Person, von der niemand weiß, woher sie kommt!«

Tatsächlich war das immer wieder Gegenstand heftigster Spekulationen. Adrian verteidigte mich, wenn er Zeuge von derlei Gesprächen wurde. Doch war er nicht da, piesackte mich Fiona dafür umso mehr.

»Es ist entschieden. Füge dich«, brummte Martha. Sie war sicher froh, mich nicht mehr in der Küche um sich haben zu müssen.

Fiona gab nicht so leicht klein bei. Sie trat ganz nahe zu mir. »Hexe!«, zischte sie.

»Schluss jetzt!« Martha hatte es gehört, sie bekreuzigte sich dennoch vorsichtshalber, bevor sie Fiona zwei kräftige Backpfeifen verpasste. »Und jetzt an die Arbeit!« Die beiden Mägde stoben davon, Lizzy wirkte fast ein wenig traurig. Ich verschwand in der Kammer, die ich mit ihr geteilt hatte, griff nach meiner Strickjacke und – das war's! Mir wurde schmerzhaft bewusst, dass ich keinerlei persönliche Habe besaß, ausgenommen die Sachen, die ich am Leib trug.

Mit einer leichten Beklemmung stieg ich ins oberste Stockwerk. Dort befanden sich die Gemächer der Familie. Was genau mit Isobels Mutter geschehen war, wusste ich nicht. Lediglich, dass sie gestorben war, als das Mädchen noch klein war. Der Earl hatte nicht mehr geheiratet, was allgemein als unsterbliche Liebe zu der Verstorbenen interpretiert wurde.

Isobel saß in ihrem Bett und zog einen Flunsch. Ich hätte ja ein bisschen mehr an Mitgefühl ihrem verunglückten Kammermädchen gegenüber erwartet, doch hier schien es keinerlei gefühlsmäßige Bindungen zu geben.

»Da bist du ja!«, rief sie aus, als ich ihr Gemach betrat. Aus einem Winkel trat die Gouvernante. Sie trug wie üblich Schwarz und eine säuerliche Miene. Schweigend musterte sie mich von oben bis unten, seufzte einmal tief und bat mich mit einer Handbewegung in eine Kammer, die durch eine Tür mit dem Zimmer der jungen Lady verbunden war. Der Raum war nicht groß, dennoch wäre ich am liebsten vor Dankbarkeit auf die Knie gesunken. Denn darin standen ein richtiges Bett, eine Truhe sowie ein Tisch und ein Stuhl.

»Leg deine Kleider hier herein«, die Gouvernante zeigte auf die Holztruhe. »Und zieh das hier an.« Sie reichte mir ein Kleid aus einem weichen Wollstoff, eine langärmelige Bluse und ein Mieder. »Du musst an der Seite deiner Herrschaft stets sauber und ordentlich gekleidet auftreten. Alles andere später.« Sie drehte sich um und verließ den Raum. Ich sank auf das Bett. Natürlich war es nicht zu vergleichen mit einer Fünf-Punkt-Federkern Matratze und einem Kissen mit perfekter Kopfstütze. Dennoch, gegenüber dem schimmelig

riechenden Strohsack in der klammen Kammer neben
der Küche schien es wie das Paradies.

»Valerie!«, drang es aus dem Nebenzimmer. »Wo
bleibst du?« Die junge Lady rief nach mir und ich beeilte mich, meine Klamotten zu tauschen. Gleich darauf
trug ich ein tannengrünes Kleid, das mir ein bisschen
zu groß war und Schuhe, die weder links noch rechts
kannten. Meine eigenen Sachen würde ich am Abend
in der Waschküche waschen und hoffte, dass sie dann
auch trockneten. Schnell inspizierte ich noch die Holz-
kiste. Sie roch sauber und angenehm, ein vertrocknetes
Sträußchen Lavendel lag darin.

*Gut, dann wollen wir mal sehen, was bei meiner
neuen Arbeit alles auf mich zukommt.*

KAPITEL 11

Wenn mich jemand in meinem bisherigen Leben eine Zicke genannt hatte, lautete meine Antwort stets, dass das nicht stimmte und er oder sie keine echten kennen würde. Schon am ersten Arbeitstag für Isobel erkannte ich, dass auch ich bisher mit wenigen wirklichen Zicken zu tun gehabt hatte. Jetzt aber musste ich der größten von allen zu Diensten sein. Die junge Lady war verzogen, egozentrisch und quengelig. Doch weil ich mich in dieser Materie wesentlich besser auskannte als mit sämtlichen Arbeiten in Küche, Haus und Stall, nahm ich es mit einem Schulterzucken hin. Ganz abgesehen davon waren die Tätigkeiten nicht annähernd so anstrengend wie bisher.

Mir wurde schnell klar, dass es das Lipgloss war, das sie für mich eingenommen hatte. Sie konnte gar nicht genug davon kriegen, wenn sie so weitermachte, wäre die Tube in Nullkommanichts leer. Meine erste Aufgabe bestand also darin, ihr klarzumachen, dass sie es nicht ununterbrochen benutzen dürfe. Denn eines wusste ich: selbst wenn ich Lebensmittelfarbe und Vaseline gehabt hätte, diesen leicht goldgesprenkelten Roséton würde ich damit keineswegs hinkriegen.

Aber zunächst einmal wies mich die Gouvernante in meine Tätigkeit ein. Ich half Isobel beim Aufstehen, ich legte ihr die Kleidung zurecht, die in einem separaten Raum aufbewahrt wurde, getrennt nach Anlässen. Vormittagskleidung, in der sie ihre Korrespondenz erledigte oder im Sommer spazieren ging, Nachmittagskleidung, die sie nach der mittäglichen Ruhepause anlegte, um Freundinnen zu empfangen oder sie zu besuchen, Reitkleidung, wenn sie mit ihrem Vater ausritt, einfache Abendkleidung, wenn sie mit ihrem Vater zu Abend aß und aufwendigere Abendkleidung, wenn sie ausging. Dazu stets die passenden Schühchen, Täschchen und Accessoires.

Da hat sich nicht viel verändert in den paar hundert Jahren.

Um das Holz für den Kamin kümmerte sich Lizzy, den Nachttopf leerte und säuberte eine rotgesichtige, mundfaule Magd, die im Gesindehaus wohnte. So konnte ich mich schon am ersten Tag meiner neuen Tätigkeit um die Dinge kümmern, von denen ich etwas verstand. Nach dem Ankleiden richtete ich Isobels Haar, bürstete es kräftig und flocht es zu einem französischen Zopf, um den ich ein farblich zum Kleid passendes Band schlang. Sie drehte den Kopf hin und her und war begeistert. Jedenfalls redete ich mir das ein. Sie schnalzte nämlich lediglich anerkennend mit der Zunge.

Clothilde sah mir ständig auf die Finger, mischte sich aber nicht ein.

Wenig später fuhr eine Kutsche vor, ich begleitete die junge Lady und ihre Gouvernante hinunter in den großen Hof vor dem Haupteingang. Als die beiden losgefahren waren, stand ich einen Moment da und blickte ihnen hinterher, immer noch den Duft in der Nase, mit dem die junge Frau sich einparfümierte, ein schrecklich penetrant riechendes Zeug, das aber wohl hier gerade der letzte Schrei war. Leider überdeckte er die Körpergerüche nur zum Teil. Außer mir bemerkte das niemand. Als ich mich umdrehte, um ins Haus zurückzugehen, prallte ich vor Schreck zurück. Der Jäger stand ein paar Schritte entfernt und beobachtete mich.

»Nun, wie geht es dir?«, wollte er wissen.

»Gut«, log ich und wollte an ihm vorbeigehen.

»Heute Abend ist Musik im Dorfpub.«

»Aha.« *Ed Sheeran wirds wohl nicht sein.*

»Und Tanz.« Ach herrje. Er flirtete mich an.

»Viel Spaß dabei«, entgegnete ich schnippisch. Gleich darauf fragte ich mich allerdings, ob ich nicht zu hochnäsig gewesen war. Immerhin hatte er mich aus dem Stall gerettet und mich der Köchin gegenüber verteidigt. Doch mir war nicht nach Gedudel und Getanze. Ich hatte etwas ganz anderes im Kopf und wollte die Abwesenheit meiner Herrin ausnutzen, um einfach mal auszuruhen. Daher rannte ich nach oben in meine Kammer, streifte mir die Schuhe von den Füssen, warf mich aufs Bett und war wenig später tief und fest eingeschlafen.

KAPITEL 12

Ein Sonnenstrahl kitzelte meine Nase. Noch im Niesen erwachte ich. Einen Moment lang lag ich ganz ruhig da. Dann setzte ich mich mit einem Ruck auf. Wo war ich? Helles Licht drang durchs Fenster, die Gardinen bauschten sich leicht in einer Brise. Ich war zuhause, in meinem Bett.

Oh Gottseidank. Alles nur ein Traum.

Ich rannte zum Fenster. Der Rasen war zu lange nicht gemäht worden, die schimmernden Halme wiegten sich wie das dunkelgrüne Fell eines großen Tieres im Wind. Es war Sommer, warum war mir nur so kalt? Dabei stach das gleißende Licht einer schon fast weißglühenden Sonne mir regelrecht in die Augen.

»Kammermädchen!«, rief ich, gefolgt von einem Kichern. Was würden unsere Angestellten sagen, wenn ich sie so ansprechen würde? Vermutlich würden sie kündigen.

Als ich mich umdrehte, erschrak ich heftig. Wie sah denn mein Zimmer aus? Alles war voller Stroh. Und dann huschte auch noch eine Maus über den Boden. Ich schrie wie am Spieß und erwachte im selben Moment, in dem Lizzy in meine Kammer gestürmt kam.

»Hilfe!«, schrie ich noch einmal und zog die Decke bis unters Kinn.

Die schüchterne Magd blieb abrupt stehen.

»Du hast laut geschrien«, erklärte sie und rang die Hände. »Ich dachte schon, jemand tut dir ein Leid an.«

Ich schniefte. Auf einmal fühlte ich mich hundsmiserabel. Der ganz kurze Blick in meine Vergangenheit, nein, in mein richtiges Leben, hatte genügt, um mir eine rasante Talfahrt mitten hinein in die Depression zu spendieren.

»Ich will nach Hause«, greinte ich und warf mich kopfüber nach vorn, damit Lizzy meine Tränen nicht sah.

»Wenn der Schnee geschmolzen ist, versuchen wir es.«

Ich schreckte hoch. Adrian stand plötzlich hinter der Magd. Sein Blick wirkte besorgt. Auch er hatte mich schreien hören. Und gedacht, jemand tue mir etwas an? Ich zog die Nase hoch und wischte mir das Wasser aus den Augen.

Der Jäger drehte abrupt ab. Lizzys Gesicht war noch immer sorgenzerfurcht.

»Die junge Lady hat einen Boten geschickt«, wechselte sie dann das Thema. »Sie und die Gouvernante haben beschlossen, in Inverness zu übernachten. Lege ihr ein paar Sachen heraus, die der Mann dorthin mitnimmt.«

Sie wandte sich bereits wieder ab, als ich sie zurückhielt.

»Lizzy«, rief ich ihr zu. »Warte.« Geschwind hüpfte ich aus dem Bett. Es war kalt in meiner Kammer. Was dem Umstand zu verdanken war, dass das Feuer im Kamin von Isobel erloschen war. Ich Transuse hatte nicht daran gedacht, rechtzeitig Scheite nachzulegen. Lizzy lief ins Nebenzimmer, fachte die Glut mit ein paar Pustern an und legte dann einen Span hinein. Als der anfing zu brennen, schichtete sie einige dünne Äste darüber.

»Hilfst du mir beim Aussuchen der Sachen?«, fragte ich sie. Ihre Augen wurden groß.

»Aber ich bin Küchenmagd. Ich weiß nicht, ob die junge Lady es gutheißen würde, wenn ich ihre Sachen berührte.«

»Ach papperlapapp. Solche Standesdünkel sind ja so etwas von gestern.«

Ach wirklich?

Wie ertappt hielt ich inne. Auch ich war manchmal ganz schön streng gewesen damit, wer mein Zimmer betreten durfte oder nicht.

In einem anderen Leben. Das es nicht mehr gibt.

Lizzy schüttelte den Kopf und wich ein paar Schritte zurück. Gerade so, als sei ich der Leibhaftige. Nun ja, die Geschichten über mich, die sich das Gesinde abends erzählte, wollte ich lieber nicht hören.

»Dann sag mir einfach, was ich rauslegen soll.« Ich bedeutete ihr, in der Mitte des Raumes stehenzubleiben. Zehn Minuten später hatte ich ein dunkelgrünes Samtkleid mitsamt den dazu passenden Schuhen, einem Täschchen, das eher ein kleines Samtbeutelchen mit einer langen Kordel dran war, einen federgeschmückten Hut, ein Pelzjäckchen und den passenden Muff bereitgelegt. Dazu einen der Lappen, mit denen sich meine Chefin abends das Gesicht reinigte, sowie eine Flasche ihres grässlichen Eau de Cologne.

Ich wickelte alles so in eine Decke, dass die Kleidung nicht gequetscht wurde. Als Vielfliegerin, die häufig nur mit Handgepäck unterwegs war, hatte ich meine Tricks.

Der Bote wartete bei Martha in der Küche. Die Art und Weise, wie ihr Gespräch verstummte, als ich den Raum betrat, verriet mir, dass es sich um mich gedreht hatte.

Ich reichte dem Mann das Bündel und blieb demonstrativ stehen, bis er sich erhoben und mit einem gemurmelten Gruß und einem Nicken den Raum verlassen hatte.

»Kommt das öfter vor, dass Isobel spontan in der Stadt übernachtet?«, wollte ich wissen. Martha schnaubte. »Du nennst sie die junge Lady, sonst setzt es hier was.« Ihre fleischige Hand bewegte sich bedrohlich.

»Ja. Ja natürlich. Die junge Lady«, beeilte ich mich zu sagen, während ich innerlich die Augen rollte.

Hinter Martha tauchte Fiona auf. Aus ihren Augen leuchtete der blanke Hass. »Schau nur, wie sie danach geifert. Kaum ist die Katze aus dem Haus, tanzt die Maus auf dem Tisch.«

Was wollte diese Kanaille von mir? Ich hatte doch gar nichts getan.

»Rede keinen Unsinn«, fuhr ich sie an. Langsam hatte ich genug von ihren Anfeindungen. »Schließlich habe ich meine Arbeit, genauso, wie ihr eure habt.«

Fiona zog mit einer hässlichen Grimasse die Oberlippe nach oben und entblößte dabei gräuliche lange Zähne. Unwillkürlich musste ich an eine Ratte denken.

»Geh und kümmere dich um die Gesindesuppe«, verlangte Martha barsch und schob sich zwischen uns. »Und du geh auf deine Kammer oder mach deine Arbeit.«

Lizzy huschte herein, sie wirkte gequält, als sie die angespannte Atmosphäre bemerkte.

Langsam ging ich zur Tür. Es war wirklich nicht so, dass ich auf der faulen Haut gelegen hatte. Seit ich dieses Haus betreten hatte, schuftete ich praktisch Tag und Nacht.

»Dir zeige ich es noch«, brummte ich beim Hinausgehen in Fionas Richtung.

Im Zimmer meiner Herrin brannte ein flackerndes Feuer, Lizzy hatte es richtig angefacht. Mir tat das Mädchen auf einmal leid. Wie alt mochte Lizzy sein? Siebzehn? Achtzehn? Ein Leben voller harter Arbeit wartete auf sie. Was, wenn sie zu alt dafür wäre? Eine Rente gab es wohl kaum. Erst gestern hatte ich erfahren, dass alle Bediensteten neben freier Kost und Logis – die meisten wohnten im Gesindetrakt, der sich quer hinter dem Haupthaus, am anderen Ende des Wirtschaftshofes befand – lediglich ein Taschengeld bekamen. Noch immer war es mir nicht gelungen, einen Überblick zu erhalten, wie viele Menschen hier eigentlich arbeiteten.

»Zu wenig für einen solch großen Haushalt«, hatte mal jemand gemurmelt. Aus einem anderen Gespräch hatte ich herausgehört, dass Rupert, Earl of Bathermore eher ein kleines Licht war. Keiner, der viel zu sagen hatte, trotz seines Titels. Keiner, der mit dem Geld um sich werfen konnte. Rund dreißig Zimmer hatte ich im Haupthaus gezählt. Nur wenige waren bewohnt. »Früher, als seine Frau noch lebte, war das Haus voller Personal. Die Gäste der Jagdgesellschaften blieben mehrere Nächte. Da war was los! Und dann erst die ganz großen Gesellschaften, die Mylady in Aberdeen gab!« Martha war einmal ins Schwärmen geraten.

»In Aberdeen?« Die Köchin schlug sich erschrocken auf den Mund, als sie begriff, was sie ausgeplaudert hatte. Es war so, dass die Familie einst in Aberdeen ein wesentliches größeres Anwesen besessen hatte. Das inzwischen verkauft war. Man hatte sich danach in das bisher lediglich als Jagdschloss genutzte Bathermore Castle zurückgezogen. Was manches erklärte. Große Gesellschaften waren passé. Heutzutage aber würde Martha das mit den beiden Mägden sowieso nicht mehr schaffen, ich hatte bereits bemerkt, dass auch eine einfache Abendeinladung alle dort in der Küche an ihre Grenzen brachte.

Wie gut, dass ich in so kurzer Zeit zum Kammermädchen aufgestiegen war!

In meiner Kammer angekommen, warf ich mich erneut aufs Bett. Schlafen konnte ich nicht mehr. Das Adrenalin, das der Streit mit Fiona in mir ausgelöst hatte, kreiste durch meine Adern. Mein Kopf tat weh. Leise schlich sich der Gedanke an, dass mich niemand in diesem Haus leiden konnte. Ich war hier ein Fremdkörper und würde immer einer bleiben. Noch dazu konnte ich niemandem anvertrauen, was mit mir geschehen war. Sie würden mich beim ersten Ton wegsperren und schon der Gedanke daran ließ mich schaudern. Die tiefe Traurigkeit darüber, dass mein bisheriges Leben unerreichbar für mich geworden war, drückte mir auf die Brust, als läge ein Mühlstein darauf. Mühsam erhob ich mich. Irgendwo aus dem Hof hörte ich Stimmen und Lachen. Draußen wurde es dunkel. Langsam nahm eine Idee Gestalt an. Warum sollte ich eigentlich hierbleiben und Trübsal blasen? Es ging auch anders.

KAPITEL 13

Lizzy hatte zunächst heftig den Kopf geschüttelt.

»Kind, du kannst ruhig mal rausgehen«, hatte sogar Martha ihr zugeredet. Die Köchin hatte mitbekommen, was in Lizzys Kammer vor sich ging.

Schließlich knickte die junge Magd ein und verließ mit mir das Haus. Es war an diesem Abend zwar immer noch winterlich kühl, aber die ganz große Kälte schien entweder vorbei zu sein oder eine kleine Pause einzulegen.

So sehr ich mich auch bemüht hatte, ich hatte keinen Überblick mehr darüber, welches Datum wir hatten. Da es für das Gesinde keine große Rolle spielte, achtete niemand darauf. Und der Earl sah vermutlich keine Veranlassung, seinem Personal mitzuteilen, welches Datum man schrieb. Es reichte zu wissen, dass es Winter war und auf Frühling zuging. Anhand der Sonntage – an denen schlief Isobel länger als sonst und bekam ein besonderes Frühstück mit kandierten Früchten serviert – versuchte ich, nicht ganz den Überblick zu verlieren. Es schien, als sei ich bereits sechs oder sieben Wochen am Fürstenhof. Dann müsste es nun Mitte Februar sein.

Vielleicht ist heute sogar Valentinstag.

Schon wieder erfasste mich Traurigkeit. Der letzte Valentinstag, an dem ich liiert gewesen war und ein Geschenk erhalten hatte, lag allerdings auch schon eine Weile zurück. Mein damaliger Freund Benjamin hatte sich etwas Besonderes einfallen lassen. Mit einer weißen Stretchlimousine ging es in ein Nobelrestaurant in Edinburgh. Um das Champagnerglas lag ein Herz aus roten Rosen, den Ring hatte er mir kniend überreicht, unter dem Applaus der anderen Gäste. Alles war perfekt. Zu perfekt. Vor allen Dingen zu perfekt gefilmt und fotografiert. Ich hatte Ben verlassen, als mir dämmerte, dass mein Leben mit ihm einer Inszenierung glich, die weniger den Grad an Zuneigung zueinander widerspiegelte als den Wunsch, mittels seiner Social Media Kanäle Wildfremden im weltweiten Netz etwas vorzuspiegeln. Eines der Accessoires dabei war ich gewesen. Da hatte er schon fünftausend Follower mehr auf Instagram als ich. Nach unserer Trennung postete er ein Foto von sich in einem nepalesischen Kloster mit den Worten »Weil ich es mir wert bin.« Vermutlich verstand das kein Mensch, aber sie klickten und likten wie die Bekloppten und als ich einen kritischen Kommentar schrieb – immerhin musste niemand aus einer Schweigewoche heraus täglich fünfmal posten – flog ich aus seiner Followerliste und wurde gesperrt.

Den Ring hatte er übrigens gleich nach der Trennung zurückverlangt.

Nun war ich weit entfernt von all dem, es kam mir bereits vor, als läge mein altes Leben nicht nur ein paar Wochen, sondern Lichtjahre entfernt. An diesem Abend aber wollte ich nicht daran denken. Sondern mich ein wenig vergnügen. Nach all der Mühsal und Plage hatte ich mir das auch einmal verdient.

Lizzy und ich mussten kräftig ausschreiten, das Dorf lag geschätzt zwei Kilometer entfernt vom Castle. Nach einem längeren Fußmarsch leuchtete der Gasthof uns aus der Dunkelheit heraus entgegen. Aus sämtlichen Fenstern drang gelbliches Licht, und bereits von Weitem war lautes Singen und Lachen zu hören. Als wir die Gaststube betraten, wandten sich uns etliche Köpfe zu. Kein Platz war mehr frei, teilweise saßen die Leute wie gestapelt auf den einfachen Holzbänken und Stühlen, die sich an den Innenseiten der Wände entlangzogen. Die grob gezimmerten Tische hatte man im hinteren Teil des Raumes zusammengeschoben. In der freigeräumten Mitte tanzten ein paar Männer zu dem Gefiedel und Geflöte eines ziemlich zerlumpt aussehenden Duos. Angefeuert wurden alle miteinander durch das Klatschen und Rufen der anwesenden Gäste. Die Luft war zum Schneiden dick, es roch säuerlich nach Ale, nach Menschenschweiß und schwach nach gebratenem Hammel. Einige Leute ließen sich etwas schmecken, das wie ein Gulasch aussah und auf einen Schlag bekam ich heftigen Hunger. Außer einem furchtbar fad schmeckenden Porridge, dünner Suppe und hin und wieder einem Stück geräuchertem Fleisch hatte ich nicht viel zu essen bekommen in den letzten Wochen.

»Wir wissen doch gar nicht mehr, was es heißt, Hunger zu haben. Noch nicht einmal, was es heißt, auf etwas warten zu müssen. Auf Erdbeeren, zum Beispiel. Sie wachsen bei uns eben nicht im Dezember. Wir sind verwöhnt und merken nicht, was wir unserem

Planeten damit antun«, erklang Ivys Stimme in meinem Kopf.

Was sie wohl zu meinem aktuellen Speiseplan sagen würde? Hier zählten sogar Kartoffeln zu Kostbarkeiten, weil sie noch lange nicht großflächig angebaut wurden.

Lizzy und ich legten die karierten Plaids ab, die uns als Mantel gedient hatten. Sie rieb die klammen Hände, die nicht nur rissig und rau, sondern jetzt auch noch leicht bläulich verfroren waren. Meine sahen zwar besser aus, aber meine dezente French Manicure war inzwischen herausgewachsen und die Haut so trocken, dass sich kleine weiße Schüppchen gebildet hatten.

»Oho. Zwei Schöne vom Bathermore Castle«, grölte einer der Männer. Er hob seinen Krug, verschüttete dabei etwas Ale auf den Boden und grinste Lizzy anzüglich an. Ich legte den Arm um sie und zog sie weg von dem Kerl, der offensichtlich schon betrunken war. Allerdings benahmen sich die anderen männlichen Gäste wenig besser. Der Alkohol war wohl bereits in Strömen geflossen, hatte die Gesichter rot gefärbt und über den staubbedeckten Stiefeln und den fadenscheinigen Hosen saßen die Kilts und Jackets nicht mehr akkurat. Lizzy holte uns etwas zu trinken und aufgrund der Größe des Bechers, mit dem sie zurückkam, nahm ich an, es handele sich um Wasser. Meine Begleiterin trank ein paar Schlucke, dann reichte sie mir das Gefäß. Ich setzte an und prustete gleich darauf los. Etwas Hochprozentiges rann meine Kehle hinab wie flüssiges Feuer. Whiskey in einer Stärke, wie ich ihn noch nie getrunken hatte. In einem Anfall von Fatalismus trank ich den Rest dennoch aus.

Was soll's, dachte ich. *Ich komme hier nicht mehr raus, da will ich wenigstens ein bisschen Spaß dabei haben.*

»Komm, lass uns tanzen!« Ein großer, schlaksiger Kerl mit rotem Haar zog mich zu sich und warf gleich darauf wie wild die Beine in die Luft. Mich wirbelte er links herum und rechts herum, dass mir der Atem wegblieb. Er selbst drehte sich, auf einem Bein hopsend, wie ein Kreisel. Die Umstehenden klatschten begeistert. Auch Lizzy war auf die Tanzfläche gezogen worden. Ihr Galan war klein und dick und seine Äuglein glänzten fröhlich, während er sie hin und her schob. Zu meinem Erstaunen schien es Lizzy zu gefallen, sie lächelte scheu und lachte zwischendrin sogar einmal. Mir war das Ganze nicht geheuer. Als der Geiger und sein Kompagnon mit der Flöte eine kleine Pause einlegten, wollte ich daher vom Tanzboden flüchten. Doch der Rothaarige hatte noch lange nicht genug. Und das, obwohl ich ihm im Eifer des Gefechts bestimmt drei Mal auf die Füße getreten war.

»Hab dich noch nie hier gesehen«, schrie er mir ins Ohr.

»Ich bin von woanders. Aus einem anderen Land«, stellte ich klar.

»Dann kennst du unsere Tänze nicht?«

Ich schüttelte den Kopf. Die Musikanten fingen wieder an zu spielen. Die Musik war mehr als gewöhnungsbedürftig und ich fragte mich, ob es eine gute Idee gewesen war, herzukommen.

Während ich einige Zeit später – nach weiteren Tänzen, von der Hitze im Raum und dem Herumgehüpfe erschöpft – auf einen frei gewordenen Stuhl fiel, trat ein jüngerer Mann vor. Er redete mit den Musikern und an der Art, wie es ruhig wurde im Pub erkannte ich, dass uns etwas Besonderes bevorstand. Meine Augen suchten Lizzy. Zu meiner Verwunderung sah ich sie auf dem Schoß des Dicken sitzen, der seine Hand unter ihr Kleid geschoben hatte und ihre Beine liebkoste. Lizzy schien das sehr zu gefallen, ihr Kopf lehnte an der Wange ihres Galans und sie grinste. Ein bisschen dümmlich, wie ich fand.

»So ihr Herrschaften, nun hört mein Lied!«, rief der junge Kerl, der neben den Musikanten stand, in den Raum. Der eine fing wieder an, auf seiner Geige zu spielen, der andere hatte seine Flöte weggelegt und schlug nun ein Tambourin. Zu den schrägen Tönen begann der Gast zu singen. Mit einer durchaus nicht unangenehmen Stimme. Allerdings traf er die Töne nicht alle und was diese Ballade um eine junge Frau, die Milch verschüttet hatte und von ihrem Herrn bestraft wurde, bedeuten sollte, verstand ich auch nicht. Der Mimik und Gestik der Gäste nach handelte es sich aber wohl um ein anzügliches Lied. Als der Hobby-Sänger geendet hatte, klatschten alle um mich herum jedenfalls wie wild und nach einigem Hin und Her betrat ein zweiter Mann, etwas älter als der erste, die Bühne und schmetterte mit einem tiefen Bariton ein Lied, das durchaus aus einer Oper hätte stammen können. Unwillkürlich musste ich grinsen, war ich auf eine altertümliche Art von Karaoke gestoßen?

Bevor ich länger darüber nachdenken konnte, erhielt ich einen groben Stoß in den Rücken.

»Wir wollen ein Lied aus deiner Heimat hören!«, schrie der Rothaarige. In den letzten zehn Minuten hatte er mindestens zwei Krüge Ale geleert und wirkte dementsprechend aufgelöst.

»Hier trink!« Ein anderer mit dunklen Locken hielt mir einen Becher an den Mund. Und weil ich inzwischen ziemlich durstig war, trank ich.

Ale war nie mein Lieblingsgetränk gewesen. Ich bevorzuge Rhabarberschorle, Lillet-Cocktails oder trockenen Weißwein. An heißen Tagen trank ich gelegentlich ein Light-Bier. Aber das, was man mir jetzt fast schon hineinzwang, hatte mit all dem nichts zu tun. Dunkel war es, trüb und es schmeckte einfach scheußlich. Doch der Schwarzgelockte hielt den Becher fest gegen meine Lippen gedrückt, sodass ich gar nicht aufhören konnte zu schlucken, bis alles leergetrunken war. Mit einer entschiedenen Geste fuhr ich mir mit dem Handrücken über den Mund und rülpste, zu meinem eigenen Entsetzen, lautstark. Was wiederum bei den Anwesenden zu einem Lachsturm führte. Dann stand ich auf einmal auf der »Bühne«, wenn man mal so will, auf jeden Fall neben den zwei Musikanten, die mich fragten, was ich singen wolle.

Mir fiel nichts ein. Ob es *Auld lang Syne* schon gab? Oder *Silent Night*? Andererseits war Weihnachten bereits vorbei und wir hatten vielleicht gerade Valentinstag.

Valentinstag. Liebe. Das war gut. Eine leichte Sehstörung ließ mich kurzzeitig das Publikum doppelt sehen. Gleichzeitig spürte ich eine große Zuversicht. Ich würde das Ding schon rocken.

»All you need is love«, intonierte ich leise den Musikern. Die sahen sich verständnislos an.

»Kennen wir nicht«, sagte der eine. »Können wir aber nachspielen«, der andere. So summte ich den alten Beatlessong. Nicht zur Gänze natürlich. Sondern immer nur den Refrain. »Nicht gerade kurzweilig«, brummte das Musikantenduo. Die hatten ja keine Ahnung! *Mir egal*, dachte ich, aber anders kam ich aus der Nummer nicht raus.

Als die beiden dann endlich ihre Instrumente startklar hatten, klackerte ich mit der Zunge. »Drei, zwei, eins. All you need is love«, sang ich. »All you need ist love, love. Love is all you need.«

Mucksmäuschenstill war es im Raum geworden. Lizzy hatte ihren Kopf vom klebrigen Haar ihres Begleiters gelöst und schaute mit leicht offenstehendem Mund zu mir herüber. Der Rothaarige klappte mit den Füßen die Melodie mit. Ein weiterer Gast versuchte, mitzusingen, was sich merkwürdig anhörte. Irgendwie machte mir das Ganze auf einmal einen Riesenspaß. Auch wenn sich ein leichter Schleier über meine Wahrnehmung gelegt hatte, schaukelte ich jetzt mit den Schultern hin und her, drehte meine Hüften, warf mein Haar über die Schulter und grinste wie blöde alle Umstehenden an. Einige Frauen betrachteten mich daraufhin mit zunehmend unfreundlichen Blicken, aber das war mir egal. Sollten sie sich doch einfach den Titel meines Karaokeliedes zu Herzen nehmen.

»She loves you, yeah, yeah, yeah«, hörte ich mich grölen. Es gab kein Halten mehr. Die Männer grinsten, die Frauen guckten immer bösartiger.

Dann war das Lied zu Ende. Ich wollte mich verbeugen, aber irgendwie verlor ich das Gleichgewicht und landete volle Kanne auf dem Boden. Ein paar Leute lachten. Lizzy war die erste, die bei mir war.

»Valerie, geht es dir gut?«, wollte sie wissen.

»Sie ist völlig betrunken«, sagte eine andere Stimme. Woher kam die denn? Die kannte ich doch? Verwirrt drehte ich den Kopf.

Adrian schob seine Pranken unter meine Achseln und zog mich in die Senkrechte.

»Wo kommst du denn her?« Meine Stimme klang holprig und schleppend.

»Ich war die ganze Zeit schon hier«, mit einer Kopfbewegung wies er auf den hinteren Teil des Schankraumes. »Hab dich dieses merkwürdige Lied singen gehört.«

Merkwürdig? Einer der größten Hits ever! Aber eben erst in rund 300 Jahren.

»Hey, Jägersmann. Das ist meine Braut heute Abend.« Der Rothaarige hatte sich neben Adrian aufgebaut. Der blieb ganz lässig. »Heute nicht mehr, Gary.«

Er legte den Arm um mich und ehe ich es mich versah, lag ich bäuchlings über seiner Schulter. »Wo bringst du mich hin?«, hörte ich mich murmeln.

»Nach Hause«, antwortete er.

KAPITEL 14

Der Gaul schritt in gemächlichem Tempo dahin. Adrian hatte mich einfach auf den Rücken des Tieres geworfen und nun pendelten meine Arme und Beine bei jedem Schritt hin und her. Mein Bauch begann zu rumoren, er drückte ziemlich hart auf das Pferd. Adrian hielt mit einer Hand die Zügel, die andere lag fest auf meinem Rücken und hinderte mich daran, herunterzurutschen.

»Mir wird schlecht«, murmelte ich, als von meinem Magen aus eine gewisse Nervosität ausging. Sofort hielt Adrian an, stieg ab, zog mich ebenfalls herunter und sah zu, wie ich hinter einen Wacholderstrauch taumelte, um dort Ale und Whiskey von mir zu geben.

Eine Weile später, nachdem ich keuchend und auf den Knien hockend wieder zu Atem gekommen war, erhob ich mich, um zu ihm zurückzugehen. Er stand mit verschränkten Armen neben dem Pferd und sah mir entgegen. Der Mond stand hinter ihm am Himmel, sodass ich seinen Gesichtsausdruck nicht erkennen konnte.

»Hier«, er hielt mir ein Stoffsäckchen entgegen. »Eine Wurzel, die die Übelkeit nimmt.«

Aha. Ich schob mir ein winziges Stück in den Mund und hätte mich beinahe gleich wieder erbrochen, so bitter war das Teil.

»Kauen«, verlangte Adrian. »Es wird besser.« Also kaute ich tapfer und es wurde nicht besser, aber wenigstens hörte fast augenblicklich das Rumoren in meinen Eingeweiden auf.

»Ich habe seit Wochen keinen Alkohol getrunken«, stellte ich leicht lallend erstaunt fest. »Und ziemlich wenig gegessen.« Tatsächlich fühlte sich meine Leibesmitte regelrecht geschrumpft an.

»Du musst dich besser mit Martha stellen. In einem großen Haushalt muss man sich immer gut mit der Köchin stellen. Sonst fällt man irgendwann vom Fleisch.«

»Musst du dich auch gut mit ihr stellen, damit sie dir ein Stück von deinem eigenen Braten abgibt?«

Er antwortete nicht gleich. »Es ist nicht mein Braten, wenn du auf das Wild anspielst, das ich erlege. Es gehört meinem Herrn, nicht mir.«

Auf einmal spürte ich wieder, wie kalt es war und schlang die Arme um meinen Oberkörper.

»Komm jetzt, sonst erfrierst du noch.« Er zog das Plaid fester um mich und hob mich auf den Gaul.

Dieses Mal lag ich nicht über dem Pferd, sondern saß darauf. Hinter mir Adrian, eine Hand um meinen Leib geschlungen, die andere am Zügel. Als er das Tier mit einem leisen Zungenschnalzen zum Trab anleitete, krallte ich mich in dessen dichte Mähne. Aber Adrian hielt mich so fest, dass ich mich schon nach wenigen Sekunden vollkommen sicher fühlte. Das Pferd roch intensiv nach Pferd, die Luft war klar und kalt, der Mond fast voll und bleich. Der Himmel über uns war so dicht mit Sternen bedeckt, wie ich es in meinem alten Leben nie gesehen hatte. All das nahm ich urplötzlich mit geschärften Sinnen wahr. Es war, als habe jemand einen Schleier von meinen Augen gezogen. Das leise Stampfen der Hufe, die Landschaft, kahl und in einer Mischung aus hellen und dunklen Schatten, huschte vorbei. Dann spürte ich noch etwas. Die Wärme des Mannes hinter mir durchdrang die Decke und meine Kleidung, als läge seine Haut direkt auf meiner. Die feste, starke Hand, die mich hielt.

Er gefällt mir, schoss es mir durch den Kopf. Gleichzeitig musste ich ein Lachen unterdrücken. Das war doch unmöglich. Er konnte mir nicht gefallen. Der Mann war einfach ...

... er sieht besser aus als Rurik Gislason und ist cooler als David Beckham ...

Okay, ich war immer noch betrunken, anders konnte ich mir das nicht erklären.

Als wir am Castle ankamen, war alles dunkel. Wir ritten auf den Hof, wobei die Hufe des Pferdes so laut klapperten, dass ich damit rechnete, wir würden gleich alle anderen aufwecken. Doch nichts geschah. Adrian stieg ab und reckte die Arme nach oben, um mich vom Pferd zu heben. Ich rutschte herunter und als ich wieder Boden unter den Füßen hatte, schwankte ich ganz leicht. Er hielt mich fest. Wir standen ganz nah beieinander. Ich hob den Kopf und jetzt stand er so, dass ihm das Mondlicht ins Gesicht schien. Ein schmales Gesicht, die untere Hälfte mit Bartstoppeln bedeckt, die man in meiner Zeit einen Drei-Tage-Bart nannte. Seine hellen Augen schimmerten. Unter meiner Haut wurde es ganz warm. Wir schauten uns an, wie es schien, eine Ewigkeit. Seine Hand, die mich so sicher durch die Nacht geleitet hatte, lag noch immer auf meiner Schulter. Ich öffnete den Mund, ich wollte etwas sagen, aber es kam kein Ton über meine Lippen.

»Gute Nacht Valerie aus La-La-Land.« Seine Stimme, ganz nah an meinem Ohr, brachte alles in mir zum Vibrieren. Feine Härchen richteten sich auf, eine angenehm kribbelige Gänsehaut breitete sich auf meinem Körper aus. Ehe ich es mir versah, hatte ich mich auf die Zehenspitzen gestellt. »Danke, dass du mich gerettet hast«, wisperte ich ihm ins Ohr. Der Griff seiner Finger wurde einen Tick fester, er zog mich noch näher zu sich. Ich sah auf das Grübchen in seinem Kinn und auf eine kleine Vertiefung in seinem linken Ohrläppchen und schließlich trafen sich unsere Blicke.

»Du ...« Was er mir sagen wollte, erfuhr ich nicht mehr. Denn just in diesem Moment kam der Knecht, der für das Tor in der Nacht zuständig war, mit einer Lampe in der Hand aus der Richtung des Aborts. Adrian ließ mich so abrupt los, dass ich einen Schritt nach rückwärts taumelte.

»Wo warst du denn«, fragte er den anderen mit fester, aber nicht allzu lauter Stimme. Der grummelte etwas und machte sich daran, das Tor zu schließen. Dann musste es jetzt Mitternacht sein.

»Gute Nacht.« Adrians Stimme klang wieder förmlich. Er nahm sein Pferd beim Zügel und ging zu den Ställen hinüber. Von dort würde er vermutlich ins Gesindehaus gehen, wo er, wie die meisten anderen auch, wohnte. Zumindest dachte ich das. Als ich ihn davongehen sah, wurde mir wieder kalt. Ich machte, dass ich ins Haus kam. Wie üblich nahm ich die schmale Tür, die neben der Küche hineinführte. Noch bevor ich zur Treppe hin abbog, nahm ich aus dem Augenwinkel eine

Bewegung wahr und blieb stehen. Fiona stand vor mir, blass wie die Wand. Ihr Gesicht hatte sich bösartig verzogen, die dunklen Augen glühten vor Wut. »Nicht nur eine Hexe bist du, sondern auch noch eine Hure!« Noch bevor ich sie fragen konnte, was diese Beleidigung solle, spuckte sie mir vor die Füße, drehte sich um und verschwand in ihrer Kammer.

Entsetzt stand ich da. Es dauerte ein paar Sekunden, bis ich wieder einen einigermaßen klaren Kopf bekam. Dann wurde mir bewusst, was das eben sollte. Sie musste mich mit Adrian gesehen haben. Und wenn sie sich deswegen so aufführte, so konnte das nur heißen, dass sie ein Auge auf ihn geworfen hatte. Es konnte halt immer doch noch schlimmer werden.

KAPITEL 15

Am nächsten Morgen, beim ersten Hahnenschrei, erwachte das Haus. Ich fühlte mich elend und hob den schweren Kopf nur kurz vom Kissen, um nach nebenan zu lauschen. Alles ruhig. Vorsichtshalber lief ich zur Tür und öffnete sie. Das Bett war unberührt. Natürlich war die junge Lady noch nicht zurück. Isobel schlief gerne lange, wenn man die Zeit, die sie für ihre Garderobe benötigte und die Rückfahrt aus der Stadt dazurechnete, würde sie sicherlich nicht vor der Mittagsstunde zurückkehren.

Ich warf mich wieder ins Bett. Niemand wollte etwas von mir. Niemand vermisste mich. Dadurch, dass meine junge Herrin nicht anwesend war, konnte auch ich mich noch ein wenig ausruhen. Es tat gut, nach dem verwirrenden gestrigen Abend noch einmal die Augen schließen zu können. Wieder durchlebte ich den Moment, in dem Adrian und ich uns gegenübergestanden hatten. Ich meinte, seine Hand noch auf meinem Arm zu spüren. Ein Kribbeln lief meine Wirbelsäule entlang und verursachte ein leichtes Flattern in meiner Magengrube. Beinahe, da war ich mir sicher, hätte er mich geküsst. Wenn nur nicht der Alte gekommen wäre, um das Tor zu schließen. Ich schloss die Augen und versuchte, meine Gefühle zu sortieren.

Erstens: Ich fühlte mich nach wie vor nicht wohl hier. Die Aufgabe als Kammermädchen war besser, als eine Magd zu sein. Doch eine Zukunft sah ich hier nicht.

Zweitens: Ich wollte unbedingt nach Hause, in mein altes Leben zurück. Dabei hatte ich keine Ahnung, wie das funktionieren sollte. War mir doch überhaupt nicht klar, wie ich überhaupt in die Vergangenheit geraten war.

Drittens: Niemand hier mochte mich. Mit Ausnahme von Lizzy. Und vielleicht mit Ausnahme von Adrian. Seine Worte hallten in meinem Kopf: *»Du musst dich besser mit Martha stellen. In einem großen Haushalt muss man sich immer gut mit der Köchin stellen. Sonst fällt man irgendwann vom Fleisch.«*

Das Fazit war wenig erbaulich. Um mir mein Leben hier einzurichten, musste ich mich besser stellen mit den anderen Bediensteten. Obwohl ich keine von ihnen war, musste ich genau das suggerieren. Der Hass, den mir Fiona entgegenbrachte, den würde ich nicht aufbrechen können. Besser, ich baute meine Beziehung zu Lizzy und Adrian aus. Zu Martha. Und danach zu den anderen. Der Gouvernante, vielleicht. Während ich so über eine Überlebensstrategie nachdachte, flog im Nebenzimmer die Tür auf.

»Wo ist denn mein Täubchen?«, hörte ich die Stimme des Earls. Erschrocken sprang ich aus dem Bett, realisierte sofort, dass ich noch mein Schlafgewand trug. Nun war dies hier kein seidenes Negligé und auch kein Baby Doll. Sondern ein weites, hochgeschlossenes, knöchellanges und völlig undurchsichtiges Gewand aus hellem Stoff. Dennoch wollte ich dem Herrn des Hauses auch so nicht gegenübertreten. Während ich fieberhaft darüber nachdachte, mich unterm Bett zu verkriechen, kam der Hund des Earls in meine Kammer spaziert. Ein grässlich großer, senfgelber Köter. Er hob den Kopf, schnupperte und sah mich mit seinen melancholischen braunen Augen an. Ob er Mitleid mit mir hatte? Ein kurzes Bellen, schon stand sein Herrchen an der Tür zu meiner Kammer.

»Was machst du hier noch im Schlafgewand?«, fragte er mich. Mit weniger empörtem als einem anderen Unterton, den ich nicht so recht deuten konnte und wollte.

»Ich ... also ich ...«, stotterte ich. Erst dann fiel mir ein, dass ich mich nicht regelkonform verhielt. Ich sank in einen tiefen Knicks. »Erhebe dich«, brummte der Earl. Nun kam er einen Schritt näher, eindeutiges Interesse im Blick. Nur, an was? Ich mochte nicht darüber nachdenken.

»Die junge Lady hat aushäusig übernachtet«, brachte ich ihn zügig auf den Stand der Dinge. »Sie ist noch nicht zurück.«

Bevor er antworten oder womöglich näher kommen konnte – einen Schritt weiter, und ich wäre rückwärts auf meine Bettstatt geplumpst – ertönte aus dem Nebenzimmer eine leise Stimme.

»Guten Morgen, Mylord.« Lizzy! Ich trat einen Schritt zur Seite, um freie Sicht zu haben. Die junge Magd stand, mit einem Korb voller Brennholz, an der Tür zu Isobels Zimmer. Als der Earl sich zu ihr umdrehte, knickste sie, um sich dann hurtig am Kamin zu schaffen zu machen. Niemand sprach, aber ich bemerkte, dass Lizzy nicht ganz so flink arbeitete wie normalerweise.

»Nun ja, dann will ich mal wieder.« Isobels Vater schenkte mir einen tiefen Blick, dann drehte er sich abrupt um und verschwand. Der Hund stand noch immer vor mir und sah zu mir herauf. Dann drehte auch er sich um und folgte seinem Herrn. Lizzys und meine Blicke kreuzten sich. Sie sagte nichts, aber alleine die Art, wie sie mich ansah, verstärkte das Gefühl, eben einer Gefahr entronnen zu sein.

»Puh«, sagte ich zu ihr. »Du bist im richtigen Moment gekommen.«

Sie blickte in die kleinen Flammen, die über die frisch aufgeschichteten Scheite leckten, schürte alles ein wenig und sah dabei aus wie immer.

»Bist du noch lange in der Gaststätte geblieben?«, wollte ich wissen. »Es tut mir leid, dass ich nicht mit dir zurückgehen konnte.«

»Das macht doch nichts.« Sie wandte mir ihr Gesicht zu. Entweder das Feuer hatte dafür gesorgt, dass es leicht zu glühen schien. Oder es war etwas anderes.

»Lizzy, du hast doch nicht etwa ...?«

»Was denn?« In ungewohnter Koketterie hob sie die Brauen. Dann lächelte sie plötzlich.

»Noch bin ich jung. Das Leben hier schenkt wenig Zerstreuung. Man muss mitnehmen, was sich einem bietet.«

Mir klappte die Kinnlade herunter. »Du hast dich doch nicht ... mit diesem Mann ...?« Sie war noch so jung! Ich trat einen Schritt näher. »Was, wenn du schwanger wirst?« Ich hatte definitiv keine Ahnung, wie man das in dieser Welt hielt. Aber eine ledige Magd mit einem Kind am Hals, das war sicher kein guter Karriereplan.

»Er hat den Schwengel herausgezogen, sich auf das Stroh ergossen«, gab sie ungerührt zu Protokoll. Ich schlug vor Überraschung die Hand vor den Mund. »Aber Lizzy ...«, stammelte ich. Bevor ich einfach schwieg. Was verstand ich von diesen Dingen? Viel Freude hatte man hier im Haushalt wirklich nicht. Aber sich so jung, wie sie war, einem Fremden hinzugeben, das schien mir einfach unglaublich. Sie blickte zu Boden, mit der üblichen zurückhaltenden Mimik, und schwang den Oberkörper leicht hin und her.

»Es wäre mir durchaus lieber, ich hätte einen Galan, der mich heiraten wollte.«

»Das kann ich gut verstehen«, gab ich zurück. »Aber eine Frau braucht nicht unbedingt einen Mann, um glücklich zu sein.«

Sie hob den Kopf, die großen klaren Augen blickten fragend. Ich schüttelte leise den Kopf über meine Ungeschicklichkeit.

»Ach, vergiss es«, murmelte ich. »Ich rede von der Zukunft.«

»Niemand kann wissen, was in der Zukunft ist«, gab sie zu bedenken.

Ich schon, denn ich komme von dort.

»Lizzy, du musst dich selbst schützen. Vor Krankheiten und vor Schwangerschaft.« Ich merkte selbst, dass ich mich anhörte wie eine alte Tante, die ihrer Lieblingsnichte gute Ratschläge gibt. Vergeblich kramte ich in meinem Gedächtnis. Was wusste ich eigentlich über die Zeit, in der ich lebte? Welche Krankheiten gab es? Geschlechtskrankheiten aller Art waren bei meiner zukünftigen Generation weniger das Thema als AIDS. Aber das gab es in dieser Zeit glücklicherweise ja noch nicht. Und gegen unerwünschte Schwangerschaften schützte man sich, wie es einem gefiel.

»Wie macht ihr das in deinem Land?«, wollte sie wissen.

Wir nehmen die Pille, lassen uns eine Spirale einsetzen oder benutzen Verhütungszäpfchen. Anfangs machen wir es nur mit Kondom.

Kondom! Das war das Stichwort. Hatte ich nicht einmal gelesen, dass es Ähnliches schon seit dem Mittelalter gab?

»Der Mann zieht sich was über«, formulierte ich die Dinge mal neutral.

Sie kaute einen Moment lang auf der Innenseite ihrer Wange herum, dann blitzen ihre Augen auf. »Komm mit«, flüsterte sie. »Der Earl ist inzwischen außer Haus. Da kann ich dir etwas zeigen.«

Schon huschte sie aus dem Zimmer, ich folgte ihr verwirrt. Die düsteren Flure, in denen sie mir voraneilte, war ich noch nie entlanggegangen. Sie führten in einen Teil des Castles, der mir in meiner Funktion bisher verschlossen geblieben war. Angekommen an einer hohen, mit reichlich Schnitzerei versehenen Holztür, legte sie lauschend das Ohr dagegen. Dann drückte sie die Klinke nach unten. Die Tür gab nach und gleich darauf standen wir offensichtlich in den Gemächern des Hausherrn. Überrascht blieb ich stehen. Isobels Mädchenzimmer war bereits üppig ausgestattet, jedenfalls im Gegensatz zu den übrigen Räumlichkeiten. Aber diese Räume übertrafen das um ein Vielfaches. An den Wänden hingen große Stickereien und Gemälde, die meist Jagdszenen zeigten. Die Kommoden, Schränke, Tische und Sessel bildeten eine männliche

Komposition aus dunklem Holz und dunklem Samt, dessen weicher Schimmer sich in den dicken Vorhängen wiederholte. Lizzy hatte keine Augen für all die Opulenz. Sie schritt zügig voran. Wir durchquerten eine Art Arbeitszimmer, in dem noch einmal fast genauso viele Bücher standen wie in der mir bereits bekannten Bibliothek im vorderen Teil des Hauses. Danach ging es durch einen Salon, wo geschliffene Gläser und Karaffen voller Sherry und Whiskey in auf Hochglanz polierten Vitrinen standen und dunkle Ledersessel einen würzigen Duft ausströmten. Am Ende landeten wir im großen Schlafraum des Earls. Ein riesiges, noch ungemachtes Bett unter einem ausladenden Baldachin, links und rechts davon führten schmale Türen in kleinere Räume. Einer diente dem Herrn des Hauses vermutlich als Ankleidezimmer. Das andere barg etliche Truhen und Kommoden. Lizzy trat zu einer davon und zog die Schublade auf. »Hier«, flüsterte sie. »Das meintest du?«

Vor Schreck japste ich heftig auf. Dort drinnen lagen ein paar Dinger, die aussahen – ja, wie altertümliche Präservative. »Schweineblasen«, murmelte ich, denn jetzt fiel mir wieder ein, was ich mal gelesen hatte. Gedankenverloren griff ich danach. Das Teil sah ziemlich vertrocknet aus. Wie lange es wohl schon gelegen hatte?

»Da kommt jemand!« Lizzys Flüstern war von Panik unterlegt. Wir rannten aus dem Kabuff, aber es war zu spät. Aus dem vorderen Teil der Gemächer näherten sich Schritte dem Schlafzimmer. »Schnell«, wisperte sie. Doch ich war zu langsam und so war sie bereits unter dem Bett des Earls verschwunden, als sein

Leibdiener den Raum betrat und bei meinem Anblick so ruckartig stehenblieb, als sei er gegen eine unsichtbare Wand gelaufen.

KAPITEL 16

Unsichtbar hätte ich mich gelegentlich in meinem Leben gerne gemacht. Oder mir wenigstens gewünscht, ein Loch im Boden täte sich unter mir auf. So wie jetzt. Stattdessen blieb ich stocksteif stehen, die Schweineblase in der Hand und starrte den Mann an.

Mit dem Leibdiener des Earls hatte ich bisher wenig zu tun gehabt. Er tauchte so gut wie nie in der Küche auf. Er aß in seiner Kammer, die an die seines Herrn grenzte und folgte diesem im Übrigen wie ein Schatten. Es sei denn, der Earl ritt aus oder ging auf die Jagd.

Nun standen wir uns gegenüber. Die Augen des Mannes weiteten sich beim Anblick der Schweineblase, er sah zu dem zerwühlten Bett und nach etlichen Schrecksekunden, in denen keiner von uns einen Ton von sich gab, senkte er den Kopf in einer leichten Verbeugung.

»Verzeiht. Ich wusste nicht, dass Ihr hier seid.« Sprach's, drehte sich zackig um und verließ den Raum. Mir entwich die Luft aus den Lungen mit einem Geräusch, als sei ein Fahrradreifen geplatzt.

»Ist er weg?« Lizzy kam unter dem Bett hervorgekrochen. Der Zustand ihrer Kleidung und ihres Haars machte dabei deutlich, dass es dort mit der Sauberkeit nicht zum Besten stand. Aber das war meine geringste Sorge.

»Ich glaube, der denkt, ich hätte die Nacht hier verbracht und mit dem Earl eine Liebelei!«

Voller Empörung sank ich aufs Bett, das hochherrschaftliche Verhüterli noch immer in der Hand.

»Wir müssen gehen.« Lizzy hatte kein Ohr für meine Nöte, sie drängte mich regelrecht aus dem Raum. Wie gehetzt rannten wir die Flure entlang, bis ich endlich wieder in meiner Kammer angelangt war. »Die junge Lady wird bald hier sein«, meinte Lizzy mit blassen Lippen, dann war sie mitsamt ihrem geflochtenen Korb verschwunden. Ich sank auf mein Bett und vergrub den Kopf in die Hände. Die Vorstellung, dass mir im Haus eine Affäre mit dem Earl angedichtet werden würde, machte mich fertig. Schon allein die Vorstellung löste einen Schüttelkrampf in mir aus. Allerdings wurde es jetzt höchste Zeit, sich anzuziehen und alles für die Ankunft meiner jugendlichen Herrin vorzubereiten. Doch wohin mit der Schweineblase? Kurz entschlossen warf ich sie in die Truhe, in der auch meine Kleidung aufbewahrt wurde. Irgendwann würde ich das Ding wieder loswerden. Bis dahin konnten wir nur hoffen, dass der Earl seinen Vorrat nicht gezählt hatte.

KAPITEL 17

Adrian lief mir erst zwei Tage später im Hof hinter der Küche wieder über den Weg.

»Guten Morgen«, grüßte ich ihn. Auch bei Tageslicht betrachtet sah er klasse aus, obwohl irgendetwas ihn zu beschäftigen schien. Sein Blick streifte mich nur kurz, er nickte und verschwand im Stall. Wenigstens sein schwarz-weißer Hund blieb stehen und schnupperte an meinem Bein. Ich schob ihn weg und fragte mich, weshalb sein Herr so merkwürdig zu mir war. Sein Verhalten gab mir einen heftigen Stich, konnte ich mir seine Reserviertheit doch überhaupt nicht erklären.

Wenig später sollte ich Gelegenheit erhalten, ihn danach zu fragen. Denn Isobel verlangte an diesem Tag ein paar besondere Sachen, die man auf dem Markt unten im Dorf bekam. Und weil der Fahrer mitsamt der Kutsche im Auftrag des Earls unterwegs war, sollte Adrian mich begleiten. Doch statt mich auf seinem Pferd mitzunehmen, sattelte er ein zweites und hob mich dort hinauf.

»Das ist eine ältere und gutmütige Stute. Sie wird hinter meinem Hengst hertrotten. Du musst dich nur festhalten«, damit gab er mir die Zügel in die Hand.

»Ich soll reiten?« Panik in der Stimme.

»Aye.« Seine Gleichgültigkeit machte mich rasend.

»So geht das nicht«, maulte ich gleich darauf, als ich versuchte, mich auf dem Sattel zurechtzurücken.

»Sind alle Frauenzimmer in deinem Land so vorlaut?«

»Nur, wenn sie es weit bringen wollen.«

Er starrte mich an, dann lachte er auf, kurz und rau. »Du bist doch schon auf dem besten Weg dahin.« Bevor ich fragen konnte, was er damit meint, drehte er sich um und schwang sich auf sein Pferd.

»Und immer schön hinter mir bleiben. Wie es sich für ein anständiges Frauenzimmer gehört!«

Jetzt platzte mir aber gleich der Kragen.

»Frechheit«, rief ich nach vorne. Jedoch schon etwas kleinlauter, denn meine Stute hatte sich in Bewegung gesetzt und ich hatte große Mühe, mich aufrecht zu halten. Adrian ritt unbekümmert voran, er blickte nicht ein einziges Mal zurück und ich fluchte innerlich mit allen mir zur Verfügung stehenden Schimpfwörtern. Nicht genug damit, dass ich auf einem Tier saß, das größer war als ich. Sobald ich auf den Boden sah, wurde mir flau im Magen. Und der Kerl, den ich neulich nachts angeschmachtet hatte, tat so, als ob er mich nicht mehr kennen würde. So ritten wir dahin, schweigend, jeder in seine Gedanken vertieft.

Erfreulicherweise war es an diesem Tag nicht mehr kalt. Ein leichtes Tauwetter hatte eingesetzt, das Wasser tropfte von den kahlen Ästen der Bäume und die Landschaft färbte sich heller und grüner. Die Hügelkette am Horizont schimmerte in dunklem Blau, sie hatte ihre helle Schneekappe verloren. Jetzt, wo wir ein Stück vom Haus entfernt waren, nahm ich den Holzkohlengeruch wahr, den meine ganze Kleidung ausströmte. Vermutlich rochen auch meine Haare danach.

Lizzy hatte sie mir zwar bereits zwei Mal mit einer Art Puder gereinigt, der mich an Trockenshampoo erinnerte, dabei leider eher nach angebranntem Mehl duftete, doch der Geruch der Kamine – er zog durchs ganze Haus – blieb an allem und jedem hängen. Trübsinnig dachte ich an die Wasserfalldusche, die diversen Shampoos, Duschgels und Kosmetikartikel, die in meinem Badezimmer standen. Hier und jetzt war eher Katzenwäsche angesagt. Wenigstens wurde viel Wert auf saubere Kleidung gelegt. Die Waschfrauen schrubbten jedes Stück so hingebungsvoll, dass ich sie im Scherz immer Persilien nannte. Ein Witz, den außer mir niemand verstand.

Meine Stute schnaubte und machte einen kleinen Zwischenschritt, vermutlich hatte sie etwas irritiert. Ich hob den Kopf und starrte auf den Rücken des Mannes, der vor mir ritt. Adrian trug, wie üblich, weder Kilt noch Jackett, sondern seine braune Kluft, bestehend aus ledernen Hosen, langärmeligem Hemd, einem dicken Wams und einem karierten Plaid. Über das fiel sein dunkelblond schimmerndes Haar, das gerade von einem leichten Windhauch angehoben wurde. Auf dem Kopf trug er den schwarzen Dreispitz, ohne den man ihn außerhalb des Fürstenhofes selten sah. Meine Blicke wanderten von den breiten Schultern über den Rücken. Von dem war anzunehmen, dass er fest und muskulös war. Wieder musste ich an die Nacht denken, in der er mich nach Hause gebracht hatte. Wann hatte mich jemals ein Mann so angefasst? So stark und sicher, so behütend? Hatte mich überhaupt jemals ein Mann so berührt? Ich konnte mich nicht erinnern. Die Männer meiner Zeit waren anders. Womöglich dachten sie inzwischen ein Dutzend Mal darüber nach, ob sie einer Frau die Tür aufhalten durften, ohne damit gleich eine aufgeregte Debatte über Emanzipation, Frauenrechte und Chauvinismus auszulösen.

Nun ja, die Tür aufgehalten hatte mir Adrian allerdings auch noch nicht. Ob er überhaupt nennenswerte Manieren besaß, konnte ich nicht wissen. Im Moment schien er gedanklich jedenfalls in seiner eigenen Welt unterwegs zu sein. Dass er mich so desinteressiert behandelt hatte, schmerzte.

Ist es nur dein verletzter Stolz oder ist es mehr?

Darüber mochte ich nicht nachdenken. Durch das Gespräch mit Lizzy waren meine Gedanken in eine Richtung gelenkt worden, die mir jetzt gerade so gar nicht passte. Fleischeslust musste ich mir in Zeiten bedenklicher Hygiene am besten versagen. Doch als Adrian jetzt ganz kurz den Kopf wandte, um sicherzustellen, dass ich noch auf dem Pferd hinter ihm saß und dass es mir gut ging, trafen sich unsere Blicke. Sofort sprang ein kleines Flämmchen in meinem Bauch an. Er wandte sich wieder nach vorne, schnalzte mir der Zunge und mir war, als schreite sein Hengst jetzt ein bisschen schneller aus. Meine Stute folgte ihm sogleich und ich wurde kräftiger durchgeschaukelt, sodass ich meine Finger fester um die Zügel krampfen musste. Bis wir das Dorf erreichten, sprachen wir kein Wort. Dort angekommen, versuchte ich so graziös wie möglich, vom Pferd zu steigen. Was gar nicht so einfach war. Adrian war schneller bei mir, als ich es versuchen konnte. Er hielt mich fest, als ich ein Bein über den Hals der Stute schwang, griff nach meiner Taille und hob mich vom Pferd. Eine Millisekunde standen wir da, wie wenige

Tage zuvor. Doch heute ließ er mich sofort los, drehte sich um und stapfte, die beiden Pferde an den Zügeln hinter sich herziehend, davon.

»Hast du an einen Korb gedacht?«, fragte er dabei, ohne sich zu mir umzudrehen. Einen Korb? Natürlich nicht. Das hatte er doch bereits gesehen, als wir den Hof verließen. Natürlich wurde es mir jetzt auch klar, dass ich die Einkäufe der jungen Lady irgendwo verstauen musste. Plastiktüten würde es hier ja wohl kaum geben. Ich antwortete nicht und knirschte stattdessen mit den Zähnen. Wollte mich der fürstliche Jäger vorführen? Bevor wir auf den Marktplatz des Dorfes einbogen, band Adrian die Pferde an einem Pfosten neben dem Pub fest. Einen Moment lang sank mir das Herz in die Hose. Wollte er hier einkehren? Sollte ich jetzt alleine über den Markt gehen? Trotzig hob ich das Kinn. Warum eigentlich nicht? Bisher hatte ich noch keinen Bodyguard für meine Shoppingtouren gebraucht. Am besten, ich konsultierte erst einmal die Liste, die die junge Lady mir diktiert hatte. Natürlich nicht in den Block. Sie hatte die Aufzählung aller Dinge, die sie benötigte, eilig vorgenommen, während ich ihr das Haar bürstete. Nur dem Umstand, dass die Gouvernante den Raum betrat und ich ihn verlassen musste, weil die beiden etwas besprechen wollten, war es zu verdanken, dass ich die Gelegenheit gehabt hatte, in der Bibliothek schnell alles auf ein Blatt Papier zu schreiben. Ich hatte mich eines Federkiels bedienen müssen, der neben einem Fläschchen Tinte dort auf einem Sekretär lag. Nun hielt ich das Blatt in Händen und versuchte, aus dem Gekleckse schlau zu werden. Es sah weniger einer Einkaufsliste ähnlich, als einem Versuch moderner Kunst.

Adrian war näher gekommen, seine Stirn lag in tiefen Falten. »Du kannst lesen?«

»Und schreiben auch«, erwiderte ich patzig. Bis mir einfiel, dass solches Wissen ganz und gar nicht gut war für eine Bedienstete. Womöglich würden sie mich gleich wieder für eine Hexe halten.

»Bei uns kann das jeder«, erklärte ich.

»Bald ist Frühling«, erklärte er nach einem Blick in den Himmel. Transparente Wolken zogen gemächlich über helles Blau.

»Hoffentlich ist es dann nicht mehr so kalt in dem alten Kasten.«

Au weia. Noch ein Fauxpas.

»Dann kann ich dich bald in deine Heimat zurückbringen«, sagte er nur. »Dein Bräutigam wartet sicher schon. Vielleicht kommt er dich auch holen?«

»Mein Bräutigam?« Verwirrt sah ich ihn an.

»Ryan Gosling.« Er sprach den Namen leicht gedehnt aus.

»Ryan … ach so.« Jetzt fiel mir mein kleiner Joke vom ersten Tag wieder ein.

»Das ist vorbei«, erklärte ich kühn. Ryan würde es verschmerzen. Er wusste ja nicht, dass es mich gab und würde es auch nie erfahren.

»Vorbei?« Adrian schien nicht recht zu verstehen, was ich damit meinte.

»Ich bin nicht mehr seine Braut«, strahlte ich ihn an. Es stand zu vermuten, dass dieser Verlobte der Grund für Adrians plötzliche Zurückhaltung war. Man poussierte nicht mit einer Frau, die bereits Hochzeitspläne mit einem anderen schmiedete!

Doch statt Erleichterung zeigte seine Miene Bestürzung.

Ich ging einen Schritt auf ihn zu, doch was hätte ich ihm sagen können? Ryan ist ein Schauspieler, der erst in dreihundert Jahren auf der Bühne des Lebens Frauen begeistern würde? Ich habe mir die Verlobung mit ihm ausgedacht, weil der stotternde Knecht La-La-Land gesagt hatte? Es hat keine Bedeutung?

All das konnte ich ihm nicht sagen, denn wenn ich davon anfinge, würde er glauben, ich hätte den Verstand verloren. Obwohl er mich bereits zwei Mal gerettet und mir durchaus den Eindruck vermittelt hatte, er möge mich, war ich mir nicht sicher, ob er mit dieser brisanten Information – sie hält sich für jemanden, der aus der Zukunft kommt –, hinterm Berg halten würde.

Sowieso kam ich nicht dazu, irgendetwas zu sagen, denn jemand rempelte mich an und stieß mich fast zu Boden. Adrian rief dem Kerl etwas Unfreundliches hinterher und reichte mir pflichtschuldig den Arm, aber ich ignorierte ihn.

»Ich komme gut alleine zurecht«, behauptete ich. Er zuckte mit den Schultern, aber etwas in seinem Blick wurde wild.

»So, wir brauchen Anispastillen«, erklärte ich ihm daher, um auf den Grund unseres Hierseins zurückzukommen. Mit einem undefinierbaren Ausdruck in den Augen zog er einen Sack aus der Satteltasche seines Pferdes. Obwohl ich froh war, dass er mitgedacht hatte, presste ich die Lippen zusammen und straffte die Schultern. So machten wir uns auf, die Einkäufe für die junge Lady zu erledigen.

KAPITEL 18

Im Gasthaus herrschte drangvolle Enge. Marktbesucher tranken Ale oder Cider, aßen eine Suppe oder ließen sich von dem Braten auftischen, dessen Duft verführerisch aus der Küche waberte.

»Setz dich«, verlangte Adrian, als er einen freien Platz auf einer der Bänke entdeckte. Er legte den Sack mit den Einkäufen direkt neben mir ab, bevor er sich zur Schanktheke durchkämpfte. Er kam mit einem Krug Ale für sich und einem Krug Cider für mich zurück. Als gleich darauf die Bedienung zwei Teller Suppe vor uns hinstellte, fiel ich hungrig darüber her. Adrian aß mit Bedacht, er musterte mich gelegentlich, ansonsten wanderten seine Blicke durch das Lokal, in dem gelärmt und geschrien wurde, als gäbe es nicht genug zu essen und zu trinken. Nach einer Weile verließ ein Schwung Gäste die Wirtsstube und es kehrte so etwas wie Ruhe ein.

»Du kannst also schreiben«, stellte er irgendwann fest. Sein Teller war leer, er wischte ihn mit etwas Brot sauber, bevor er ihn zur Seite schob. »Alle Worte?«

Alle Worte? Was sollte das denn bedeuten?

»Ich kann auch einige Worte schreiben. Aber nicht alle«, erklärte er mir.

»Ich kann alle«, bestätigte ich und fragte mich, wohin dieses Gespräch jetzt führen würde. Am liebsten wäre es mir gewesen, er hätte den Zettel bereits wieder vergessen.

»Dann könntest du einen Brief für mich schreiben?«

Einen Brief? Ja natürlich. Ich nickte vorsichtig. »Ich schreibe die Buchstaben allerdings anders als ihr«, baute ich zu hohen Erwartungen vor. Schließlich hatte ich schon mehrfach die Gelegenheit gehabt, mir ein Buch aus der Bibliothek anzusehen. Auch das eine oder andere Schriftstück, verfasst von Isobel. Während Gedrucktes in der Regel für mich gut lesbar war, stellten mich handschriftliche Dokumente vor Herausforderungen. Die übliche Schreibschrift war verschnörkelt und die Worte gingen darüber hinaus noch sehr stark ineinander über. Lesen konnte ich sie nur mit Mühe. Aber ich traute mir durchaus zu, damit klarzukommen. Vielleicht würde man sich hier und jetzt über meine scheinbar mangelhafte Orthografie lustig machen. Aber sei es drum. Mich störte das überhaupt nicht.

Er starrte vor sich hin auf den Tisch.

»Um was geht es denn in dem Brief?«, wollte ich wissen.

»Das geht dich nichts an«, blaffte er zurück.

»Entschuldige, wenn ich etwas für dich schreiben soll, erfahre ich es ja sowieso.«

Vollpfosten.

Er blinzelte und ich hätte schwören können, dass eine leichte Röte seine Wangen überzog. Wie süß, er war peinlich berührt.

»Es geht um jemanden. Ich muss wissen, ob es ihm gut geht.«

Ihm? Alarmiert blickte ich ihn an.

»Es geht um jemanden, den du gern hast?«

Ein Nicken, kaum wahrnehmbar.

»Es soll niemand wissen«, sagte er dann auch noch und mir wurde augenblicklich heftig schwindelig. Dieser Kerl, dieser absolut phantastisch aussehende Mann, stand auf einen anderen Mann. Wollte ihm schreiben. Womöglich ihm beichten, er habe vor wenigen Nächten beinahe seine eigene Natur vergessen und eine Frau geküsst?

Bilde es dir nur ein. Er hat dich eben nicht geküsst, das ist Tatsache.

»Okay«, antwortete ich gedehnt, um gleich darauf rasch »Aye. Das kann ich machen« zu sagen. Okay verstand man in dieser Zeit noch nicht.

»Dann schreiben wir dieser Person, dass du sie gern hast. Also – ihm.« Keine Reaktion, nur ein erneutes Nicken. »Wie liest ER denn diesen Brief?«

»Er hat ein Jahr die Schule besucht. Und in seinem Dorf gibt es auch eine Frau, die alles schreiben und lesen kann.«

»Die weiß dann auch, was in dem Brief steht!«, konstatierte ich.

»Das macht nichts. Sie ist seine Mutter.«

Hoppla! Die sind hier ja fortschrittlicher als gedacht.

»In Ordnung«, sagte ich. Der Dämpfer, den er mir soeben verpasst hatte, lag mir wie ein harter Klumpen im Magen.

»Danke«, sagte er und sah mich zum ersten Mal an diesem Tag freundlich an.

Doch auch dieser kurze Blick konnte die Enttäuschung nicht mildern, die ich fühlte. Der einzige Mann

weit und breit, der mein Interesse geweckt hatte, und
dann das!

KAPITEL 19

An dem Tag, an dem mich der Leibdiener des Earls im
Schlafgemach seines Herrn erwischt hatte, war ich völlig verzweifelt gewesen. Sekündlich erwartete ich seither, einen Anschiss zu kassieren und zermarterte mir
das Gehirn nach einer plausiblen Entschuldigung.
Eine Maus hat mich verfolgt.
Ich habe ein Geräusch gehört.
Es war Schlafwandeln.
Alles Bullshit. Kein Mensch würde mir so einen Blödsinn abkaufen. Zumal ich im Nachthemd herumgestan-
den hatte. So war mir an diesem denkwürdigen Tag
nichts anderes übriggeblieben, als der Dinge zu harren,
die da kommen würde.
Voller Panik überlegte ich daher, was der Worst Case
wäre. Er fiel mir sogleich ein. Rausschmiss, hochkantig.
In meinen schlimmsten Vorahnungen sah ich mich in
der winterlichen Kälte durchs Dorf ziehen, um eine Unterkunft und eine Arbeit bitten. Doch was hatte ich
schon anzubieten? Ich konnte buchstäblich nichts von

den Dingen, die in diesem Leben wichtig waren. Weder putzen noch kochen noch sonst etwas.

Sogar, dass ich so viel Glück gehabt hatte, Kammermädchen von Isobel zu werden, hatte ich der Firma Chanel zu verdanken. Solch eine Vorlage würde mir das Schicksal nicht noch einmal liefern. Himmel! Ich würde erfrieren, verhungern oder betteln gehen müssen.

Unbehaglich zog ich mich also nach der Begegnung in des Earls Schlafgemach an, richtete meine Kammer und horchte angestrengt auf Geräusche, die die Rückkehr des Hausherrn oder seiner Tochter ankündigten. Er kam als erster. Ich hörte das Hufgetrappel, die lauten Rufe des Stallmeisters, mit dem er seinen Burschen herbeizitierte, das Poltern der Stiefel, als der Earl das Haus betrat. Meine Anspannung wuchs ins Unermessliche. Würde er mich für eine Diebin halten? Womöglich verprügeln, bevor er mich hinauswarf? Würde ich ihm schöne Augen machen müssen? Schon allein die Vorstellung löste einen Ekel in mir aus. Doch der Earl kam nicht. Auch sonst niemand. Irgendwann erschien die junge Lady mit ihrer Gouvernante und verlangte nach mir. Während ich ihr aus dem einen Kleid heraus und in ein anderes hinein half, die leicht derangierte Frisur richtete und mir ihr Geplapper über eine Kusine, das Theaterstück und den Champagner, den sie genossen hatte, anhörte, konnte ich meine Anspannung nicht loswerden. Doch es passierte nichts. Nicht in diesen Stunden, nicht den Rest des Tages über. Gar nicht. Lediglich die verstohlenen Blicke, die mir Martha zuwarf, brachten mich auf die Wahrheit. Der Leibdiener hatte aus Gründen der Diskretion geschwiegen. Seinem

Herrn gegenüber, weil es anmaßend gewesen wäre, ihn auf mich, die vermeintliche Geliebte, anzusprechen. Den meisten anderen gegenüber, weil es sie nichts anging, was der Herr des Hauses nächtens trieb. Die Situation hätte ja eindeutiger nicht sein können: das Kammermädchen im Nachthemd, das Verhüterli noch in der Hand. Natürlich wurde darüber getuschelt. Aber ich musste keine Angst haben. Jedenfalls nicht im Moment. Dass mich jetzt einige für die heimliche Geliebte des Hausherren hielten, würde vermutlich auch Vorteile für mich haben.

So hatte ich beschlossen, das Thema vorerst zu vergessen und nur dann wieder aus der Schublade zu holen, wenn ich es brauchte.

KAPITEL 20

Isobel genoss das Privileg, zu Hause unterrichtet zu werden. Neben dem Hauslehrer für Mathematik und Geografie kam eine Französischlehrerin, gemeinhin die Mamsell genannt, drei Mal die Woche. Rund zwei Stunden parlierten die beiden munter vor sich hin. Daneben pflegte die junge Lady eine Brieffreundschaft mit einer weitläufigen Verwandten in Frankreich. Zu meinen Aufgaben gehörte es, danach den Sekretär aufzuräumen, gelegentlich befand sich dort noch ein Brieffragment. Nachdem ich mich mit dem Schriftbild vertraut gemacht hatte, kam ich eines Tages nicht umhin zu lesen, was Isobels zarte Seele erschütterte.

»Ich mag ihn nicht«, stand da. »Wenn Vater mich zwingt, ihn zu heiraten, töte ich mich!«

Ich hatte keine Ahnung, von wem da die Rede war. Später, bei der Abendtoilette, brachte ich vorsichtig die Sprache auf Hochzeiten im Allgemeinen und in ihrem Freundinnenkreis im Besonderen. Nun muss man wissen, dass die junge Lady gelegentlich recht viel plapperte. Doch gingen die Gespräche eben immer von ihr aus. Mir als Kammermädchen stand nicht das Recht zu, eine Unterhaltung zu beginnen, schon gleich gar nicht eine derartig intime. Stichworte auffangen, Interesse heucheln, das war es, was von mir verlangt und erwartet wurde.

An diesem Abend war meine junge Herrin jedoch so in beunruhigende Gedanken versunken, dass ihr dieser Fauxpas gar nicht auffiel. Sie seufzte, tief und schwer.

»Sei froh, dass du nicht die Tochter eines reichen Mannes bist«, meinte sie dann.

Wenn du wüsstest ... Womöglich waren meine Eltern reicher als der sichtlich verarmte Earl, aber ich hütete mich, das zu sagen, denn es zählte nicht mehr.

»Mein Vater hat einen zukünftigen Mann für mich ausgesucht, den ich unmöglich heiraten kann.«

»Weil Ihr ihn nicht liebt?«

»Er gilt als Geizhals!«

Mir wäre fast die Bürste aus der Hand gefallen und womöglich habe ich bei diesen Worten etwas zu fest zugepackt, dann Isobel gab einen klagenden Laut von sich.

»Verzeihung«, säuselte ich und behandelte ihr Haar jetzt ganz behutsam.

»Heiratet man denn nicht aus Liebe?«, insistierte ich.

»Aber nein, in unseren Kreisen zählen andere Dinge«, gab sie ein bisschen hochnäsig zurück.

Andere Dinge? Was mochte das wohl sein? Sie sagte es mir.

»Mein zukünftiger Ehegespons muss seinen Platz in der Gesellschaft haben. Dazu in der Lage sein, mir als seiner Frau ein schönes Leben bieten zu können.«

Und das wäre?

»Ich will ein großes Haus, damit ich Gesellschaften geben kann. Als Vorstand eines hochherrschaftlichen Haushalts benötige ich ausreichend Kredit bei allen

Händlern am Ort und in der Hauptstadt ebenso. Ich werde das edelste Geschirr, die schönsten Teppiche, die modischsten Kleider haben. Dazu Schmuck, vielleicht ein Schoßhündchen.« Sie geriet nun heftig in Rage und ich ließ sie plappern. Innerlich schüttelte ich den Kopf über so viel Oberflächlichkeit.

»Kann der von eurem Vater Auserwählte all das nicht bieten?«, wollte ich wissen, als die Aufzählung der Wünsche beendet war.

»Doch. Das schon.« Jetzt genierte sie sich, weiterzusprechen. Gab sich nach ein bisschen innerem Winden einen Ruck. »Er hat eine Fischlippe.«

»Ich weiß nicht, was das ist«, gab ich zu bedenken.

»Das!« Sie stülpte ihre Lippen nach vorne und zog einen Teil der Oberlippe mit dem Finger in Richtung Nase.

»Eine Hasenscharte also.«

Sie brütete dumpf vor sich hin.

»Hast du schon einmal einen Mann geküsst?«, wollte sie plötzlich wissen.

Oho. Sie hatte also tatsächlich noch nichts von meiner angeblichen Liaison mit dem Herrn Papa gehört.

»Ja, habe ich«, gab ich zu Protokoll und nickte dabei heftig.

»Worauf denkst du, kommt es dabei an?« Ihr Blick ruhte jetzt im Spiegel direkt auf mir.

»Ich küsse nur jemanden, den ich liebe«, antwortete ich. »Alles andere ist ekelhaft.«

»Oh!«, sie schlug die Hand vor den Mund und fing an zu kichern. »Lass das meine Freundinnen nicht hören. Einige sind mit Männern verheiratet, die sie nicht ausstehen können. Das monatliche Ritual ist für sie eine Qual!«

Sie sprach schon wieder in Rätseln und musste es mir in einem sehr seltenen Anfall von Einfühlungsvermögen angesehen haben, dass ich sie nicht verstand.

»Die Zeit, in der Stammhalter gezeugt werden. Damit die Blutlinie nicht ausstirbt.«

Himmel, das hatte ich ja ganz vergessen. Natürlich heiratete man in diesen Kreisen in erster Linie, um Erben zu produzieren, den Stab des Clans weiterzureichen. Die Pflicht mit der Ehefrau, die Kür mit der oder den Geliebten.

Oder einem Kerl.

»Dann wehren Sie sich doch gegen die Heirat«, schlug ich unbekümmert vor.

»Wie soll ich das machen? Mein Vater ist auf diesem Ohr völlig taub.«

»Sagen Sie ihm, sie stürzen sich von der höchsten Zinne.« Jetzt kicherte ich, ganz kurz. »Zinne? Gibt es hier nicht«, brummte sie. »Wo hast du das denn aufgeschnappt?«

»Der Hofnarr. Danny Kaye und Angela Lansbury.«

Einer meiner Lieblingsfilme, aber das konnte ich gerade nicht auch noch sagen, es war schon schlimm genug. Es war schier unmöglich, alles, was ich von mir gab, zu filtern. Da rutschte eben auch mal so etwas heraus.

»Ihr habt Hofnarren in eurem La-La-Land? Solche Dinge gibt es?« Sie schüttelte den Kopf und bat mich, ihr Bett mit etwas Lavendelessenz zu besprengen. Sie ging unterdessen zum Sekretär, entzündete dort zwei

Lichter und schraubte das Tintenfass auf. Kurz darauf hörte ich, wie der Federkiel über Papier schrappte.

»Du kannst gehen«, warf sie mir noch zu, bevor sie all ihre Aufmerksamkeit auf die Korrespondenz richtete.

KAPITEL 21

Hatte ich mich nach dem gemeinsamen Marktbesuch mit Adrian voll darauf gestürzt, mir möglichst schnell die gängige Schreibschrift anzueignen, merkte ich bald, dass der Zeit in diesem Jahrhundert eine völlig andere Bedeutung zukam. In meinem alten Leben hätte Adrian kurz eine SMS oder WhatsApp-Nachricht getippt und vermutlich innerhalb von Minuten Antwort gehabt. *(»Ja mein Liebster, mir geht es auch gut. Vermisse dich. Kuss-Emoji, Herz-Emoji rot, Tanzende-Herzen-Emoji«)* usw. usf. Jetzt lernte ich eine neue Dimension des Wartens kennen. Vielleicht auch der Vorfreude. Adrian sah ich die nächsten Tage wieder nicht. Ob er im Auftrag seines Herrn unterwegs war oder zu seinem Tagewerk (was tat ein Jäger den ganzen Tag über?) so früh am Morgen aufbrach, wie er am Abend spät zurückkam, wusste ich nicht, denn ich konnte niemanden fragen, ohne dass es aufgefallen wäre.

Also übte ich jeden Tag fleißig. Zugute kam mir dabei, dass Isobel immer öfter außer Haus weilte, nur begleitet von ihrer Gouvernante. Mal suchte sie ihre Schneiderin auf oder traf sich in der Hauptstadt mit einer entfernten Kusine. Dann blieb ich zurück, schlief oder las. Gelegentlich durfte ich neue Kleider in Empfang nehmen. Die kamen teilweise direkt aus Paris und ich wunderte mich mehr als einmal über die aufwendigen Verzierungen und die tadellose Handarbeit der Stücke. Ansonsten hielt ich Isobels Zimmer in Ordnung, sorgte dafür, dass das Feuer im Kamin nie ganz erlosch, lüftete gelegentlich feste durch, was so unüblich war, dass ich es heimlich tat. Weil das Lipgloss sich inzwischen rasend schnell aufbrauchte, überlegte ich hin und her, wie man etwas Ähnliches fabrizieren könne. Dabei fragte ich mich auch, welchem Verehrer die junge Lady denn gefallen wollte. Dem Fischmaul sicher nicht. Doch weder das gelegentliche Lesen angefangener Briefe noch das dezente Belauschen ihrer französischen Plaudereien mit der Mamsell brachten irgendeine Erkenntnis diesbezüglich.

Da ich mich bei Abwesenheit meiner jungen Herrin in meiner Kammer aufhalten oder in der Bibliothek verweilen durfte, so ich als Alibi einen Staubwedel in der Hand hielt, war ich oft stundenlang ganz alleine. Die vielen Bücher des Earls, verfasst auf Englisch, Deutsch oder Französisch, waren allerdings eine Enttäuschung für mich. Das meiste drehte sich um Philosophie, Religion, Wirtschaft, Politik. Ein paar Reiseberichte waren darunter. Romane gab es so gut wie keine. Als ich eines Nachmittags wieder dort saß, ein Blatt Papier vor mir, den Federkiel in der Hand, kam mir ein Gedanke.

Auch wenn der Wald, der sich an die Koppeln hinter dem Haus anschloss in diesem Jahrhundert wesentlich dichter und größer war als in meinem – und obwohl das Dorf, das in meiner Welt ein schmuckes Kleinod der Highlands war, das Touristen entzückte, hier und jetzt nicht mehr als eine Ansammlung geduckter

Cottages und einiger Katen war – war mir schon lange klar, dass sich das Castle an der Stelle befinden musste, an der hunderte von Jahren später mein Elternhaus stehen würde. Das brachte mich auf eine Idee. Ich konnte nicht zurückreisen in die Zukunft. Aber ich konnte einen Brief hinterlassen! Sowohl meine Eltern als auch Ivy mussten außer sich vor Sorge sein. Sie dachten vermutlich an Entführung, einen Unfall, oder – ganz schlimm –, dass ich weggelaufen wäre. Vor meinem inneren Auge sah ich bereits die Suchmeldung in den einschlägigen Fernsehsendungen wie *Crimewatch*. »Wo ist Valerie?«, würde ein gut frisierter und tadellos gekleideter Moderator fragen, dezente Besorgnis im Blick. Oh mein Gott! Und ich saß hier und konnte nicht einmal hinüberwinken in mein altes Leben. Doch ein Brief ... Der Gedanke nahm immer mehr Gestalt an. Ich war im Keller gewesen und dort gestürzt. Ganz sicher würde man jeden Stein dort umdrehen. Wenn ich nun den genauen Ort ausmachen könnte, wäre ich in der Lage, dort einen Brief zu hinterlegen. Ivy könnte ihn finden und selbst wenn niemand meinen Worten Glauben schenken würde, hätte ich doch alles Menschenmögliche getan, um meiner Familie etwas von ihrem Kummer zu nehmen. Und dann fiel mir noch etwas ein. Etwas, das meinem Brief Authentizität verleihen würde. Ich würde ihn nämlich auf Esperanto formulieren. Das konnten wir beide, es war in wesentlich jüngeren Jahren eine Art Geheimschrift zwischen Ivy und mir gewesen. Gedacht, getan.

Liebe Ivy

schrieb ich also.

Hier schreibt dir deine Schwester Valerie.

So, und nun? Der Wahrheit musste ich mich behutsam nähern, sonst käme das Schriftstück trotz allem unglaubwürdig rüber. Ich musste etwas schreiben, was absolut überzeugend war. Mir kam der ungute Gedanke, ich könne schon tot sein und das Leben hier lediglich eine Warteschleife bis zum Eintritt oberhalb oder – Gott behüte, unterhalb der irdischen Welt. Doch gleich schob ich ihn weg, ich war lebendig, mein Körper konnte nicht mehr sein, wo er am Heiligabend des letzten Jahres gewesen war.

Irgendwo klappte eine Tür und vorsichtshalber drehte ich das Blatt um. Starrte gedankenverloren darauf und begann, den Grundriss des Castle zu skizzieren. Das rechteckige Haupthaus mit der Zufahrt und dem kleinen, L-förmigen Bau nach hinten, in dem die Gemächer des Earls mit Blick auf einen Garten lagen. Auf der anderen Seite des Gebäudes, wo im Erdgeschoss auch die Küche sowie mehrere Speisekammern waren, schloss sich direkt die hohe Mauer mit der Durchfahrt auf den Wirtschaftshof an. Dort wiederum befanden sich die Remise für die Kutsche, die Stallungen, der Gemüsegarten. In der dem Haupthaus entgegengesetzten Ecke stand eine kleine Hütte. Adrian bewohnte sie alleine, wie ich inzwischen wusste. Daneben eine weitere Remise mit Feuerholz sowie ein Brunnen. Ein paar Meter weiter hatte man das langgestreckte Gesindehaus gebaut.

Ich verglich meine Skizze mit dem unseres Landsitzes. Jetzt war ich mir ganz sicher, dass unser Haus genau dort stand, wo des Earls Domizil war. Die anderen Gebäude und die das Castle umgebende Mauer würde es in der Zukunft nicht mehr geben. Unser Grundstück war insgesamt wesentlich kleiner als das fürstliche Anwesen mit seinen Weideflächen und dem Wäldchen. Ich konnte nur schätzen, welche Teile der späteren Umgebung hier und jetzt dem Earl gehörten. Mir kam der Besitz groß vor, aber in der jetzigen Zeit schien es für einen Adligen nicht viel zu sein. Und dann das Dorf. Ich nagte an dem Federkiel. Ein eckiger Kirchturm ragte aus dem geduckten Häusermeer hervor, doch diese Kirche gab es in meiner Welt nicht mehr, sie war um 1880 abgebrannt, und danach neu und wesentlich höher erbaut worden.

Wo den Brief verstecken? Ich kniff die Augen zusammen und überlegte angestrengt, welche Eckpunkte übereinstimmten.

»Was tust du hier?« Ich erschrak so sehr, dass ich aufsprang und dabei nicht nur das Stühlchen, auf dem ich saß, sondern auch das Gläschen Tinte umwarf.

»Mylord«, murmelte ich und versank, eine Hand am pochenden Hals, die andere mit dem Federkiel verzweifelt hinter dem Rock versteckend, in den Knicks.

»Du solltest Ordnung halten und nicht am Sekretär dem Müßiggang frönen«.

»Ich wollte gerade das Tintenfass zuschrauben«, stotterte ich. Dabei konnte ich nur hoffen, dass der Hausherr keinen Blick auf das Papier werfen würde.

»Aha. Aha.« Bartkraulend stolzierte er um mich herum.

»Erhebe sie sich«, flüsterte er mir plötzlich von rechts hinten ins Ohr. Begleitet von einem kräftigen Pograpscher. Das Ferkel stieß einen wollüstigen Ton aus.

Ich drehte mich zu ihm um, bereit, ihm eine Ohrfeige zu verpassen. Doch ich traute mich nicht. Wir befanden uns hier weder in Zeiten einer globalen #metoo-Debatte, noch konnte ich es mir leisten, meinen Dienstherrn zu verärgern. Ich beließ es bei einem strengen Blick, der jedoch nicht den gewünschten Effekt hatte.

»Du bist also ein kleines Luder«, raunte er und lachte auf eine sowohl dreckige wie auch berauschte Art.

Mit ein paar Sekunden Verspätung begriff ich, was Sache war.

»Ich mag widerspenstige Frauenzimmer.« Seine Augen funkelten. Dann wurde er wieder ganz offiziell. »Wenn du nichts zu tun hast, gebe ich dir eine Aufgabe.«

»Also, ich ...«.

Er tat, als habe er mich nicht gehört. »Komme nach der Abendmahlzeit in meine private Bibliothek.« Damit stolzierte er hinaus.

Mir wurde schlagartig übel. Nicht nur wegen der dunklen Tinte, die zum Teil über das Blatt Papier und zu einem Teil leider auch auf dem Nussbaumsekretär ausgelaufen war. Schnell rannte ich in mein Zimmer, wo ich sämtliche Lappen und Läppchen aufbewahrte, derer ich im Haushalt habhaft werden konnte, weil man nie wusste, ob eines da war, wenn man es brauchte. Mit einem davon kehrte ich in die Bibliothek zurück und tupfte die Tinte auf. Ein wenig Glück hatte ich dabei, denn der größte Fleck befand sich im hinteren Teil. Dort, wo normalerweise das Briefpapier aufbewahrt wurde. Nachdem ich alle Tinte weggewischt hatte, legte ich probehalber einen Stapel Papier auf eben diese Stelle. Ganz war der Fleck nicht überdeckt, aber es ging gerade so. Das Tintenfässchen war fast leer gewesen, also ging ich daran, es auszutauschen. Wenig später sah es auf dem kleinen Schreibtisch fast wieder so aus wie vorher. Unschlüssig drehte ich den Brief an meine Schwester in der Hand. Er war unleserlich geworden, genauso wie der Plan. Ich zerknüllte das Blatt und warf es später in Isobels Zimmer ins Feuer. Ich würde eine andere Gelegenheit finden, eine Nachricht in die Zukunft zu schreiben.

Nun musste ich erst einmal über die Einladung des Earls nachdenken. Was dachte er sich denn dabei? Ganz abgesehen davon, dass ich keinerlei Neigung verspürte, mich auf ein Tête-à-Tête mit dem alten Gockel einzulassen, würde es seiner Tochter wohl kaum verborgen bleiben, wenn ich meine Kammer zu nachtschlafender Zeit verließe. Aber vielleicht war genau das mein Rettungsanker! Zuversichtlich pfiff ich leise vor mich hin, als ich Isobels Bett aufschlug, das Kissen parfümierte und die Glut im Kamin prüfte. Doch die positive Stimmung sollte nur vorübergehend halten.

KAPITEL 22

»Er lässt nicht ab«, bruddelte sie. »Er will mich mit diesem Gavin vermählen.«

»Dabei liebt Ihr doch einen anderen.«

»Woher weißt du das?« Isobel blickte mich verängstigt an. Sie war bettfertig, aber unruhig.

»Ihr macht Euch hübsch, wenn Ihr mit Eurer Gouvernante das Haus verlasst. Ihr strahlt, wenn Ihr zurückkehrt. Ihr seid in Euch gekehrt, wenn Ihr mit Eurem Vater ausgehen müsst.«

Die Gigi-Hadid-Augen weiteten sich. »Das hast du bemerkt? Merde!« Ich tat, als würde ich das französische Wort nicht verstehen. Es gehörte sich für eine junge Lady nicht, so etwas zu sagen. Sie saugte an ihrer Wange und ich fragte mich nicht zum ersten Mal, wie sie es fertigbrachte, sich quasi unter den Augen ihres Vaters und denen der Öffentlichkeit, mit diesem jungen Mann zu treffen. Die Gouvernante musste der Schlüssel sein. Die beiden waren Vertraute, das sah man sofort. Aber würde jemand im Dienste des Earls den eigenen Job riskieren, nur um dem Töchterchen einen Gefallen zu tun?

»Wenn ich mit meinem Vater ausgehe, treffen wir uns mit den Haggartys, Gavins Familie. Während die Älteren über Geschäfte reden, sitzen wir uns überwiegend schweigend gegenüber. Er starrt mich an und leckt sich mit der Zunge über seine Fischlippe. Wahrscheinlich kann er den Tag kaum erwarten, an dem ich meine ehelichen Pflichten erfüllen muss.«

Ich verzog unwillkürlich den Mund.

»Könnt Ihr Euch denn nicht wehren?«

Sie schüttelte mit verständnisloser Miene den Kopf. »Wenn du mir sagst, wie das gehen soll, helfe ich dir bei einer anderen Sache.«

»Bei welcher Sache?«

Sie lächelte sanft. »Du wirst schon wissen, wann du meine Hilfe brauchst.« Und damit war das Gespräch beendet und ich konnte mich zurückziehen. In meiner Kammer war es dunkel und nicht besonders warm. Aber wenigstens fühlte ich mich sicher vor dem Earl, dem alten Lüstling. Tatsächlich hörte und sah ich an diesem Abend nichts mehr von ihm. Vermutlich hatte er begriffen, dass die Dinge nicht so einfach lagen, wie er sie gerne hätte. Doch bereits der nächste Morgen gab Anlass zur Sorge. Auch wenn es das Schicksal war, das eingriff.

Noch vor Eintritt des Morgengrauens hörte ich Isobel immer wieder husten. Als ich, von der Intensität und Häufigkeit beunruhigt, ihr Schlafgemach betrat, erschrak ich. Die junge Lady lag schweißgebadet in ihren Laken. Ihr Gesicht hob sich kaum vom Weiß des Kopfkissens ab. Lediglich zwei dunkelrote Punkte links und rechts der Nasenflügel stachen hervor.

»Warum habt Ihr mich nicht gerufen«, rief ich unwillkürlich aus. Sie antwortete nicht, hustete erneut. Ihre Lider schienen bleischwer über den Augen zu liegen. Sie murmelte etwas, das ich nicht verstand. Eilig lief ich zum Kamin, nahm zwei Scheite aus dem danebenstehenden Eisenkorb und legte sie auf. Dann rannte ich in die Küche. Die wurde nur schwach von der zerfallenden Glut im Herd erleuchtet. Ich wusste, wo Martha diverse Lappen und Tücher verwahrte und griff mir ein Bündel. Aus dem Wassertrog schöpfte ich das kalte Nass in einen Topf und kehrte mit all dem zu Isobel zurück.

Ich verstand nicht viel von medizinischen Dingen. Aber kaum hatte ich die Kranke gesehen, wusste ich, dass sie Fieber hatte. Wenn ich mich an meine Kindheit erinnerte, senkte man das durchaus auch mal mit Wadenwickeln. Während ich die Decke zurückschlug, die Beine ihrer langen Unterhosen bis über die Knie nach oben schob und die ersten Tücher in das eiskalte Wasser tauchte, kramte ich in meinem Gedächtnis nach weiteren Erkältungsmitteln. Doch es fiel mir nicht ein, was ich anwenden konnte. Zitronen gab es keine, Lutschtabletten ebenso wenig, geschweige denn Antibiotika. Als ich der Fiebernden die Wadenwickel angelegt und die Decke darübergeschlagen hatte, entschloss ich mich, Martha zu wecken. Die Köchin schlief in einer der Kammern neben der Küche im Erdgeschoss und als ich an ihre Tür klopfte, riss sie sie nach kurzer Zeit von innen auf.

»Was willst du?«, fragte sie mürrisch. Schnell erklärte ich ihr die Sachlage. Daraufhin verfiel sie sofort in Hektik. Lizzy und Fiona wurden geweckt. Die eine sollte Tee und einen Kräutersud zubereiten, die andere den Kutscher wecken, damit der den Doktor aus der Stadt holte. Mit einem Schlag summte es in der Küche wie in einem Bienenstock. Ich beeilte mich, mit einem

Schälchen erhitzter Milch und etwas Honig darin zu meiner jugendlichen Herrin zurückzukehren. Die bewegte sich überhaupt nicht mehr und mir rutschte gleich darauf das Herz in die Hose.

»Mylady«, ich griff unter ihr Kissen und hob damit ihren Kopf leicht nach oben. »Trinkt das.« Ihre Lider flatterten und sie stöhnte leise, trank die Honigmilch jedoch mit kleinen Schlucken und schien, als der Becher leer war, wieder etwas lebendiger zu werden.

Inzwischen war Lizzy ins Zimmer getreten, sie brachte einen stark duftenden Kräutersud. »Thymian«, flüsterte sie mir zu. Gemeinsam knöpften wir Isobels Hemd auf. Lizzy tauchte ein Tuch in den heißen Sud, wrang es aus und legte es der Kranken anschließend direkt auf die Brust. Darüber kamen mehrere trockene Lappen, zuletzt wurde das Nachtgewand geschlossen und am Ende breiteten wir die Decke über die Darniederliegende.

Schon kurze Zeit später wurden die Hustenanfälle weniger laut und kamen weniger häufig, sodass ich aufatmete.

Eine scheinbare Ewigkeit später betrat der Earl das Gemach seiner Tochter. In einem tiefen Knicks verharrte ich so lange, bis er mich barsch aufforderte, mich zu erheben.

»Bleibe bei ihr«, verlangte er und wollte wissen, ob nach dem Arzt geschickt worden sei. Der kam nach einer Weile, ganz offensichtlich aus dem Schlaf gerissen, aber bestrebt, dem Earl dienlich zu sein. Während er Isobels Brust und Rücken abklopfte, den Puls fühlte, einen Finger an die fieberheiße Stirn legte, wurde seine Miene immer besorgter.

Was er mit dem Earl anschließend vor der Tür flüsterte, konnte ich nicht verstehen. Aber mir war auch ohne Fieberthermometer klar, dass es die junge Lady schwer erwischt hatte. Was tat man hier gegen Lungenentzündung? Oder gab es gar noch Schlimmeres?

KAPITEL 23

Es dauerte eine Woche, bis Isobel auf dem Weg der Besserung war. Keine dieser Nächte hatte ich durchgeschlafen, ständig saß ich an ihrem Bett, wechselte täglich mit Lizzys Hilfe die durchgeschwitzten Laken und die Wäsche, flößte der Kranken Tee und heiße Hühnerbrühe ein, kühlte ihr die Stirn und achtete darauf, dass das Feuer in ihrem Kamin stets brannte. Der Vater sah jeden Vormittag nach seiner Tochter, am Nachmittag kam der Arzt und anschließend schickte man nach einem Apotheker oder einer Kräuterfrau. Als das Fieber dann endlich gesunken war und Isobel die Augen aufschlug, seufzte sie. Gerade so, als habe sie eine sehr anstrengende Zeit hinter sich. Gewissermaßen war es auch so. Doch statt sich zu bedanken, mir vielleicht mal etwas Ruhe zu gönnen, zeigte die junge Lady sich jetzt noch stärker von ihrer unangenehmen Seite. Bereits seit ich ihr gezwungenermaßen diente, musste ich mir ständig auf die Zunge beißen, um nicht ein falsches Wort zu sagen. Das Benehmen der verwöhnten jungen Frau war nämlich ganz und gar nicht dazu angetan, in mir Freude auszulösen. So war es Standard, dass ich ihr beim Ankleiden half. Waren dann all die Häkchen und Ösen endlich geschlossen – der Reißverschluss war eine Erfindung, die ich gerne getätigt hätte, wenn mir nicht die technischen Kenntnisse dafür gefehlt hätten – drehte und wendete sie sich vor dem Spiegel, zog eine Schnute und befahl, das Kleid auszuziehen und ein anderes anzulegen. Einmal murmelte ich so etwas wie »wieso kann diese Frau sich eigentlich nie entscheiden, was sie anziehen will«, vor mich hin, da fiel mir auch gleich auf, wie häufig auch ich früher stundenlang vor dem Spiegel gestanden und mich immer wieder umgezogen hatte.

Aber ich hatte kein armes Kammermädchen, die das ganze Zeugs immer wieder an- und ausziehen musste.

Nein. Du hattest kein Kammermädchen, wärest aber mit einem auch nicht geduldig umgegangen.

Musste ich mich an die eigene Nase fassen? Empört wies ich den Gedanken von mir. Ein ungutes Gefühl blieb. Eine weitere Herausforderung stellte Isobels Unordnung dar. Sie ließ, wo sie ging und stand, einfach alles fallen. Gelegentlich sah ihr Zimmer aus wie ein Schlachtfeld. Kämme, Bürsten, Haarschleifen, Schuhe, Schals, Strümpfe, Handtäschchen, Muffs, zerknülltes Briefpapier lagen in wildem Durcheinander auf dem Boden, den Stühlen und ihrem Schreibtisch herum. Ganz zu schweigen von den Krümeln und Marmeladenflecken im Bett. Für Erstere war ich zuständig, und wehe, die junge Lady pikste sich am Abend noch am Atom eines Kuchen- oder Brotstückkrümels, dann konnte sie ganz und gar unfreundlich reagieren. Die armen Waschfrauen hatten Mühe, die weißen Laken wieder weiß zu bekommen. Insbesondere dunklem Fruchtmus von Brombeeren oder Holunder war schwer beizukommen.

Kaum wieder von den Halbtoten auferstanden, quengelte die junge Frau noch mehr als gewohnt. Nichts konnte man ihr recht machen, Lizzy hatte sich, blass wie die Wand und mit dunkelrotem Hals, aus dem Gemach verabschiedet, nachdem Isobel einen Schuh nach ihr geworfen hatte, weil die Magd angeblich das Feuer nicht richtig zum Brennen, sondern eher zum Qualmen gebracht hatte, was wiederum die Atemwege der jungen Lady reizte. Nun ließ sie ihre schlechte Laune an mir aus. Das Laken war nicht glatt genug gezogen, die Milch zu heiß, überhaupt, wo war ihre Rosenessenz (alle!) und wo die Gouvernante (sie machte Besorgungen). Irgendwann platzte mir der Kragen. »Jeder hier im Haushalt hat die vergangene Woche kaum geschlafen, sich Sorgen gemacht und alles Menschenmögliche getan, damit Ihr wieder gesund werdet. Und wie dankt Ihr es uns allen? Mit einer schlechten Laune, die sich gewaschen hat!«, ranzte ich sie an. Gleich darauf hätte ich mir am liebsten auf die Lippen geschlagen. Aber die Worte waren raus und die junge Lady wirkte von einer Sekunde auf die andere hocherhitzt. Dieses Mal nicht vom Fieber, sondern von dem Zorn, der sie erfasste. Widerworte duldete man in diesem Haus nicht und innerlich machte ich mich bereits auf einen Rausschmiss gefasst.

»Was unterstehst du dich!?«, giftete sie laut zurück. »Ich werde meinem Vater berichten, was du soeben gesagt hast«, jetzt schrie sie sogar.

»Das ist nicht nötig.« Die dunkle Stimme in meinem Rücken ließ mich zusammenfahren.

»Er hat alles gehört.« Der Earl trat ein, ich sank in einem Knicks zu Boden und starrte denselben an.

Wenigstens zeigte sich das Wetter inzwischen deutlich frühlingshaft. Ich würde nach einem Rausschmiss nicht auf der Straße erfrieren.

»Er findet, dein Kammermädchen hat recht. Eine junge Lady muss sich zu benehmen wissen. Auch dem Personal gegenüber.«

Das waren ja ganz neue Töne. Der Earl war nicht gerade bekannt dafür, zimperlich mit den Bediensteten umzugehen. Aber vielleicht wollte er seiner Tochter einfach mal die Leviten lesen. Oder ging es ihm um etwas anderes? Ich hob den Blick. Er stand da in seinem karierten Kilt, einen Fuß vorgestellt, eine Hand in die Hüfte gestützt, der Schmerbauch stand nach vorne, der Besitzer kraulte seinen Bart. Sein Blick ruhte mit leicht schläfrigem Interesse auf mir.

»Dein Mädchen wird eine andere Kammer beziehen, damit du lernst, dich zu zügeln.«

Jetzt wurde mir klar, was er beabsichtigte. Eine andere Unterkunft, da versprach er sich wohl freie Bahn. Isobel quiekte ungehalten auf, doch ihr Vater hatte sich bereits umgedreht und den Raum verlassen. Langsam erhob ich mich. So ein Mist! Jetzt hatte ich den Alten an der Backe. Der wollte ganz bestimmt nicht nur quatschen, wenn er mich des Abends holen ließ. Fiona erschien in der Tür. Zwischen den Brauen eine steile Falte, ihr Blick verhieß nichts Gutes.

»Ich soll dich in deine neue Kammer geleiten.« Wenn sie sprach, hörte es sich an, als würde sie nach mir spucken. »Pack deine Sachen.«

Ich wollte nicht weg. Wollte bei der Tochter des Hauses bleiben, sei sie auch noch so zickig und ungehobelt. Aber es war zu spät. Gemeinsam mit Fiona trug ich meine Kleidertruhe hinaus in eine weiter entfernte Kammer. Die unterschied sich von meiner bisherigen dadurch, dass sie ein schmales Fenster besaß, das in Richtung des nahe gelegenen Wäldchens zeigte. Außerdem schien der Kaminschacht aus einem darunterliegenden Raum direkt an einer der Wände entlang zu laufen, denn es war angenehm warm, ohne dass ich eine eigene Feuerquelle gehabt hätte. Fiona ließ den Henkel der Truhe so unvermittelt los, dass sie in Schräglage auf den Boden polterte. Der Deckel löste sich und heraus fiel das Kleid, das ich bei meiner Ankunft hier getragen hatte. Der Anblick löste ein so heftiges Verlangen nach meinem richtigen Leben aus, dass ich gar nicht mehr mitbekam, was Fiona mir beim Hinausgehen zuzischelte. Erst viel später, ich hatte die Kleidung wieder verstaut, fiel es mir wieder ein.

»Bilde dir bloß nichts ein. Wenn er deiner überdrüssig ist, schickt er dich dahin, wo du hingehörst.«

Ja, das wäre mir ganz recht gewesen. Lieber heute als morgen. Nur, dass weder der Earl noch sonst jemand auf und in dieser Welt dazu in der Lage war!

KAPITEL 24

Mein lieber Alfie

So also hieß Adrians Liebster, an den ich in seinem Auftrag an diesem Abend einen Brief schreiben sollte. Ich
hockte am Tisch im Küchenbereich der geduckten Natursteinhütte, die er alleine bewohnte. Sie ähnelte einer
Höhle, denn durch die winzigen Fenster drang kaum
Licht in den Raum. Dafür brannte im Kamin ein loderndes Feuer. Wohnlich wurde das Ganze durch die Tierfelle, die der Jägersmann auf dem Boden, über den
Stühlen und dem Bett verteilt hatte. Ein Luxus, wenn
man bedachte, wie der Rest des Gesindes hauste.

»Erzähle niemandem, dass du lesen und schreiben
kannst«, hatte Adrian mir geraten. »Sonst kommt
gleich wieder jemand auf die Idee, du seiest eine Hexe.«

»Und du, du denkst das nicht?«, fragte ich keck. Widerwillig spürte ich, wie mir bei diesen Worten die Röte
in die Wangen schoss.

Er betrachtete mich mit einem schwer zu durchschauenden Blick. »Du bist eine Hexe. Aber ganz sicher
keine von der Sorte, wie es die anderen meinen.«

Etwas knisterte in der Luft. Ein brennendes Holzscheit womöglich.

Ich lenkte meine Gedanken auf andere Pfade. Ob man darüber redete, dass ich hier in dieser Hütte war? Der stotternde Knecht hatte mich beim Herkommen gesehen und mit den Worten »Nä-nä-nächstes Wochenende ist Ja-Ja-Jahrmarkt. Ko-ko-kommst du am Sa-Sa-Samstag mi-mi-mit?«, begrüßt.

Zerstreut hatte ich genickt. Nach Jahrmarkt stand mir nicht der Sinn, aber ein wenig Abwechslung würde mir durchaus einmal guttun. Wählerisch konnte ich hier sowieso nicht sein. Der Stotterer war im Gesindehaus verschwunden und ich war meiner Wege gezogen. Ob er ahnte, wohin ich gegangen war?

Ich senkte die Feder und blickte verstohlen den Mann an, der auf einmal ungewöhnlich nervös schien und, sich ununterbrochen durch die Haare fahrend, auf und ab ging.

Ich hoffe, es geht dir gut

fuhr er im Text fort. Die Feder kratzte übers Papier, ich musste aufpassen, dass ich es nicht durchstach oder zu viele Kleckse fabrizierte.

»Es ist das einzige Blatt, das ich habe«, hatte er mir anvertraut.

In meinem richtigen Leben gab es Papier in Hülle und Fülle. Doch für Briefe brauchen wir es gar nicht mehr.

Bald ist dein Geburtstag. Ich habe ein Geschenk, das ich dir persönlich überreichen möchte.

Ich fragte mich, ob ich die Sätze etwas ausschmücken sollte, ließ es aber bleiben. Das stand mir nun wirklich nicht zu.

Komm auf den Jahrmarkt ins Dorf

endete der Brief.
»Das ist alles?«
»Aye.«
Etwas abrupt, doch Adrian machte den Eindruck, als wäre er von den wenigen Sätzen erschöpft.

Ich las ihm alles noch einmal vor, er nickte, setzte schwungvoll einen Kritzler darunter und faltete den Brief zusammen, nachdem die Tinte getrocknet war.

Bis auf das Knistern des Feuers war es ganz ruhig in der Hütte. Ich erhob mich und strich den Rock meines Kleides glatt.

»Wenn die Antwort kommt, lese ich sie dir gerne vor.«

Er drehte den Kopf und seine Augen waren meinen auf einmal gefährlich nahe. »Er wird nicht antworten, er wird da sein.«

Etwas, das sich anfühlte wie dünne Insektenbeine, lief über meinen Rücken. Wir sahen uns an und unwillkürlich trat ich einen Schritt auf ihn zu. Die Erinnerung an den Abend, als er mich vom Pub nach Hause gebracht hatte, brannte plötzlich unter meiner Haut. Beinahe hätte ich die Hand ausgestreckt, um seinen Arm zu berühren. Doch bevor ich mich irgendwelchen Fantasien hingeben konnte, trat er zurück. Eine Bewegung, die fast mühsam aussah.

»Der Earl wird sicher schon nach dir gefragt haben«, würgte er hervor.

»Der kann mich mal!«, entfuhr es mir so unvermittelt wie laut. »Dieser alte Lustmolch!«

»Still!« Auf einmal stand Adrian wieder vor mir, hob die Hand und legte sie mir über den Mund. »Du bringst dich in Schwierigkeiten, wenn du so über ihn sprichst!«

Sekundenlang starrten wir uns an und ich sah das Flämmchen, das in seinen Augen brannte. Ich hob die Hand, legte sie über seine und schob sie zur Seite

Es gäbe andere Mittel und Wege, mich am Sprechen zu hindern.

Sein Blick klebte an meinen Lippen. Er schluckte so hart, dass ich es hören konnte.

»Geh nicht zu weit, Weib«, flüsterte er.

»Verdammt!« Ich schlug seine Hand vollends weg und stemmte meine Fäuste in die Hüften. »Frauen können tun und lassen, was sie wollen. Noch nicht gehört?«

»Du bist eine Schande für dein Geschlecht«, schleuderte er mir entgegen. »Sei bescheiden. Sei sittsam. Sonst wird es dir nicht gut ergehen.«

Mit zwei Schritten war er bei der Tür und riss sie auf. »Gute Nacht!«

Empörung wallte in mir auf wie heiße Milch auf dem Herd. »Du Trottel«, funkelte ich ihn an. »In ein paar hundert Jahren werdet ihr Männer nicht mehr auf dem hohen Ross sitzen!«

Nur, dass ich das nicht noch einmal erleben werde.

Er runzelte die Stirn, doch bevor er noch etwas fragen oder sagen konnte, rauschte ich an ihm vorbei in die Nacht hinaus. So wütend, dass ich erst im letzten Moment sah, wie jemand direkt vor der Hütte in ein Gebüsch verschwand. Erschrocken blieb ich stehen. Hatte mich dieser Jemand gesehen oder gehört? Die Nacht war stockdunkel und die Person, wer immer es gewesen sein mochte, bestimmt schon über alle Berge. Nachdenklich setzte ich meinen Weg fort. Mehr denn je überzeugt davon, dass ich in dieses Jahrhundert nicht gehörte und deswegen unbedingt wieder fortmusste.

KAPITEL 25

»Der Herr des Hauses schickt nach dir.« Kaum war ich in der Küche angekommen, tauchte auch schon der Leibdiener des Earls auf.

»Ich muss mich um Isobel kümmern«, erwiderte ich barsch. Noch immer war ich verärgert über die Situation mit Adrian. Wie konnte ein so attraktiver Mann so bescheuert sein? Erstens hätte nicht viel gefehlt und wir hätten uns geküsst. Trotz Alfie. Zweitens war ich doch keine Männerfeindin, nur weil ich mich nicht diesem blödsinnigen Geschlechterverständnis dieser Zeit beugen wollte.

»Für die junge Lady ist gesorgt.« Der Diener wies mir unmissverständlich den Weg.

Ich knirschte mit den Zähnen. Gleichzeitig überlegte ich fieberhaft, wie ich mich aus dieser misslichen Situation befreien konnte. Der alte Bock wollte doch wohl nicht mit mir poppen!

Ja, was denn sonst. Wohl kaum Canasta spielen.

Der Earl thronte, ein wollenes Cape über den Beinen, in seinen Gemächern. Ich kam mir in meiner einfachen Kleidung vor wie ein Putzlappen. Dazu noch die aufgelöste Frisur und vermutlich sah ich auch nicht besonders freundlich drein.

»Setze dich«, forderte der Earl und wedelte den Diener mit einer Bewegung seiner stark beringten Hand hinaus. Die Tür fiel zu, Schweigen senkte sich über uns.

Vorsichtig ließ ich mich auf einem niedrigen Höckerchen nieder, schlug die Beine unter dem Rock in den einfachen Yogasitz und harrte der Dinge, die da kommen sollten.

Bitte mich in dein Schlafzimmer und ich entmanne dich!

»Nun, wie ist es dir so ergangen heute?«, wollte er wissen und musterte ich mit einem, wie ich fand, ziemlich unverschämten Ausdruck in den Augen.

»Ich habe mich über Twitter zur MeToo-Bewegung geäußert.«

Seine Äuglein blinzelten. »Was sagst du?«

»Ich freue mich, dass die junge Lady wieder gesund und munter ist.« Wenn man mich nicht verstand, verstand man mich nicht. Aber egal, er hatte ja noch ein paar hundert Jahre Zeit.

»Erzähle ein wenig über das Land, aus dem du kommst. Bevor wir es uns ... gemütlicher machen.« Er schob das Plaid etwas zurecht. Ich konnte nur hoffen, dass er darunter etwas anhatte. Es war nämlich allzu eindeutig, was er unter Gemütlichkeit verstand.

»Das Land, aus dem ich komme«, begann ich.

»Man nennt es wohl La-La-Land«, unterbrach er mich.

»So ist es.«

»Nur, dass mir niemand sagen kann, wo es liegt.« Etwas pikiert sah er jetzt aus.

»Oh, das ist kein Wunder. Es liegt weit entfernt. Leider. Denn mein ... Verlobter lebt dort.«

Dieser Hinweis hatte ihm offensichtlich einen kleinen Dämpfer verpasst. Sollte er ruhig denken, ich wäre
vergeben, wenn das meine Position stärkte.

»Bringe mir den Globus«, forderte er dennoch.

Ich blickte mich um. Da stand einer in einer Ecke ein
riesiges Monstrum in einer Halterung, die schwer wie
Gusseisen aussah. Das war sie auch, ich schleppte mich
ab damit, das Teil zu ihm zu bringen.

»Zeige mir das Land.«

Ich glotzte vermutlich etwas blöde auf den Globus,
drehte ihn hin und her und schüttelte schließlich den
Kopf. Das, was dort abgebildet war, entsprach so überhaupt gar nicht der Welt, wie ich sie kannte. Ganz abgesehen davon, dass ich mich ja direkt dort befand, wo
ich herkam. Nur eben in meiner eigenen Vergangenheit.

Wenn ich aber darauf tippte, würde das zu viele Fragen nach sich ziehen. So stand ich am Globus in der
Überlegung gefangen, wie ich meine Herkunft erklären
konnte, als mir etwas auffiel. Tatsächlich beobachtete
mich der Earl mit einem leicht verschlagenen Gesichtsausdruck. Nur, warum? Um ein bisschen Zeit zu gewin-
nen, hob ich einen Finger an die Lippen und nagte
scheinbar gedankenverloren darauf herum. Dann fiel
der Groschen. In den Augen der Herrschaft war ich eine
ungebildete junge Frau. Die konnte weder lesen noch
schreiben, darauf hatte Adrian mich bereits mehrfach
hingewiesen. Ganz bestimmt konnte sie sich auf einer
Weltkarte nicht zurechtfinden. Wollte er mich testen?
Und wenn ja, warum?

»Mylord«, verkündete ich nach einem ratlosen Blick
auf die Kugel vor mir. »Leider kann ich hierauf rein gar

nichts erkennen. Woher sollte ein Mädchen wie ich wissen, wo genau das Land liegt, aus dem es kommt?«

»Dann verfügst du also nicht über besondere Kenntnisse? Die über die einer Magd hinausgehen?«

Kammermädchen, wenn schon, dann Kammermädchen!

»Wie kommt Mylord darauf?«

Er blinzelte und zwirbelte sein Bärtchen etwas schneller. »Ein Vögelchen hat es mir zugezwitschert.«

Ja, und dieses Miststück hieß unter Garantie Fiona!

»Dieses Vögelchen scheint dumm zu sein. Oder andere für dumm zu halten«, erwiderte ich kühl. Meinem Gegenüber kullerten fast die Augen aus den Höhlen.

»Mäßige dich!«, zischte er.

Ich hoffte, der Hinweis habe trotzdem gesessen. Diese verbiesterte Magd konnte was erleben, wenn ich sie das nächste Mal sah! Während ich den Globus wieder in seine angestammte Ecke schleppte, warf ich einen Blick auf die Bücher, die der Earl aus den Regalen genommen und auf einem Beistelltischchen liegen hatte. Anscheinend las er gerne und jetzt kam mir eine Idee. Mir war natürlich klar, welche Absichten er verfolgte. Doch selbst wenn er und ich nach einem Schiffbruch die einzigen beiden Menschen auf einer einsamen Insel gewesen wären, hätte ich mich keineswegs auf ihn eingelassen.

Bücher. Schiffbruch. Insel. Einzige Menschen weit und breit ... Auf einmal kam mir eine Idee. Statt mich mit ihm anzulegen und meine Stelle zu verlieren, würde ich etwas anderes ausprobieren. Das hatte so ähnlich bereits einmal 1001 Nächte lang geklappt, warum sollte ich es nicht versuchen? Zu verlieren hatte ich nichts.

»Was haltet Ihr davon, wenn ich Euch eine Geschichte aus meinem Land erzähle?«, fragte ich ihn freudestrahlend, als ich mich wieder auf meinem Schemel niederließ. Er überlegte kurz, genoss einen tiefen Schluck aus seinem Glas, Whiskey, wie es aussah, und nickte mir dann wohlwollend zu. Die Hände zu einem Dach geformt lauschte er danach meinen Worten. Es lag an mir, die Geschichte so spannend zu machen, dass er darüber all seine anderen Gedanken vergaß.

»Es war einmal ein Mann, der fuhr auf einem großen Schiff übers Meer«, begann ich also zu erzählen.

Kapitel 26

Am Jahrmarktstag herrschte schon am Morgen eine aufgeregte Stimmung im ganzen Haus. Ein Teil der Dienerschaft war bereits in aller Herrgottsfrühe aufgebrochen, Lizzy und ich wollten am Nachmittag hingehen und flochten uns gegenseitig die Haare. Ihres war dick und schimmerte kastanienfarben. Mir war nach wie vor nicht klar, wann und wo Adrian sich mit seinem Geliebten treffen wollte. Ich nahm an, dass die beiden Männer den ganzen Tag für ihr Wiedersehen nutzen würden. Umso erstaunter war ich, ihn erst kurz nach Mittag vom Hof reiten zu sehen. Neugierig wie ich war, hätte ich das Zusammentreffen der beiden gerne gesehen. Doch so früh ließ mich Isobel nicht ziehen. Es sei, so erklärte sie mir allen Ernstes, ein Privileg und Zeichen der Großzügigkeit, dass Bedienstete überhaupt frei bekamen.

»Es wird Zeit, den Adel abzuschaffen«, murmelte ich vor mich hin. »Von Arbeitnehmerrechten hat hier auch noch keiner gehört.«

Gottseidank kam die Gouvernante im selben Moment und bedeutete mir mit strenger Miene, ich dürfe gehen. Beim Verlassen des Raumes drehte ich mich noch einmal um. Gerade lange genug, um zu sehen, dass die Ältere ihrem Schützling ein Brieflein zusteckte. Ich konnte mir ein Grinsen nicht verkneifen. Dass das Schreiben vom heimlichen Verehrer der jungen Lady stammte, stand für mich fest. Wenig später machten Lizzy und ich uns auf den Weg ins Dorf.

Inzwischen war es Frühling geworden. Alles grünte und blühte, die Sonne schien angenehm warm. Ein Zitronenfalter umflatterte uns und der Duft nach Blüten und frischem Grün lag in der Luft.

Auf dem Marktplatz, der mitten im Dorf lag und sich rund um einen Brunnen zog, herrschte dichtes Gedränge. Ein Klangteppich aus Musik, Lachen und Gesprächsfetzen lag in der Luft. Ein Dudelsackspieler ging umher, seine kleine Tochter hielt den Passanten den Hut hin. Händler priesen ihre Waren an, Gaukler führten Kunststücke vor und der Duft nach Gebratenem ließ einem das Wasser im Munde zusammenlaufen. Wir schlenderten Arm in Arm über den Platz, betrachteten die Auslagen der Stände, bewunderten einen Jongleur und ließen uns schließlich am Rande des Platzes an einem der Tische vor einem Pub im Freien nieder. Das wenige, das mir der Earl an Lohn zahlte, trug ich in einem Beutelchen am Gürtel meines Rocks. Nun hatte ich endlich einmal Gelegenheit, etwas davon auszugeben. Wir bestellten einen Krug Cider, Brot und einen Teller mit Braten, von dem wir gemeinsam aßen und die Soße anschließend mit dem Brot auftunkten.

Die ganze Zeit schon suchte ich nach einer Möglichkeit, Lizzy eine gewisse Frage zu stellen. Als zwei Männer an uns vorbeigingen, ganz eng beieinander, die nur Augen füreinander hatten, war die Gelegenheit gekommen.

»Gehen hier bei euch Männer miteinander?«

»Du meinst, wenn sie einander zugetan sind?« Lizzy kaute noch am Randstück ihres Brotes. Sie schluckte und wiegte zweifelnd den Kopf. »Ich habe schon gehört, dass es das in anderen Ländern gibt. Aber bei uns kenne ich niemanden.«

So schnell war also dieses Thema erledigt. Noch während ich den beiden nachsah und überlegte, ob sie wohl nur gute Freunde waren oder doch ein Paar, tauchte Adrian in meinem Sichtfeld auf.

»Hallo«, wollte ich schon rufen. Doch die Worte blieben mit im Halse stecken, als ich sah, dass er nicht alleine war. Neben ihm ging eine beeindruckende Frau. Sie war fast so groß wie er. Das lange braune Haar hing ihr offen weit über die Schultern. Auch der Rest war ein Hingucker. Von den großen, dunklen Augen, dem prächtigen Dekolleté über die schmale Taille und die schlanken Hände, von denen sie eine gerade Adrian auf den Arm legte. Der drehte den Kopf zu ihr und sah sie auf eine so vertraute Art an, dass es mir einen heftigen Stich versetzte.

»Ich dachte, der wäre schwul«, entfuhr es mir.

»Was?« Lizzy hob den Kopf und sah mich stirnrunzelnd an.

»Ach nichts«, wiegelte ich ab.

Jetzt kamen die beiden auch noch direkt auf uns zu. Im Bemühen, ganz unbeteiligt zu wirken, griff ich nach meinem Becher. Doch dummerweise passte ich nicht auf und stieß ihn um.

»Mein Kleid!«, rief Lizzy, die zur Feier des Tages ihr Sonntagsgewand trug. Sie sprang auf und wischte hektisch die Spritzer weg.

Jetzt hatte Adrian uns gesehen. Mir schien, als verfinstere sich seine Miene.

»Guten Tag«, grüßte er dennoch uns beide. Lizzy, hochrot im Gesicht, erwiderte den Gruß zerstreut, noch immer mit ihrem Kleid beschäftigt. Ich sah demonstrativ seine Begleiterin an. Die lächelte sparsam und hob eine Braue.

»Schau an, die Gespielin des Earls.« Die gehässigen Worte kamen von hinten und ich fuhr herum, um mich Auge in Auge mit Fiona zu befinden. Die Magd war, Arm in Arm mit einer mageren Rothaarigen mit leicht hervorquellenden Augen, von mir unbemerkt nähergekommen. Die Bemerkung, scheinbar an ihre Begleiterin gerichtet, aber laut genug, dass ich und diejenigen in meiner Nähe sie mitbekommen mussten, wurde von einem missgünstigen Blick begleitet.

»Bullshit!«, fuhr ich sie an. Sie verstand mich genauso wenig wie die anderen um mich herum. »Lügnerin!«, schob ich deshalb nach. Es wurde ruhig in unserer direkten Umgebung. Selbst einige Fremde drehten sich nun nach uns um. Fiona wurde, ich schwör's, regelrecht grün im Gesicht. Es war ihr anzusehen, dass sie gerne noch etwas gesagt hätte. Sie ließ es bleiben und ich ahnte, warum. Würde der Earl von diesem Gespräch erfahren, sie dürfte ruckzuck ihr Bündel schnüren. So warf sie den Kopf nach hinten, bedachte mich mit einem bösartigen Blick, der sich in einen schmachtenden verwandelte, als er auf Adrian traf, dann trat sie mit der Rothaarigen den Rückzug an.

Ich wandte mich wieder den anderen zu. Adrian und seine Begleiterin sahen den beiden Frauen hinterher.

Lizzys Blick wirkte wie eine Warnung. Ich zuckte mit den Schultern und setzte mich.

»Dort drüben ist ein Brunnen. Ich helfe dir, dein Kleid zu reinigen«, wandte sich die Dunkelhaarige an Lizzy. Die nickte matt.

»Es tut mir leid«, murmelte ich. Verdammt, was war das für ein Leben, in dem einem ein paar Tropfen Most auf dem einzigen Sonntagskleid den Tag ruinieren konnten? Wenn ich an meinen Kleiderschrank zu Hause dachte ... Wie viele von den ganzen verdammten Must-Have-Pieces hatte ich nicht mehr als einmal angehabt? Eine ganze Menge. Jetzt besaß ich zwei Gewänder für den Alltag und ein besseres für Sonntage. Das, obwohl ich nie mit den anderen in die Kirche ging. Trotzdem, Isobel hatte darauf bestanden. Nicht meinetwegen. Ihretwegen. Sie wollte ihren Freundinnen sonntags nicht mit einem Kammermädchen im Alltagskleid gegenübertreten. Als ob die auch nur einen Blick an mich verschwendet hätten. Die sahen mich einfach nicht.

So wie du früher auch die eine oder andere Frau nicht gesehen hast, weil sie das »falsche« Outfit trug.

Ich seufzte. War ich wirklich so oberflächlich gewesen?

Definitiv!

Die beiden Frauen verschwanden in der Menge und Adrian nahm mir gegenüber Platz.

»Die Dienerschaft zerreißt sich schon seit Tagen das Maul über dich und den Earl«, sagte er.

»Das soll wohl eine Entschuldigung für Fiona sein?«

»Nein. Sie ist ein bösartiges Weib mit einem Schandmaul. Der Mann, der die mal kriegt, wird ihr Zucht und Ordnung beibringen müssen.«

Mir rauschte schon wieder das Blut in den Ohren. Was bildeten sich diese Männer denn ein? Aber weil ich die Magd nicht verteidigen wollte, nicht einmal indirekt, schwieg ich zu diesem Thema.

»Ich dachte, du würdest dich hier mit Alfie treffen«, bemerkte ich stattdessen und merkte selbst, wie spitz meine Stimme klang. »Oder ist er nicht gekommen?« War Adrian deshalb mit der dunkelhaarigen Frau unterwegs? Vielleicht war er ja bi.

Versteige dich nicht in irgendwelche Hoffnungen. Er scheint so oder so genügend Auswahl zu haben.

»Alfie bereitet sich auf einen Wettkampf im Bogenschießen vor. Wir sehen ihn nachher.«

Aha. Der Kerl war Bogenschütze.

Und hat Amors Pfeil direkt in die Brust meines edlen Retters geschossen.

Ich seufzte innerlich, als ich auf Adrians starke Männerhände blickte. Die schoben Lizzys Becher auf dem Tisch hin und her.

»Dann bist du also nicht die Mätresse unseres Herrn?« Seine Stimme war so leise, dass ich ihn kaum verstehen konnte. »Man sagt, er hole dich jetzt nachts immer in sein Schlafgemach.«

»Also ...«, setzte ich empört zu einer Rechtfertigung an, als plötzlich der Stotterer neben uns auftauchte. »Da seid ihr ja!«, rief er freudestrahlend aus. Ganz ohne zu stottern. »Ihr glaubt nicht, was geschehen ist.«

»Du bist geheilt?« Über Adrians Gesicht huschte ungläubige Freude.

»Gänzlich. Master Lawrence ist ein Wunderdoktor. Er hat mir etwas auf die Zunge geträufelt. Hat mich eine Stange Geld gekostet. Aber endlich kann ich normal reden.« Er zog ab, doch ehe wir unser Gespräch wieder aufnehmen konnten, kehrten Lizzy und Adrians Begleiterin zurück.

»Der Wettbewerb beginnt gleich«, informierte die ihn. Mit einem leichten Nicken erhob er sich. »Dann lass uns zum Sportfeld gehen.« Er warf mir einen Blick zu, bedauernd, wie ich fand. Vermutlich hätte er unser Gespräch gerne fortgesetzt. Etwas zog sich kurz in meinem Magen zusammen, dann hörte ich mich sagen. »Wir kommen mit.« Lizzys Flunsch übersah ich und zog sie einfach mit mir, den anderen beiden hinterher.

KAPITEL 27

Am Rande des Dorfes befand sich ein großes Feld. Rund ein Dutzend junger Männer hatte sich dort eingefunden. Jeder trug Pfeil und Bogen bei sich. Mehrere Pfähle standen aufgerichtet am ihnen entgegengesetzten Ende, daran aufgemalt die Zielscheiben. Adrians Begleiterin winkte und einer der Männer winkte zurück. Ich kniff die Augen zusammen, konnte aber sein Gesicht nicht erkennen, weil die Sonne mich blendete.

»Die sind aber alle sehr jung«, bemerkte ich beim Anblick der Teenager.

»Gerade im richtigen Alter«, knurrte Adrian, ohne die Augen von seinem Herzallerliebsten zu nehmen. Mir wurde etwas flau im Magen. Stand dieser Hammertyp etwa auf halbe Kinder?

»Um was geht es denn bei diesem Wettbewerb?«, fragte Lizzy.

»Wer gewinnt, bekommt einen Teil des Einsatzes«, klärte die Dunkelhaarige sie auf. Ihr Kinn zeigte auf einen Mann, der gerade herumging und die Wetten einsammelte. Jeder, der Geld in den Hut legte, bekam ein Stück Papier, auf das der Mann etwas schrieb. Als er bei uns angekommen war, hielt er Adrian mit einem listigen Blick den Hut hin. »Nun, guter Mann, wollt Ihr auf einen der Schützen wetten?«

»Natürlich«, entgegnete Adrian und zog einen Lederbeutel unter seinem Wams hervor. »Ich setze auf den jungen Mann dort drüben. Den dritten von hinten.« Der Wetteintreiber nahm das Geld, warf es in seinen Hut, leckte sich die Finger und riss ein winziges Stück Papier ab, auf das er etwas schrieb. Da ich direkt neben Adrian stand, konnte ich es erkennen. Er selbst besah sich die Quittung, als könne er lesen, was darauf stand. Beinahe hätte er sie eingesteckt.

»Das stimmt nicht!«, ging ich dazwischen und trat auf den Wetteintreiber zu. »Er hat Ihnen doppelt so viel gegeben, wie Sie aufgeschrieben haben.«

Der Mann glotzte mich an, dann wurde er puterrot. »Soll ich mir von einem Weib sagen lassen, ich sei ein Betrüger? Welche Hure bist du, dass du glaubst, das Recht dazu zu haben?«

Um uns herum erstarben die Gespräche. »Diese Quittung stimmt nicht!«, wiederholte ich, was ich gesagt hatte. »Stellt eine aus, die den exakten Betrag beinhaltet!«

Jetzt lief der Mann fast schon dunkelviolett an und ich hoffte, es läge nur an einem zu hohen Blutdruck.

»Valerie. Schluss jetzt.« Adrians Stimme klang gefährlich leise an meinem Ohr.

»Ich weiß genau, wie viele Taler ich diesem Mann hier gegeben habe. Wenn Alfie den Wettbewerb gewinnt, wird er mir genau darauf meinen Gewinn auszahlen.« Er drehte den Kopf zu dem empört dreinschauenden Mann. »Nicht wahr?«

»Ja. Ja, natürlich«, stotterte der und entfernte sich, nicht ohne mir einen finsteren Blick zugeworfen zu haben. Die Dunkelhaarige betrachtete mich stirnrunzelnd. »Sie kann lesen?«, fragte sie Adrian leise, nachdem sich die Umstehenden wieder ihren eigenen Dingen widmeten.

»Sie hat den Brief an Alfie geschrieben.« Adrian wandte seinen Blick von mir ab und sah seine Begleiterin an.

»Dann weiß sie Bescheid?«

»Ich glaube nicht, dass sie begreift.« Obwohl er seine Stimme extrem gesenkt hatte, verstand ich jedes Wort.

»Vor allen Dingen begreife ich nicht, warum du dich von diesem Betrüger beinahe hättest über den Tisch ziehen lassen, statt auf mich zu hören.«

»Eine Frau mischt sich nicht ein in gewisse Angelegenheiten. Zumindest nicht in der Öffentlichkeit.« Das war Lizzy. Sie sah mich strafend an. »Das gibt nur Ärger.«

Ich holte schon Luft, um eine entsprechende Antwort zu formulieren, als Adrian mir mit einem leisen Kopfschütteln bedeutete, ich solle es lassen. Erst dann begriff ich: Er hatte die Quittung unkommentiert gelassen, weil er sie nicht hatte lesen können. Von einer Frau dabei vorgeführt zu werden, entsprach so gar nicht dem Bild der Zeit.

Was für ein Käse! Sich lieber über den Tisch ziehen als von einer Frau helfen zu lassen.

Seine Begleiterin hatte sich wieder abgewandt und blickte zu den Bogenschützen hinüber. Lizzy war näher ans Spielfeld getreten. Ich machte einen Schritt auf Adrian zu. »Ich bringe es dir bei, wenn du willst.«

Er hob die Brauen.

»Lesen und Schreiben«, fuhr ich leise fort. »Dafür habe ich genügend Zeit.«

Bevor er etwas entgegnen konnte, erscholl eine Fanfare und der Wettbewerb der Bogenschützen wurde damit eröffnet. Adrian wandte sich von mir ab, dem Spektakel zu und in der nächsten halben Stunde bekam ich hautnah mit, wie er mit diesem Alfie mitfieberte. Der lag eine ganze Weile gut im Rennen, verlor dann aber auf den letzten Metern seinen Vorsprung und musste sich einem schlaksigen Jüngling mit hellblondem, halblangem Haar geschlagen geben.

Lizzy war irgendwann im Laufe des Wettbewerbs in der Menge untergetaucht und bisher nicht zurückgekehrt. Die Dunkelhaarige und Adrian warteten, beide leicht enttäuscht, auf Alfie und ich blieb einfach neben ihnen stehen. Neugierig wie ich war, wollte ich den Kerl sehen, auf den Adrian stand. Doch erst kam die Siegerehrung, der Hellblonde nahm einen prall gefüllten Beutel entgegen und grinste selbstgefällig in die Runde, während er sich von Freunden und Bekannten beglückwünschen ließ. Die anderen Bogenschützen verließen nach und nach das Feld. Ich sah, wie die Dunkelhaarige auf einen der jungen Männer zulief und ihm tröstend den Arm um die Schulter legte. Mit hängendem Kopf kamen sie beide durch die sich zerstreuende Menge näher. Unruhig trat ich von einem Bein aufs andere. Würde ich gleich Zeugin werden, wie sich die beiden Männer, mehr oder weniger diskret, in den Armen lagen? Würde Adrian seinen Alfie trösten? Und in welcher Verbindung stand eigentlich die Dunkelhaarige zu dem Jungen? Eine Frage, die ich mir in diesem Moment stellte. War sie etwa ... die Mutter? Erschrocken hob ich die Hand an den Mund. Sie war höchstens

Mitte Dreißig. Der Junge konnte also noch nicht einmal nach den mir bekannten Regeln volljährig sein.

»So ein junger Mann«, entfuhr es mir. Adrian, der den beiden bisher unbewegt entgegengesehen hatte, wandte nur kurz den Kopf. »Was meinst du damit?«

»Dass er jung ist. Viel zu jung. Ich meine – schämst du dich nicht?« Voller Unverständnis sah ich ihn an. »Ein Mann in deinem Alter!«

Adrian runzelte die Stirn. »Ich weiß nicht genau, wie alt ich bin.«

»Was?« Ich schüttelte verständnislos den Kopf. »Darum geht es doch gar nicht.«

Mein Kopf ruckte herum, die Dunkelhaarige und Alfie waren nur noch wenige Schritte entfernt. Der Kopf des Jungen hing mächtig enttäuscht nach unten. Sie redete auf ihn ein.

Unbeirrt fuhr ich fort. »Sondern darum, dass es gewisse Grenzen gibt. Regeln. Anstand.« Abrupt hielt ich inne. Alfie hatte den Kopf gehoben und mir fiel die Kinnlade herunter.

»Anstand? Ich hätte seine Mutter geheiratet. Eleonore wollte nicht. Gottseidank, kann ich heute sagen. Wir hätten nicht zusammengepasst.«

Er trat einen Schritt nach vorne und schloss die Arme um sein Ebenbild. »Du hast dich wacker geschlagen, mein Sohn. Ich bin stolz auf dich.«

KAPITEL 28

Das musste ich erst einmal verdauen. Die Dunkelhaarige war Adrians Ex-Gefährtin, Alfie der gemeinsame Sohn, der bei der Mutter lebte. Mir fiel ein Stein vom Herzen. Er war nicht schwul, was meine Moleküle im Bauchbereich einen kleinen Freudentanz aufführen ließ. Nur kurz, denn mir war nach wie vor nicht klar, wie die Beziehung zu dieser Eleonore war. Waren die beiden, zumindest gelegentlich, noch ein Paar? Fragen konnte ich gerade schlecht, die beiden Elternteile hatten sich um ihren enttäuschten Sohn geschart. Eleonore drehte sich zu mir um. Ein schelmisches Lächeln umspielte ihre Lippen. »Die Ähnlichkeit ist verblüffend, nicht? Die Erstgeborenen dieser Familie ähneln ihren Vätern schon seit Generationen wie ein Ei dem anderen. Nicht nur in Statur und Aussehen, auch im Charakter.«

Ich betrachtete die kleine Familie und trat ein paar Schritte beiseite, um nicht unhöflich zu wirken. Dabei wurde meine Aufmerksamkeit durch einen kleinen Auflauf geweckt, unweit von mir vor einem rechteckigen Zelt aus blauem Tuch. Eine Traube von Menschen hatte sich dort versammelt und debattierte gestikulierend. Neugierig ging ich hinüber.

»Was gibt es hier?«, fragte ich eine der Frauen. Sie trug eine weiße Haube, ein dunkles Kleid und am Arm einen geflochtenen Korb, in dem Eier und ein Stück geräuchertes Fleisch lagen.

»Das ist das Zelt von Master Lawrence, dem Magier und Heiler.«

Stimmt, das hatte der Stotterer, der jetzt keiner mehr war, gesagt. Blieb abzuwarten, ob die Heilung anhielt.

»Er hat dort drinnen gerade einem Mädchen den schiefen Hals gerichtet«, fuhr die Frau fort.

Tatsächlich stand zwei Armlängen entfernt ein mageres Ding, auf das mehrere Erwachsene lebhaft einredeten. »Sie trug den Hals seit einiger Zeit zur Schulter geneigt, jetzt sieht sie wieder normal aus.«

Ja, vermutlich hatte sie sich den Nacken verrenkt und er besaß so etwas wie osteopathisches Wissen in den Fingern. Schon wollte ich mich wieder abwenden, irgendwelche gesundheitlichen Störungen waren nicht mein Problem, auch wenn ich das manchmal angesichts der prekären hygienischen Verhältnisse selbst kaum glauben konnte, als die Frau im Flüsterton fortfuhr. »Ich bin aber wegen der anderen Sache hier.«

»Welcher anderen Sache?« Hoffentlich erzählte sie mir jetzt nicht ihre ganze Krankengeschichte, wie das Menschen in Wartezimmern bedauerlicherweise häufig taten. Mein Blick schweifte bereits wieder ab, um Adrian in der Menge zu suchen.

»Er kann Menschen durch die Zeit schicken.«

Einen Moment lang hörte ich auf zu atmen. Um mich gleich darauf mit einem lauten Pfeifen der Lungen der Frau zuzuwenden.

»Was sagt Ihr da?«

»Ja«, sie nickte mehrfach. »Eine Nachbarin hat er einmal zurückgeschickt. Sie wollte sich von ihrer Mutter verabschieden. Die starb, als die Frau auf dem Feld war, was sie so tief bestürzt und betrübt hat, dass sie kein Mensch mehr war. Er hat sie zurückgeschickt in diesen Tag und so konnte sie zumindest auf diese Weise Abschied nehmen.«

Ich starrte die Frau an. Sie trat von einem Bein aufs andere. »Hoffentlich hat er heute Zeit für mich.« Sie deutete auf ihren Korb. »Und ich hoffe, dass er das hier als Bezahlung akzeptiert.« Sie schwieg abrupt und biss sich auf die Lippe.

»Wohin wollt ihr denn zurück und warum?«, fragte ich sie.

Das Wasser stand ihr augenblicklich in den Augen. »Ich möchte noch einmal den letzten glücklichen Tag mit meinem Mann erleben.«

»Oh Gott, ist er denn schon tot?« Die Frau schien gar nicht so alt.

Sie schniefte kurz und fuhr sich mit dem Finger über die Lider. »Nein. Er ist davongelaufen. Aber ich liebe ihn immer noch.«

Beziehungsprobleme hatte es in jedem Zeitalter gegeben und würde es wohl immer geben. Nun kam Bewegung in die Menge vor uns. Ein Mann trat aus dem Zelt, sichtlich nach Fassung ringend.

»Was hat er mit dir gemacht?«, fragen einige der Wartenden.

»Hat es funktioniert?«, wollten andere wissen.

Der Mann schüttelte mit Bedauern den Kopf. »Die Brücke war nicht stark genug.« Damit verließ er mit hängenden Schultern den Pulk, der sich dennoch gleich wieder eng zusammenschloss. In meinem Kopf rumorte es. Wenn das stimmte, was die Frau mir erzählt hatte, wäre das nicht eine Chance für mich? Wobei, genau genommen, meine Vergangenheit in der Zukunft lag. Würde es dennoch funktionieren?

Schnell überschlug ich den Betrag, den ich in meinem Beutelchen bei mir trug. Viel war es nicht, gerade genug, um sich auf dem Jahrmarkt etwas zu essen und zu trinken zu holen, mir vielleicht einen hübschen Zierkamm zu kaufen oder eines der parfümierten Tüchlein, die man sich ins Mieder stecken konnte.

»Was kostet es?«, fragte ich daher die Frau neben mir. Sie nannte mir einen Preis, der mich fast schwindelig werden ließ. »Aber einen Teil kann man in Naturalien entrichten.«

Nur, dass ich keine hatte. Aber ich musste mit dem Mann sprechen. Unbedingt. Daher blieb ich in der Menge stehen. Gefühlt alle zehn Minuten trat jemand heraus, um Platz für einen anderen zu machen. Nun waren es Leute, die ein Zipperlein geplagt hatte. Sie schienen mit der Behandlung zufrieden und als ich mich nach einer Weile umblickte, sah ich, dass die Menge um den Zelteingang hinter mir in der Zwischenzeit noch weiter angewachsen war.

Inzwischen hatte der Wind aufgefrischt und dunkle Wolken hatten sich vor die Sonne geschoben.

»Valerie!«, jemand rief meinen Namen. Es war Lizzy, die mit gerafften Röcken über den Platz gelaufen kam. »Wir müssen zurück. Es ist schon längst Zeit!«

Verzweifelt blickte ich zum Zelt. Vor mir standen bestimmt noch fünf, sechs Leute in der Schlange. Jeder von ihnen trat bereits ungeduldig hin und her. Die Frau mit den Eiern seufzte seit einiger Zeit in unregelmäßigen Abständen.

Ich überschlug meine Optionen. Zu Fuß zum Castle waren es rund zwei Kilometer, dafür brauchten wir eine halbe Stunde. Wenn ich noch eine Stunde hier anstand, das war das Minimum, je nachdem wie schlimm die Krankheiten der Leute vor mir waren, würde ich, eingedenk der Tatsache, dass wir bereits über der Zeit waren, auf keinen Fall mehr rechtzeitig dort sein, um Isobel für das Abendessen mit ihrem Vater beim Umziehen zu helfen.

»Fiona ist schon vor längerer Zeit aufgebrochen. Sie weiß, dass wir hier sind. Sie wird uns verpetzen.« Lizzy war nicht gerade mutig, aber das konnte ich ihr in ihrer Situation nicht zum Vorwurf machen.

»Was, wenn wir ein Pferd mieten?«, rief ich ihr über den einsetzenden Wind hinweg zu.

»Ich kann nicht reiten. Und jemand muss es zurückbringen.«

Für eine Kutsche würde unser Geld nicht reichen, ganz abgesehen davon, dass ich jede noch so kleine Münze für diesen Master Lawrence und seine Magie brauchen würde.

Lizzy war hoch nervös und blickte ängstlich zum Himmel. »Da braut sich was zusammen«, meinte sie. Tatsächlich waren die Wolken über uns inzwischen schwarz. Hin- und hergerissen flog mein Blick vom Zelteingang zu Lizzy, von dort zum Himmel und schließlich zum Zelt zurück. Dort entstand just in diesem Moment ein kleiner Tumult. Der Mann, der heraustrat, verkündete nämlich, der Heiler habe sich verausgabt und benötige eine kleine Pause.

»Kommt heute Abend wieder!«, rief er den Enttäuschten zu. Die Frau vor mir jammerte. Aber mir war noch viel elender zumute. Heute Abend würde ich keinen Fuß mehr ins Dorf setzen können.

»Wann kommt Master Lawrence das nächste Mal hierher?«, wandte ich mich schnell an die Frau mit den Eiern.

»Er hat auf jedem Jahrmarkt sein Zelt«, erwiderte die. In diesem Moment fielen die ersten Tropfen. Dick wie Rosinen stürzten sie senkrecht vom Himmel. Die Marktbesucher schrien erschrocken auf und innerhalb kürzester Zeit war der gesamte Platz wie leergefegt.

Lizzy kam auf mich zu, ergriff mein Handgelenk und zog mich unter den Überstand eines Hauses. Dort standen wir, bereits bis auf die Haut durchnässt und warteten das Ende des Platzregens ab. Wenige Minuten später war der Spuk vorbei. Die Sonne brach durch die Wolken und brachte das Pflaster des Marktplatzes zum Dampfen.

»Nichts wie nach Hause, wir müssen uns sputen.« Lizzy war schon einige Schritte gegangen, als ich sie bat, noch einen Moment zu warten. Schnell lief ich zum Zelt hinüber, wobei ich etlichen Pfützen ausweichen musste. Ich wollte den Mann fragen, woher er kam und ob ich ihn nicht zu Hause aufsuchen konnte. Doch es war zu spät. Das Zelt war geschlossen und von dem Heiler weit und breit nichts zu sehen.

KAPITEL 29

Wir hatten uns beeilt, doch der Weg war durch den Regen aufgeweicht, schlammig und voller Pfützen, sodass unsere Röcke schon nach kurzer Zeit völlig durchnässt und verdreckt waren. Dennoch hielten wir uns nicht auf, denn es gab Schlimmeres. Zu spät zu kommen, beispielsweise.

So wurde Lizzy von Martha auch gleich mit zwei Backpfeifen begrüßt.

Erst, als ich rief, es sei meine Schuld gewesen, ließ die Köchin schnaubend von der Weinenden ab. Lizzy verschwand ohne ein weiteres Wort in ihrer Kammer, um sich umzuziehen. Sie hätte allen Grund gehabt, sauer auf mich zu sein. Trotzdem machte sie mir keinen Vorwurf und ich nahm mir vor, ihr irgendwann einmal etwas Gutes zu tun. Doch zunächst musste auch ich mich umziehen. Isobel erwartete mich bereits mit finsterer Miene.

»Ein Kammermädchen, das sich herumtreibt, brauche ich nicht«, ließ sie mich wissen und warf zornig die Haarbürste auf den Boden. Es dauerte eine ganze Weile, bis sie sich wieder beruhigt hatte. Unterstützend wirkte dabei vermutlich auf jeden Fall die Tatsache, dass ich ihr an diesem Abend reichlich Honig um den Mund schmierte und die Schönheit ihrer Haare über den grünen Klee lobte. Irgendwann hatte es sich dann auch ausgenölt und ich konnte mich zurückziehen. Es war noch erstaunlich früh am Tag.

Isobel aß mit ihrem Vater zu Abend. Anschließend wollte er ihr Schach beibringen, sie würde so schnell nicht mehr in ihr Zimmer zurückkehren. Freizeit für mich, mit der ich in meiner Nervosität so gar nichts anfangen konnte. Ich ging in die Küche und aß einen Teller Suppe, danach begab ich mich in den Garten. Es war noch angenehm warm, Hummeln summten um die kräftig duftenden Kräuter und die ersten Frühlingsblumen.

Bei ihrem Anblick musste ich an Ivy denken. Wie hatte meine Schwester mich immer genervt, sobald sie von ihrer Umweltbewegung angefangen hatte.

Erst stirbt die Biene, dann der Mensch. BlaBla, hatte ich gedacht. Wenn ich jetzt so um mich blickte, sah ich den Unterschied zu heute und damals – oder war es umgekehrt? – jedenfalls ganz deutlich. Eine Reihe von Insekten flog durch den Garten, gejagt von Vögeln, denen ich in meinem früheren Leben nicht begegnet war. Zwar konnte ich einen Spatz von einem Rotkehlchen unterscheiden, eine Meise von einer Amsel, aber das war es auch schon. Ganz zu schweigen davon, dass mich Tiere ja insgesamt nicht interessierten. Ein Schmetterling tänzelte durch die Luft, direkt an meinem Gesicht vorbei, zitronengelb und so groß, dass er mich erschreckte. Gelb war lange Zeit Ivys Lieblingsfarbe gewesen und dass ich jetzt schon wieder an sie denken musste, schlug mir spürbar auf den Magen. Ich setzte mich auf eine grob gezimmerte Holzbank, die eingerahmt von Hagebuttensträuchern an der

Rückseite der Hauswand stand. Trübsinnig starrte ich vor mich hin.

Schon von Anfang an hatte ich Schwierigkeiten gehabt, mich an das gemächliche Tempo dieser Zeit zu gewöhnen. Nicht, dass ich bei meiner täglichen Arbeit hätte trödeln dürfen. Das wusste Isobel zu verhindern! Die verwöhnte junge Lady hielt mich permanent auf Trab. Die angenehmsten Stunden des Tages waren die, in denen sie sich nicht im Haus befand. Doch alles andere ging hier nicht nur einen oder zwei, sondern mindestens hundert Schritte langsamer. Allein, zu erfahren, was in der Welt vor sich ging. Es gab eine Zeitung, den *Scots Courant,* die dem Earl täglich einmal geliefert wurde. Dass ich sie lesen konnte, wusste außer Adrian ja niemand. Also trödelte ich gelegentlich recht lange in der Bibliothek herum, um wenigstens einen Blick auf die Schlagzeilen werfen zu können. Briefe dauerten Wochen. Nicht, dass ich jemandem hätte schreiben wollen oder können, ich kannte ja niemanden. Trotzdem machte mich schon allein das Wissen darum nervös. Und dann erst das Kochen! Fleisch schmurgelte bei leiser Hitze tagelang vor sich hin, bis es fast zerfiel. Nicht nur, weil der Earl ein ziemlich schlechtes Gebiss besaß, voller Lücken und mit wackligen Zähnen. Er hätte gar nicht kraftvoll zubeißen können und goutierte das Breiartige, das Martha im vorsetzte. Doch seit ich es selbst einmal versucht hatte, war ich durchaus begeistert von dem Geschmack. Dann fiel es mir wieder ein: Pulled-Pork war ja in meiner Zeit wiederentdeckt und ein Renner geworden. *Wenn ich zurück bin, kann ich einen Blog mit Originalrezepten schreiben.*

Peng! Es war wie ein Schuss in meinem Kopf. Ich würde nicht zurückkehren in meine Welt. Ich konnte nicht zurück. Es gab keinen Weg. Und die einzige, winzige, aberwitzig unwahrscheinliche Hoffnung hatte sich am Nachmittag zerschlagen.

Was für ein Mist! Ich legte das Gesicht in die Hände und ohne, dass ich es verhindern konnte, begannen die Tränen zu fließen.

»Ich will zurück«, flüsterte ich. »Ich will sofort zurück.« Immer heftiger wurde die Traurigkeit in mir. Das Gefühl, aus meinem eigenen Leben ausgeschlossen worden zu sein und die ganze Hoffnungslosigkeit drückten mich nieder. Und wie das so ist, in dunklen Stunden kommen noch mehr düstere Gedanken dazu. Was würde ich tun, wenn ich älter wäre? Ohne Ersparnisse, ohne verwertbares Wissen, ohne jede Fertigkeit, die man hier brauchen konnte? Würde ich mich jemals wieder so fühlen wie ich es bisher gewohnt war?

Meine Schultern bebten, ein Krampf befiel mich, ich schluchzte laut und vernehmlich und verfluchte gleichzeitig die Tatsache, dass es hier keine Papiertaschentücher gab, als sich eine Hand schwer auf meinen Arm legte.

»Was macht dich so traurig, Valerie?«

Ausgerechnet Adrian stand neben mir. Jetzt, wo ich noch nicht einmal mein verheultes, verschwollenes und verrotztes Gesicht heben konnte.

»Lass mich in Ruhe«, stieß ich stockend und stammelnd hervor. »Ich will sterben«, setzte ich ihn dann noch über meinen aktuellen Seelenzustand in Kenntnis. Doch statt zu gehen, setzte er sich neben mich.

»Sterben, warum denn? Du bist doch noch so jung.«

Ach Gott. Dieser Mann verstand aber auch gar nichts.

»Ich will nach Hause«, jammerte ich, schniefend und mit erstickter Stimme. Noch immer liefen die Tränen heiß und kühl zugleich über mein Gesicht, tropften auf den Rock und bildeten kleine, nasse Flecken.

»Ist es wegen ... seiner Lordschaft?«

»Häh?« Ich verstand zunächst nicht, was er meinte. Erst, als ihm eine leichte Röte in die Wangen stieg, begriff ich.

»Nein«, versicherte ich ihm hastig. »Es hat nichts mit dem Earl zu tun.«

Der zitierte mich zwar immer mal wieder spät abends zu sich, begaffte mich und tätschelte mir den Hintern, wenn ich mich nicht schnell genug entfernte. Doch alles andere hatte ich bisher abwenden können. »Ich erzähle ihm gelegentlich eine Geschichte«, fuhr ich fort. »Die hat ihn so gefesselt, dass er immer mehr hören möchte.«

»Was für eine Geschichte ist das?«

»Die von Robinson Crusoe. Kennst du sie?«

Er schüttelte den Kopf und ich schilderte ihm kurz, worum es ging.

»Dann ... ist dir der Herr nicht zu nahe getreten?«
Ich verneinte.

»Warum weinst du dann?«

Ich starrte vor mich hin. »Ich will zurück in mein Leben.« Schon wieder fing ich an zu weinen.

Adrian antwortete nichts, stattdessen legte er mir den Arm um die Schultern. Erstaunlicherweise ging von der Ruhe, die er ausstrahlte, sofort etwas auf mich über. Die Tränen versiegten langsam, ich schnäuzte mich in mein Dufttüchlein und nach und nach beruhigte sich auch mein aufgewühltes Innerstes.

»Wir können ja noch einmal zum Turm fahren«, bot er mir an. »Vielleicht erkennst du jetzt den Weg, der in dein Heimatland zurückführt.«

»Ach Blödsinn«, fuhr ich ihn an. »Nirgendwo führt ein Weg dorthin zurück.« Jetzt fing ich gleich wieder an zu heulen!

»Du bist hergekommen, also kannst du auch zurückkehren.«

Ich hob den Kopf und blickte in den blauen Himmel. »Da, wo ich herkomme, fliegen Flugzeuge durch die Luft. Die Menschen fahren in Autos oder im Zug, Bahnschienen und asphaltierte Straßen durchziehen das Land. Wir telefonieren mit Menschen am anderen Ende der Welt und schreiben E-Mails, die binnen Minuten beantwortet werden können. Das ist das Heimatland, das ich meine.«

Adrian war etwas von mir abgerückt, hatte seinen Arm aber nicht von meiner Schulter genommen.

»Flugzeuge?«, wiederholt er das Wort mit einer seltsamen Betonung auf Flug.

»Eine Maschine, die durch die Luft fliegt.«

Adrian nahm den Arm von meiner Schulter, griff nach einem Stein und warf ihn in die Luft. Schweigend sahen wir zu, wie er zurück zur Erde fiel.

»Nur Vögel und Insekten können fliegen. Alles andere fällt wieder auf die Erde«, behauptete er. »Und was ist … Telefonieren?«

Ich schüttelte den Kopf. Wie sollte ich etwas erklären, das ich zwar nutzte, aber selbst nicht begriff?

»Ja, ich weiß, dass du nicht verstehst, wovon ich rede. Ihr denkt alle, ich sei auf den Kopf gefallen. Aber das ist nicht so. Jedenfalls nicht so, wie du denkst.« Erschöpft hielt ich inne. Es machte gar keinen Sinn, ihm etwas erklären zu wollen. Selbst wenn er gewollt hätte, er hätte es nicht begreifen können. Dreihundert Jahre waren eine lange Zeit. Wenn ich richtig darüber nachdachte, würde es – könnte ich in die Zukunft meiner Zeit blicken – auch Dinge geben, die ich nie verstehen würde. Vielleicht beamten sich die Menschen durch die Welt. Oder niemand ging mehr aus und alle lebten und liebten ausschließlich virtuell? Viel fehlte ja nicht mehr.

»Erkläre mir diese Dinge«, gab er zur Antwort.

Ich seufzte.

»Ich komme nicht aus einem anderen Land. Nicht im eigentlichen Sinn. Tatsächlich komme ich von hier.« Ich machte eine allumfassende Bewegung mit dem Arm. »Meiner Familie gehört ein großes Grundstück mit einem Haus, das auf den Grundmauern dieses Castle hier erst in hundert Jahren erbaut wird und meinem Vater von seinem Großvater vererbt wurde.« Vorsichtig sah ich ihn von der Seite her an. Er hörte mir zu, ohne eine Miene zu verziehen.

»Es war der Heiligabend, ich hatte Stress mit meiner Schwester, habe im Keller nach einer Flasche Champagner gesucht und bin in die Pilzzucht von Ivy, eben dieser Schwester, geraten. Vermutlich habe ich vorher daraus gewonnene psychedelische Substanzen in Form von Gebäck zu mir genommen. Was dann geschehen ist, weiß ich nicht mehr. Erst, als ich im Pferdestall aufgewacht bin und zuerst dachte, es handele sich um einen Scherz von Family und Friends.« Ich hielt inne, um zu sehen, wie er es verdaute. Er starrte mich an und nickte zur Bestätigung, ich solle fortfahren.

»Wie ich feststellte, bin ich rund 300 Jahre in die Vergangenheit gereist. Wie so etwas möglich ist, weiß ich nicht. Leider weiß ich auch nicht, wie ich wieder zurückkomme. Da nützt auch ein noch so hoher Turm nichts. Der zu meiner Zeit übrigens gar nicht mehr steht, sondern lediglich als *der Steinhaufen* bekannt ist.«

Adrian beugte sich nach vorn, legte die Arme auf den Schenkeln ab und faltete die Hände, als wolle er für mein Seelenheil beten.

»Du bist aus der Zukunft«, stellte er nach einer Weile mit ruhiger Stimme fest.

»Ja.«

»Dann weißt du vielleicht auch, wie der Wettkampf im Bogenschießen nächstes Jahr ausgeht?« Verwirrt blinzelte ich ihn an. »Wettkampf?«

»Mein Sohn. Ich würde mir wünschen, dass er gewinnt. Wenn ich wüsste, dass das nicht der Fall ist, wäre es besser, ihn in einer anderen Disziplin unterrichten zu lassen.«

Das nennt man Pragmatismus!

»Das kann ich dir leider nicht sagen«, musste ich ihn enttäuschen. »So detailliert kenne ich mich nicht aus.«

»Aha«, bemerkte er.

Danach starrten wir beide eine Weile vor uns hin.

»Sag mir, Mädchen aus der Zukunft. Kann man in deiner Zeit alle Krankheiten heilen?«

»Nein. Alle nicht. Aber viele.« Mit was für Malaisen hatten die Leute hier zu kämpfen? Ich zählte einfach auf, was mir einfiel. »Karies. Pest. Kindbettfieber. Lungenentzündung. Syphilis.«

»Schwachsinn auch?«

Ich dachte an einige Politiker meiner Zeit und schüttelte bedauernd den Kopf.

Er setzte sich auf und ließ die Schultern kreisen. »Wie erlegt ihr euer Wild?«

»Gar nicht. Wir gehen in den Supermarkt und kaufen es dort ein.«

Er lachte kurz und trocken auf.

»Du glaubst mir nicht, oder?«, fragte ich resigniert.

»Wenn du mir ein Ereignis aus der Zukunft nennen könntest, wäre es leichter.«

Ich wusste keines, kannte mich in dieser Epoche, diesem Jahr nicht aus. Alles, was ich auswendig kannte, war zeitlich viel zu weit weg, als dass er es hätte in Kürze verifizieren können.

»Wer aus der Zukunft kommt, muss doch besondere Fertigkeiten besitzen. Was kannst du, was wir nicht können?«, fragte er zum Schluss.

Autofahren? Ein Smartphone, eine Waschmaschine, einen Mikrowellenherd bedienen? Alles Dinge, die es noch nicht gab. Was man hier brauchte, waren andere Fähigkeiten. Enttäuscht von mir selbst hob ich die Schultern. »Ich weiß es nicht«, gab ich zu. Aber in diesem Moment beschloss ich, in mich zu gehen. Es musste doch etwas geben, was ich gewinnbringend einsetzen konnte.

»Ich muss«, murmelte ich vor mich hin. »Weil ich Master Lawrence bezahlen will.«

KAPITEL 30

»Glaubst du mir?«, fragte ich ihn irgendwann.

Er wiegte den Kopf. »Ich glaube, dass du es glaubst.«

»Du denkst, ich bin auf den Kopf gefallen«, entgegnete ich. Enttäuschter als ich es hätte sein dürfen. Meine Geschichte war eben zu fantastisch. »Hast du deswegen nach einem Heilmittel für Schwachsinn gefragt?«

»Nein. Wegen meinem Bruder. Er ist ein bisschen sonderbar.«

Wie sich herausstellte, hatte Adrian einen Bruder, der, wie er sagte, ständig seltsames Zeug daherfaselte. Dinge über Sterne und den Himmel, die kein Mensch verstand.

»Er sitzt am Fenster und zeichnet merkwürdige Sachen. Zuerst haben es meine Eltern dem Pfarrer gezeigt, aber der sprach gleich davon, dass mein Bruder des Teufels sei.«

»Das ist er ganz sicher nicht«, antwortete ich. Die Pfarrer dieser Zeit hier waren mit ihren an Aberglauben grenzenden Teufelsgeschichten ziemlich schnell dabei, wie ich fand.

Inzwischen hatte es begonnen zu dämmern und ich sprang erschrocken auf.

Isobel würde wieder einen ihrer gefürchteten Wutanfälle bekommen, wenn ich nicht parat stand.

Wie sich herausstellte, war ich keine Minute zu früh ins Haus zurückgekommen. Kaum war ich in ihrem Zimmer, kam sie schon.

»Schach ist ein langweiliges Spiel«, fand sie und schwieg danach während der gesamten Abendtoilette. Erst kurz vor dem Zubettgehen sprach sie wieder.

»Mein Vater hat mir von der Geschichte berichtet, die du kennst.« Sie klopfte einladend auf ihre Matratze und ich ließ mich vorsichtig nieder, um auch ihr die Erlebnisse des schiffbrüchigen Robinson und seines Freundes Freitag zu erzählen. Erst, als ihr die Augen zugefallen waren und sie tief und gleichmäßig atmete, erhob ich mich, um in meine Kammer zu gehen. Auf einen Schlag war ich todmüde.

Endlich mal wieder ausschlafen, dachte ich. Und gleich danach: *So bescheiden werden die eigenen Wünsche in harten Zeiten.* Zu meiner Erleichterung schickte der Earl an diesem Abend nicht nach mir. Dafür suchten mich in der Nacht schreckliche Träume heim, in denen ich durch einen dunklen Tunnel hastete, in immer größerer Sorge, den Shuttlebus zurück in mein Leben nicht mehr rechtzeitig zu erreichen. Als ich erwachte, lag die Sehnsucht bleischwer auf meiner Brust.

KAPITEL 31

Schon seit einer Weile hatte ich mich gefragt, warum die Gouvernante ihren Schützling deckte. Immerhin verzichtete Isobel ungewöhnlicherweise auf meine Begleitung, wenn sie in Inverness übernachtete. Da sie lieber ohne ihr Kammermädchen unterwegs war, war mir klar geworden, wie ernst die Sache mit ihrem heimlichen Verehrer sein musste. Dass die Gouvernante ihr ständig Briefe zusteckte und im Gegenzug die Antworten außer Haus brachte, hatte ich bereits mitbekommen.

An diesem Morgen nun sollte ich erfahren, warum sie das tat. Die beiden Frauen waren in ein leises, auf Französisch geführtes Gespräch vertieft, als ich den Raum betrat. Obwohl sie sofort schwiegen, hatte ich das Wesentliche der Unterhaltung erfasst.

»Mein Neffe wird dich morgen Nachmittag erwarten.«

So war das also. Die Gouvernante unterstützte die Liaison, weil sie sich für das Mitglied ihrer eigenen Familie einen Vorteil erhoffte. Der Earl war zwar ebenfalls nicht übermäßig reich, der Neffe, damit verglichen, vermutlich aber mittellos. Wahrscheinlich sah er gut aus. Hoffentlich besaß er einen tadellosen Charakter. Obwohl ich Isobel nicht wirklich in mein Herz geschlossen hatte – eine unglückliche Ehe wünschte ich ihr nicht. Ich tat so, als habe ich nichts gehört, und machte mich daran, die Kleidung der jungen Lady unter dem Aspekt einer nötigen Reinigung durchzusehen. Mit einem Nachmittagskleid und einer Garnitur Unterwäsche verließ ich das Zimmer. Die beiden Frauen darin hatten sich während meiner Anwesenheit über Banalitäten unterhalten. Nun - ich blieb neugierig draußen stehen – setzten sie ihre Konversation fort. Eine neue Konditorei wollte entdeckt werden. Ein Theaterstück wurde aufgeführt. Ein Spaziergang am Wasser würde den Bronchien der jungen Lady gut tun. Im besten Gasthaus der Stadt war für einige Tage eine Suite für die beiden Frauen reserviert.

Die Gouvernante geht ganz schön ran. Vermutlich will sie schnellstmöglich Fakten schaffen.

Viel interessanter war aber die Aussage, dass auch der Earl einige Tage später eine Reise antreten würde. Edinburgh war das Ziel und als ich mich später, nachdem ich Isobels Kleidung einer der Wäscherinnen übergeben hatte, ein wenig in der Bibliothek umsah, stieß ich auf Schriftverkehr mit einem entfernten Verwandten dort, dem er seinen Besuch angekündigt hatte. Mir hüpfte das Herz in der Brust. Endlich würde ich Zeit finden, mich um meine eigenen Angelegenheiten zu kümmern. Das Aufspüren des Magiers stand dabei an erster Stelle.

KAPITEL 32

Lizzy und ich waren in den vergangenen Monaten fast so etwas wie Freundinnen geworden. So reinigten und flochten wir uns gegenseitig die Haare, gingen gelegentlich gemeinsam in den Pub im Dorf und in den seltenen Momenten, in denen wir gleichzeitig frei hatten, erkundeten wir ein bisschen die Gegend. Dabei hatten wir eines Tages im Forst des Earls, der ein Stück weiter östlich des Castles lag, einen kleinen See entdeckt.

Am ersten Tag meiner unverhofften kurzen Freiheit ging ich dorthin. Tatsächlich war Isobel wieder alleine mit der Gouvernante abgereist, ohne auch nur einen Gedanken daran zu verschwenden, mich mitzunehmen. Sie würde, so hatte man es dem Earl verkauft, einige Dinge für die Aussteuer besorgen.

Für welche Hochzeit auch immer!

Anhand der eingepackten Kleidung ging ich von einer mindestens dreitägigen Abwesenheit aus. Das gab mir die Möglichkeit, Dinge zu tun, zu denen ich sonst nicht kam.

Inzwischen ging der Frühling bereits auf den Sommer zu. Die Nächte waren noch kühl, doch um die Mittagszeit stiegen die Temperaturen bereits spürbar an und schürten damit meine Lust, endlich mal wieder Wasser an meinen Körper zu lassen. Am Hof des Earls war das höchste der Gefühle, Gesicht und Hände zu waschen und den Rest des Körpers trocken oder mit feuchten Lappen abzureiben. Daher träumte ich davon, mal wieder unter einer Dusche zu stehen, ein duftendes Gel auf der Haut zu verreiben und mich richtig sauber zu fühlen. Der See schien mir zwar kein vollwertiger Ersatz, aber auf jeden Fall geeignet, mich von Kopf bis Fuß zu erfrischen.

Ich hatte mir den Weg gut gemerkt, trotzdem überkam mich hin und wieder Unsicherheit. Jetzt, wo die Bäume reichlich Laub trugen und der Waldboden saftiges Grün aufwies, sah alles anders aus als noch wenige Wochen zuvor und ich schlug mich durchs Unterholz, denn einen Weg gab es nicht. Als ich das helle Wasser durch die Baumstämme schimmern sah, fiel mir ein Stein vom Herzen. Eilig trat ich auf die Lichtung. Um mich herum summten Bienen und andere Insekten. Kleine, blaue Blumen blühten überall am Boden. Es duftete nach Harz und Blüten. Der See lag still und klar. Ein bisschen Schilf rahmte den größten Teil des Ufers ein und dorthin ging ich, um mich auszuziehen. Bei der Unterwäsche zögerte ich einen Moment. Doch was sollte es, ich war alleine, weit und breit kein Mensch zu sehen. Es war das Land des Earls, niemand vom Dorf würde hierherkommen. Nackt schritt ich langsam in den See hinein. Das Gefühl war unbeschreiblich. Kühl und weich umschmeichelte das Wasser meinen Körper. Unter meinen bloßen Füßen spürte ich kleine runde Kiesel und Sand. Über mir schwebten grün schillernde Libellen. Schnell wurde es tiefer und ich tauchte ein, bevor ich mich abstieß und mit gleichmäßigen Bewegungen anfing zu schwimmen. Der See war nicht groß, vielleicht zehn, fünfzehn Meter im Durchmesser. Nach einigen Runden ließ ich mich treiben. Es war herrlich. Mein Haar hing offen im Wasser, das Gesicht hatte ich der Sonne zugewandt. Ein Schwarm Vögel flog auf, irgendwo raschelte es und dann erblickte ich ein Reh. Es stand ganz still, sah mit dunklen, feuchten Augen zu mir herüber. Auf einen Schlag war ich so ergriffen von dieser Szene, diesem Stück Natur, diesem wunderbaren Gefühl, dass mir die Tränen kamen. Um das Tier nicht zu erschrecken, bewegte ich mich nur minimal. Nun senkte es den Kopf und trank. Die Ohren schienen mit dem Wind zu spielen. Irgendwann hatte das Reh genug. Es sah noch einmal zu mir herüber und lief in den Wald zurück. Wer hätte gedacht, dass mich der Anblick eines Tieres einmal so ergreifen würde.

Wie wunderschön diese Welt doch ist!

In meine Gedanken mischte sich Ivys Stimme. *Nicht mehr lange, wenn wir so weitermachen.*

Ich schwamm zurück ans Ufer und dachte über die Frage nach, ob ich jemals ein Reh in freier Wildbahn gesehen hatte. Nein, hatte ich nicht. Ich war auch noch nie in einem See geschwommen. Oder nackt im Wald herumgelaufen. Ich kicherte leise, als ich ans Ufer watete. Strich mit der flachen Hand das Wasser von der Haut, drehte mein Haar zusammen und wrang es aus. Eine kurze Weile blieb ich so stehen. Den weißen Körper – so blass war ich in meinem früheren Leben selten gewesen – den wärmenden Sonnenstrahlen ausgesetzt. Dann lief ich ins Schilf, um meine Kleidung anzulegen. Ein paar Halme waren an einer Stelle niedergedrückt. Dort, wo ich mich ausgezogen hatte. Ein Hinweis darauf, dass jemand hier gewesen war? Verwirrt blickte ich um mich, zog hier und dort einige Stängel weg, bevor ich begriff, was ich sah. Meine Kleidung lag nicht mehr dort, wo ich sie abgelegt hatte. Sie war weg.

KAPITEL 33

Fiona! Das war mein erster Gedanke. Die missgünstige Magd musste mir gefolgt sein. Oder war es doch jemand aus dem Dorf gewesen? Mein Alltagskleid war abgetragen und fadenscheinig, in meinem alten Leben hätte ich so etwas noch nicht einmal in die Altkleidersammlung gegeben. Doch hier und jetzt gab es womöglich Frauen, die selbst darüber froh waren.

Hektisch drehte ich mich einmal um mich selbst. Nichts! Diese Hexe musste sich so leise angeschlichen haben, dass ich in meinem Freudentaumel nichts davon mitbekommen hatte.

Die Gedanken rasten in meinem Kopf. Was nun? Es war völlig undenkbar, splitternackt durch den Wald zu laufen. Ganz zu schweigen davon, dass ich auf keinen Fall im Evakostüm das Haus des Earls betreten konnte. Einfach hierbleiben? Niemand wusste, wo ich war. Schaudernd dachte ich an meine unglückliche Vorgängerin als Kammermädchen der jungen Lady. Die Art und Weise, wie man die junge Frau nach ihrem Unfalltod einfach aus dem gemeinschaftlichen Leben gestrichen hatte, ließ ahnen, wie das hier vor sich ging. Kein Mensch würde nach mir suchen. Sie würden vielleicht denken, ich sei abgehauen. Zurück in mein schönes La-La-Land.

Mitten in mein Gedankenkarussell hinein hörte ich plötzlich Zweige knacken. Jemand kam durch den Wald! Auf keinen Fall durfte man mich hier nackt und bloß finden. Schon wollte ich mich im Schilf verstecken, als ich am gegenüberliegenden Ufer einen Hund zwischen den Bäumen auftauchen sah. Der würde mich sofort wittern und aufspüren! Es gab nur eine Rettung. Ich musste zurück ins Wasser. So schnell wie möglich und so leise, wie es nur eben ging huschte ich zurück zum Ufer, ließ mich ins Wasser gleiten und schob mich dann hinter einen halb im Wasser liegenden Baumstamm. Der Hund schnüffelte, vielleicht witterte er das Reh, das noch kurz zuvor hier seinen Durst gestillt hatte. Jetzt erst betrachtete ich das Tier genauer. Sofort durchzog mich ein Schreck. Den Vierbeiner kannte ich! Das schwarz-weiß gefleckte, kurze Fell. Die weichen Ohren. Die feuchte Nase, die, so schien es mir, direkt in meine Richtung zeigte. Im selben Moment, in dem ich den Hund erkannte, trat auch schon sein Herr aus dem Wald heraus. Adrian kniff die Augen zusammen, ich hatte Glück, die Sonne stand hinter meinem Rücken und blendete ihn. Nun beugte er sich herab und tätschelte das Fell seines Vierbeiners. Der setzte sich brav, die Zunge hing aus dem Maul. Wie paralysiert starrte ich auf die Szene dort drüben. Adrian, der zuerst seinen Dreispitz, dann sein Gewehr ablegte. Sich die Stiefel von den Füßen zog. Seine Kleidung Stück für Stück folgen ließ. Unter dem Hemd steckte ein wunderbar modellierter Oberkörper, der auf der Brust mit goldenen Härchen bedeckt und überhaupt längst nicht so blass war, wie man glauben mochte. Mich durchzuckte die Erkenntnis, dass der fesche Jägersmann seinen gut gebauten Körper wohl gelegentlich der Sonne aussetzte. Die Muskeln spielten unter der schimmernden Haut, als er nach seiner Hose griff. Mir wurde der Hals trocken. Einen Moment lang hoffte ich inständig, er möge wenigstens die Unterkleidung anbehalten. Dann war auch die abgelegt. Mein Blick klebte sekundenlang an seinem Bauchnabel, folgte dann der dünnen Spur dunkelblonder Haare, bis zu dem Teil seines Körpers, der urplötzlich ein so heftiges Verlangen in mir auslöste, dass ich Mühe hatte, ruhig zu bleiben. Adrian watete in den See, schöpfte zwei Händevoll Wasser, um sie sich ins Gesicht zu klatschen. Rieb sich die Arme ab und warf sich dann mit lautem Getöse regelrecht in den See hinein. Der Hund sprang auf, als das Wasser in die Höhe spritzte, setzte sich jedoch sogleich wieder. Vermutlich musste er Gewehr und Kleidung bewachen. Adrian schwamm mit kräftigen Zügen im Zickzackkurs durch den See. Ich bewunderte seine muskulösen Schultern und die Sicherheit, mit der er sich im Wasser bewegte. Durch die kräftigen Bewegungen war er zudem so laut, dass ich immer wusste, wo er sich gerade befand. Zu meinem Glück kam er dabei nicht ansatzweise in meine Nähe. Nach einer Weile, es kam mir vor wie eine Ewigkeit, hatte er genug und stieg aus den Fluten. Dabei präsentierter er mir ein so knackiges Hinterteil, dass ich bereits wieder heftig schlucken musste.

Der Mann war ein ganzer Kerl, mit allem, was man sich als Frau nur wünschen konnte.

Leider scheint er sich nicht sicher zu sein, ob er dir deine Wünsche erfüllen will.

Ich seufzte unwillkürlich. Adrian stand nun drüben und rollte seinen Kopf hin und her, wie ich das manchmal auch tat, wenn ich Nackenschmerzen hatte. Er bückte sich und griff nach seinem Hemd. Und dann blieb er ruckartig stehen. Trat ein, zwei Schritte ins Schilf. Es war genau in dem Moment, in dem ich begriff, dass er meine Rettung sein konnte. Ich musste ihn lediglich auf mich aufmerksam machen, ihn bitten, schnell ins Haus zurückzukehren, um mir von dort ein Gewand zu bringen. Schon hatte ich den Mund geöffnet, als er sich dem See zuwandte, mein Kleid in der Hand.

KAPITEL 34

»Valerie!«, schallte seine Stimme übers Wasser. »Wo bist du?«

Das war ja unfassbar! Ich hatte an der falschen Stelle nach meiner Kleidung gesucht. Die hatte immer noch dort gelegen, wo ich sie abgelegt hatte. Innerlich schüttelte ich den Kopf über mich selbst.

Durch die lange Zeit, die ich bewegungslos im Wasser hatte ausharren müssen, war mir zudem kalt geworden. Jetzt war ich dankbar dafür, aus meinem schattigen Versteck herauskommen zu können. »Hier bin ich«, machte ich mich bemerkbar.

Sein Kopf ruckte zu mir herum. Eigentlich hätte ich jetzt erwartet, dass er seine Blöße bedecken oder zumindest schamhaft zusammenzucken würde. Doch nichts dergleichen geschah. Ihn erstaunte etwas anderes.

»Du badest hier in diesem See?« Seine Stimme klang fassungslos.

»Warum denn nicht? Ich bin heilfroh gewesen, als es endlich warm genug dafür geworden war.«

Ich schwamm zur Mitte des Sees und blieb dort, wassertretend und mit den Armen balancierend. Unschlüssig, was ich nun tun sollte. Vor mir hüpften Wasserflöhe auf der Oberfläche herum. Ab und zu schwappte mir etwas Wasser in den Mund. Es war klar und schmeckte frisch.

»Niemand im Haushalt des Earls geht ins Wasser«, brummte Adrian.

»Du offensichtlich schon.«

»Ich habe keine Angst vor Krankheiten, die man sich dort angeblich holt. Oder davor, dass das Wasser in meinen Körper eindringt und mich aufschwemmt. Im Gegenteil. Ich liebe es, zu baden und zu schwimmen.«

»Wenigstens darin sind wir uns einig«, entgegnete ich. Es klang, wie ich fand, ein bisschen kokett. Adrian hatte mein Kleid wieder hingelegt und kam erneut in den See gewatet, bis er nur noch eine Armlänge von mir weg war. Mir stieg sein Geruch in die Nase. Er roch nach Wald und See und ganz besonders stark nach Mann. Auf einmal überkam mich wieder eine Sehnsucht, die heftig und gleichzeitig schmerzlich war. Noch niemals vorher hatte ich so etwas gefühlt. Es war, als zöge mich ein Band zu diesem Mann hin. Gleichzeitig fürchtete ich, ein falsches Wort, eine falsche Geste könne diesen Zauber zerstören, der sich in diesem Moment zwischen uns aufbaute. Obwohl er nur einen Kopf größer war als ich, musste er nicht wassertreten, hatte noch Kontakt mit dem Grund und stand ganz ruhig vor mir. Wasserperlen schimmerten auf seinen muskulösen Schultern, das Grün-Braun seiner Augen war durch die Sonne goldgesprenkelt.

Er hob die Hand und fuhr sich durchs feuchte Haar. Ach, das hätte ich auch gerne getan. Mir war, als schmölze ich dahin. Einen Moment lang musste ich wohl vergessen haben, Arme und Beine synchron zu bewegen, denn ich sackte ab, das Wasser lief mir bis über die Augen. Adrian packte mich an den Oberarmen, bevor ich unterging. Jetzt waren wir uns so nah, dass ich die Wärme seiner Haut auf meiner zu fühlen glaubte.

»Wie macht man das in deiner Welt«, murmelte er und zog mich näher zu sich. So nah, dass ich die unterschiedliche Farbgebung seiner Bartstoppeln erkennen konnte. Helles und dunkles Blond wechselte sich ab. Auf einmal lag meine Hand auf seiner behaarten Brust. Es fühlte sich ungewohnt, aber überraschenderweise gut an. Scheinbar ohne mein Zutun begannen meine Finger, sein Brusthaar zu kraulen.

»In meiner Welt«, beantwortete ich dann seine Frage, »macht man das so ...«

Ich zog seinen Kopf zu meinem herunter und legte meine Lippen auf seine. Erschrocken riss er sich von mir los, wobei ich erneut ins Wasser rutschte, dieses Mal bis über den Scheitel.

»Vollpfosten!«, schrie ich, als er mich gleich darauf wieder hochgezogen hatte. »Du wolltest doch wissen, wie das geht.«

»Aber ... aber doch nicht so.« Ihm war anzusehen, wie verwirrt er selbst über seine Reaktion war. Oder über meine? Küsste man sich hier nicht? Andere Dinge schien er zu beherrschen, denn einen Sohn hatte er ja gezeugt. Jetzt musste ich ihm anderweitig auf die Sprünge helfen, bevor der Moment für immer dahin war.

»Halt mich fest«, verlangte ich. Ich legte meine Hand an seine Wange und küsste ihn erneut. Dieses Mal sanft, lediglich durch die Bewegung meiner Lippen auf seinen. Etwas wie ein Seufzen stieg in ihm auf, dann packte er mich fester, zog mich zu sich und so verharrten wir, eine wundervolle Unendlichkeit lang, bevor er mich unter den Knien packte, aus dem See heraustrug, mich behutsam auf ein Moospolster legte und mir zeigte, wie man in seiner Welt Liebe machte. Zärtlich, leidenschaftlich, ausdauernd und so verdammt gut, dass ich zum ersten Mal seit meiner Zeitreise richtig glücklich war.

KAPITEL 35

Noch am nächsten Morgen war ich völlig beseelt von dem, was am Vortag geschehen war. Leise vor mich hin summend stand ich vor Sonnenaufgang in der Küche. Wie jeden Tag kochte ich mein Trinkwasser im großen Kessel über dem Herd ab und gab es in einen Krug, aus dem ausschließlich ich trank. Die anderen Bediensteten fanden das merkwürdig, aber sie ließen mich schon lange in Ruhe. Einer der Vorzüge, die ich durch des Earls Interesse an mir genoss. Noch immer rief er mich ab und zu abends zu sich. Aber ich hatte schon lange den Verdacht, dass es mit seiner Manneskraft gar nicht weit her war. Von gelegentlichen Tätscheleien abgesehen, die ich zähneknirschend über mich ergehen ließ, schien er mit den Geschichten, die ich ihm erzählte, zufrieden zu sein. Robinson Crusoe hatte es ihm angetan, sodass ich immer mehr Ausschmückungen erfand und Kapitel um Kapitel hinzudichtete.

Martha kam in die Küche, sie war später dran als sonst. Sie ächzte und stöhnte bei jedem Schritt, ihre Fingergelenke waren dick geschwollen und ihr Gesicht hochrot. »Ich weiß nicht, wie ich mein Tagwerk heute bewerkstelligen soll«, seufzte sie. Fiona huschte hinter ihr zur Tür herein, warf mir aus schmalen Augen einen bösen Blick zu und machte sich am Herd zu schaffen.

»Du musst zum Arzt«, beschied ich der Köchin.

»Den kann ich nicht bezahlen.« Sie ließ sich seufzend auf einem Schemel nieder und zog ihren Rock bis zu den Knien. »Himmel!«, stieß ich aus, als ich die aufgedunsenen Knöchel sah, die sich wie Wülste über die Schuhe wölbten.

»Fiona, mach mir kalte Umschläge«, verlangte sie.

»Der Heiler kommt am Samstag ins Dorf«, rief die Magd aus dem hinteren Teil der Küche. »Der nimmt auch Naturalien.«

Wie elektrisiert drehte ich mich um. »Meinst du Master Lawrence?« Doch mit mir wollte Fiona ihr Wissen offenbar nicht teilen, sie drehte mir kommentarlos den Rücken zu.

»Wie soll ich es schaffen ins Dorf«, murmelte Martha vor sich hin. »Mit diesen Beinen ...«

Blitzschnell formte sich in meinem Kopf eine Idee.

»Wir nehmen den Karren und spannen die gutmütige Stute davor. Ich führe sie, du kannst sitzen. Was denkst du?«

Misstrauisch guckte sie hoch. »Du willst ein Pferd führen? Bisher hatte ich eher den Eindruck, dass dir alles, was ein Fell, Federn oder Flügel hat, Angst einjagt.«

Ja, das war niemandem verborgen geblieben. Meine Schreie, als sich einmal eine Maus in meine Kammer verirrt hatte, klangen vermutlich vielen hier noch im Ohr. Ganz zu schweigen von Spinnen, Käfern, Asseln oder anderen Tieren, deren Namen ich noch nicht einmal kannte.

»Es wird schon gehen«, versicherte ich ihr. Ein Magier, der Menschen in die Vergangenheit schicken konnte! Ich musste ihn sprechen. Zwar hatte ich noch nicht ansatzweise so viel Geld zusammen, dass es hätte reichen können, ihn für seine Dienste zu bezahlen. Doch hoffte ich, dass sich im Gespräch mit ihm eine Lösung würde finden lassen.

»Der jungen Lady wird das nicht gefallen«, zischte Fiona und stieß mich unwirsch zur Seite, als sie mit einem feuchten Lappen kam. Martha seufzte, als die Magd ihr den kühlen Stoff um die Knöchel wickelte.

»Sie ist nicht da. Schon vergessen?«, erwiderte ich schnippisch.

»Merkwürdig ist es schon, dass sie stets nur mit ihrer Gouvernante reist. Wo doch alle jungen Ladys ihre Kammermädchen mitnehmen, wenn sie aushäusig nächtigen.«

Ich starrte auf Fionas Hinterkopf mit dem schwarzen, unordentlichen Zopf. Noch hatte sie ihr Häubchen nicht aufgesetzt und ich konnte sehen, wie schmutzig ihr Haar war.

»Als habe sie etwas zu verbergen«, setzte sie noch nach.

Ich merkte, dass mir diese anschuldigenden Gedankengänge zu weit gingen. Nicht, dass ich den Eindruck hatte, ich müsse meine Herrin entschuldigen. Aber wenn herauskam, dass sie sich von einem anderen als dem fischlippigen Gavin den Hof machen ließ, wäre es nicht nur mit ihren Freiheiten vorbei, sondern auch mit meinen. War sie im Haus, hatte ich stets parat zu stehen.

»Sie ist eben an Kultur interessiert, ein junges Ding, das einfach ein bisschen Spaß am Leben haben möchte, bevor sie mit Gavin Haggarty in den Hafen der Ehe einläuft«, warf Martha ein. Ihr Blick huschte ganz kurz zu mir und wieder weg. Mir wurde mulmig. Ahnte sie etwas? Aber nein, das war ja eigentlich unmöglich. Und wenn – die Köchin war keine, die Klatsch und Tratsch über die junge Lady verbreiten würde. Dafür fühlte sie sich diesem Haushalt und seinen Bewohnern viel zu dazugehörig.

»Steht der Hochzeitstermin schon fest?« Fiona erhob sich und wischte sich die Hände an der Schürze ab.

Martha zuckte mit den Schultern. Dann senkte sie die Stimme. »Gestern hat ein Bote einen dicken Umschlag aus Inverness gebracht und ihn dem gnädigen Herrn gleich in der Bibliothek übergeben.« Sie zog vielsagend die Brauen nach oben.

Au weia! Sollte Isobel womöglich demnächst zum Traualter geschleppt werden und wusste selbst noch nichts davon?

Bevor das Gespräch weiterging, betrat Lizzy die Küche. Sie lächelte mir freundlich zu und begab sich stumm an ihre Arbeit. Martha und Fiona schienen danach das Interesse am Lebenswandel der jungen Lady verloren zu haben.

»Wir machen das am Samstag also so?«, fragte ich die Köchin.

Sie nickte, mit schmerzverzerrtem Gesicht. »Mir steht aus der letzten Schlachtung ein schönes Stück Speck zu«, resümierte sie. »Das nehme ich mit. Und einen Topf Honig. Zusammen mit meinem Ersparten wird es hoffentlich reichen.«

Ich dachte so bei mir, dass ich mit meinem Anliegen wohl nicht so billig davonkommen würde.

Kapitel 36

Am Samstagmorgen half Adrian mir, den Klepper vor den Karren zu spannen, anschließend bugsierte er Martha dort hinein. Die Köchin schwitzte unter ihrem Gewand, es war ein heißer Tag. Seit dem morgendlichen Gespräch in der Küche zwei Tage zuvor war ich aufgeregt. Stimmte das Gerücht, kam der Mann mit den angeblich magischen Fähigkeiten wirklich wieder ins Dorf?

In meiner Welt hätte ich ihn gegoogelt, ihm eine elektronische Nachricht geschickt und einen Termin vereinbart. Hier hieß es warten, warten, warten und wenn man Pech hatte, wartete man umsonst. Jetzt, so kurz vor einem möglichen persönlichen Treffen, steigerte sich meine Nervosität von Stunde zu Stunde. Adrian hatte ich nichts von meinem Vorhaben erzählt. Er glaubte, ich würde Martha begleiten. Überhaupt gingen wir seit unserem Zusammentreffen am See vorsichtig miteinander um. Niemand sollte bemerken, was geschehen war. Eine verstohlene Berührung im Vorübergehen hier, ein tiefer Blick dort, mehr war seither nicht drin gewesen. Das, obwohl ich mich mit jeder Faser meines Körpers danach sehnte, das Geschehene zu wiederholen. Vielleicht würden wir am Abend eine Gelegenheit finden?

Als Fiona kurz vor unserem Aufbruch aus dem Haus gelaufen kam, war ich mehr als überrascht. Sie winkte aufgeregt und hieß uns anhalten.

»Der Earl schickt nach dir«, ihr Atem ging stoßweise und sie hielt sich die Seiten. »Er ist sehr aufgebracht.«

Rasend schnell ging ich im Kopf die Gründe durch, die er dafür haben konnte. Mir fiel keiner ein. Zumindest keiner, der mit mir zu tun haben konnte.

»Warte, bis ich zurück bin«, bat ich Martha. Aber Fiona schüttelte den Kopf. »Der Earl sagt, ich soll sie ins Dorf begleiten. Du bleibst hier.«

Mir wurde heiß und kalt und um ein Haar wäre ich gefallen. »Hierbleiben? Das geht nicht«, stotterte ich. Mein Blick suchte Adrian, der ein paar Meter entfernt stand und das Geschehen beobachtete. Stirnrunzelnd kam er näher. Doch auch er konnte mir in dieser Situation nicht helfen.

»Geh schon!«, blaffte Fiona mich an. »Er hat es eilig.« Darum war sie so außer Puste. Sie musste gerannt sein, als sei der Teufel hinter ihr her. Keine guten Vorzeichen. Verwirrt und enttäuscht drehte ich mich um und ging eilig ins Haus zurück. Als ich einen Blick über die Schulter warf, sah ich Fiona, den Klepper am Zügel haltend, mit dem Karren durchs Tor fahren.

Der Earl erwartete mich in seiner Bibliothek. Die Hände auf dem Rücken verschränkt lief er dort auf und ab.

»Mylord«, sagte ich und knickste vorsichtshalber ganz besonders tief.

»Erhebe dich und erkläre mir das hier!« Vor meinem Gesicht tauchte die aktuelle Ausgabe der Zeitung auf, die er immer las. Aufgeschlagen im Teil Unterhaltung.

Ich kniff die Augen zusammen und versuchte herauszufinden, welcher der Artikel die Aufmerksamkeit, oder eher den Unmut, des Earls errungen hatte. Verwirrt griff ich nach dem Papier und mein Blick fiel auf die Überschrift

Daniel Defoes Roman um Robinson Crusoe tritt Siegeszug um die Welt an.

»Äh«, sagte ich, bevor mir einfiel, dass ich offiziell nicht lesen konnte.

»Wie kann es sein, dass du mir seit Wochen eine Geschichte erzählt hast, die erst kürzlich erschienen ist und die noch niemand hier kennt? Ganz zu schweigen von den fremden Liedern, die du im Pub singst?«

Um Himmelswillen, hier wird ja mehr geklatscht und getratscht als auf Twitter.

Wie kam ich aus dieser Nummer bloß wieder heraus? Zu keinem Zeitpunkt hatte ich mir bei unserer abendlichen Plauderei darüber Gedanken gemacht, dass dieses Buch vielleicht noch gar nicht erschienen war. In meinem Kopf ratterte es. Was wusste ich über den Autor und sein Werk? Hatte er es gar selbst erlebt? Oder konnte ich mich auf Sagen und Legenden herausreden, die man sich seit jeher am Feuer erzählt hat? Und warum war das überhaupt so wichtig?

»Hast du etwa geheime Verbindungen?« Er war nun so nah an mich herangetreten, dass ich automatisch einen Schritt zurückwich. Geheime Verbindungen, was meinte er denn damit?

»Schließlich weiß immer noch niemand, woher du kommst.«

Peng. Das war wie ein Schuss. Hielt er mich für eine Spionin? Jemanden, der den verhassten Engländern nahestand? Wenn ja, was gab es hier im eher beschaulichen und provinziellen Castle für Geheimnisse?

Auf keinen Fall wollte ich mein eigenes lüften. Dass ich perfekt lesen und schreiben konnte, wusste nach wie vor nur Adrian. Würde ich zugeben, mehr zu wissen und zu können als der Rest der Bediensteten, wäre ich sofort wieder eine Ausgestoßene. Es hatte lange genug gedauert, bis man mich auch nur ansatzweise akzeptierte. Fionas ständige Sticheleien gegen mich und meine Unfähigkeit, die einfachsten Arbeiten in Haus, Hof und Stall zu tätigen taten ein Übriges. Es war wie ein Geschenk gewesen, Isobels Kammermädchen sein zu können. Diesen Job konnte ich recht gut bewältigen, auch wenn es mich störte, mich von einem verwöhnten Gör herumkommandieren zu lassen.

Sollte ich jemals wieder hier herauskommen, werde ich nie wieder respektlos gegenüber unserem eigenen Personal sein.

»Mylord«, antwortete ich. »Die Sache ist ganz einfach. Die Abenteuer des Robinson wurden zwar erst kürzlich als Buch veröffentlicht, und ich kann nicht lesen. Aber man erzählte sich bereits damals, als ich noch in meinem Heimatland weilte, die eine oder andere Geschichte abends am Kamin. Übrigens könnte ich mir vorstellen, dass das, was ich euch erzählt habe, wesentlich mehr Abenteuer umfasst als die Geschichten, die geschrieben wurden.« Hoffentlich kam es mir jetzt zugute, dass ich die Story stets ausgeschmückt und variiert hatte.

»Du kannst also nicht lesen?«

Verdammt, warum ritt er darauf so herum?

Weil er niemanden im Haus haben möchte, der heimlich seine private Korrespondenz lesen könnte.

»Wie kommt Mylord denn darauf? Ich bin ein einfaches Mädchen.«

Er starrte mich schweigend und mit finsterem Blick an.

»Fiona«, stieß ich halblaut hervor. »Sie missgönnt mir meine Stellung bei Eurer Tochter. Sie war es, die Beschuldigungen gegen mich vorgebracht hat. Stimmt's?«

Er hob die Brauen, sagte aber nichts. Mir war das als Antwort genug. Wenn ich gekonnt hätte, wäre ich diesem Miststück hinterhergerannt, hätte sie geohrfeigt und ihr meine Meinung ins Gesicht geschleudert. Aber das hier, die ganze Geschichte mit dem Roman und der Frage, ob ich gebildeter war, als ich zugab, war nicht wirklich schlimm für mich. Schlimm war es, dass ich nun nicht ins Dorf konnte, um diesen Master Lawrence zu treffen.

Der Earl wedelte mich mit einer entsprechenden Handbewegung aus dem Raum hinaus und rief gleichzeitig nach seinem Leibdiener. Vermutlich würde er sich jetzt das Buch besorgen lassen. Umso besser. Ich war mir sicher, dass er die Abweichungen bemerken würde. Wäre ich damit aus dem Schneider? Sicher nicht, es war mir klar, dass ich nun unter Beobachtung stand. Auf keinen Fall durfte ich irgendjemandem verraten, was ich noch in der Bibliothek gesehen hatte: die

Entwürfe für die Verlobungsanzeige von Isobel und
dem fischlippigen Gavin.

Kapitel 37

Ich würde laufen. Eine halbe Stunde, dann wäre ich im Dorf. Zwar hatte ich Zeit verloren, aber wenn es sich ausging, würde ich mit Martha und, so unangenehm es mir auch war, mit Fiona gemeinsam von dort zum Hof zurückkehren.

Noch immer schlug mir das Herz bis zum Hals. Und während ich kräftig ausschritt, reifte in meinem Kopf eine Überlegung. Die Situation am Fürstenhof war unbehaglich geworden. Was, wenn ich versuchte, eine andere Anstellung zu finden?

Nichts, von dem, was du kannst, wird hier gebraucht.

Was konnte ich überhaupt? Mir fiel tatsächlich wenig ein, das ich anbieten konnte. Doch die Bewegung an der frischen Luft brachte auch mein Gehirn auf Trab. Isobels Verlobung war auf ihren 18. Geburtstag terminiert und den würde sie in zwei Wochen, am 5. Juli feiern. Schon sechs Wochen später würde die Hochzeit stattfinden, zumindest schloss ich das aus dem, was mir Martha am Vormittag jammernd erzählt hatte. Dass sie ein großes Fest für einen bestimmten Tag im August vorbereiten solle. In Ermangelung einer Hausdame oblag es der Köchin, das gesamte Castle auf Vordermann zu bringen, inklusive etlicher Gästezimmer. Dass der

Dorfpfarrer kürzlich beim Earl zu Besuch gewesen war, rundete das Bild ab.

Spätestens in zwei Monaten würde Isobel zu ihrem Gatten auf dessen Gut ziehen. Müssen, konnte man da wohl sagen. Ob ihr das passte oder nicht, ihr Vater hatte offensichtlich ohne sie entschieden. Vermutlich ahnte er nicht einmal, dass sie ihr Herz bereits verschenkt hatte. Und wenn? Eine gute Partie wäre ihm auf jeden Fall lieber als ein armer Schlucker. Denn dass es sich bei dem Neffen der Gouvernante um einen solchen handelte, dessen war ich mir sicher. Wäre es nicht so gewesen, hätte er doch einfach um die Hand seiner Liebsten anhalten können. Der Earl wäre nicht erpicht auf einen armen Schwiegersohn. Denn dass es mit seinen eigenen Finanzen nicht zum Besten stand, hatte sich inzwischen immer deutlicher gezeigt. Schon vor einiger Zeit hatte ich Schreiben seiner Bank gesehen, die ein düsteres Bild auf die Vermögensverhältnisse warfen. Und hatte ich mich nicht schon öfter gefragt, warum es im herrschaftlichen Haushalt eher bescheiden zuging? Keine Hausdame, wenig Dienerschaft, keine Bälle oder Essenseinladungen. Lediglich die Jagden im Herbst und gelegentliche Curling-Meisterschaften im Winter waren größere Ereignisse, so hatte es mir Adrian erzählt. Adrian ...

Schon wieder tauchten die Bilder unseres Nachmittags am See vor meinem inneren Auge auf und brachten die Haut an meinem ganzen Körper zum Prickeln. Ich war so in Gedanken versunken, dass ich das Pferdegetrappel, das sich mir aus Richtung des Dorfes näherte, erst mitbekam, als die beiden Reiter fast schon direkt vor mir waren.

»Ho!«, rief ein dunkelhaariger, arrogant wirkender Mittdreißiger mit einem Ziegenbart. Sein Begleiter, ein bartloser Rothaariger, zügelte sein Pferd ebenfalls. Beide betrachteten mich mit einer gewissen Herablassung im Blick.

»Nun, holde Jungfer. So allein unterwegs?« Der Ziegenbärtige lenkte seinen Gaul so dicht an mich heran, dass ich zurückweichen musste. Dabei stolperte ich über einen am Straßenrand liegenden Ast und fiel schmerzhaft auf mein Hinterteil.

»Was soll das!«, schrie ich den Kerl an. Verdutzt blickte er zu seinem Kumpan, dann fingen beide an, laut zu lachen.

»Wer wird denn gleich so unfreundlich sein. Wer ist denn dein Herr? Hat er dir kein Benehmen beigebracht?« Der Dunkelhaarige schwang ein Bein über den Sattel und kam federnd auf der Erde auf. Er zog seine Lederhandschuhe fest über die Knöchel und trat auf mich zu.

»Hier. Lass dir aufhelfen.« Mit diesen Worten streckte er mir seine Hand entgegen.

»Das kann ich alleine«, entgegnete ich patzig und erhob mich.

»Diese wilden Weiber. Man sollte ihnen allen das Fell gerben«, stichelte der Rothaarige und grinste auf eine unangenehme Art. Verstohlen blickte ich um mich. Weit und breit war niemand auf der Straße zu sehen.

»Lasst mich in Ruhe, ihr Vollpfosten.« Damit schlug ich die Hand weg, die sich nun meinem Oberarm näherte. »Ich habe es eilig.«

»Dann komm, steig auf. Ich bringe dich, wohin du willst.« Die Augen des Ziegenbärtigen glitzerten hinterhältig.

»Danke, aber ich gehe lieber zu Fuß.« Mit diesen Worten schritt ich um ihn herum und setzte meinen Weg fort. Die Situation war unangenehm gewesen und bereits nachdem ich die ersten Schritte in Richtung des Dorfes gemacht hatte, hörte ich, dass die beiden mir folgten.

»Schöne Frau, warte doch. Wir könnten dir Gesellschaft leisten.«

Das hörte sich nach dem Rothaarigen an. Ich antwortete nicht und beschleunigte meine Schritte. Da preschte der Dunkle an mir vorbei, lenkte sein Pferd direkt vor mir quer über die Straße, sodass er mir den Weg versperrte. Der Rothaarige indessen war auf einmal direkt hinter mir. Sie hatten mich eingesperrt! Die Wut stieg in mir hoch. Nicht nur, weil die beiden unverschämt waren, sondern auch, weil ich auf einmal meine eigene Hilflosigkeit spürte. Niemand war in der Nähe, der mir zu Hilfe kommen würde. Ich war auf mich alleine gestellt. Eine Magd, der in dieser Gesellschaft vermutlich kaum Rechte zustanden.

Das alles schoss in Blitzesschnelle durch meinen Kopf. Ich hörte das Lachen der Männer, spürte die Hitze der Pferdeleiber vor und hinter mir. Beide lenkten ihre Gäule nun so, dass sie mich umtänzelten. Eines der Tiere hob schnaubend den Kopf, das andere schlug mit dem Schwanz und traf meinen Arm. Auf einen Schlag flammte meine Angst vor den Tieren wieder auf. In den vergangenen Monaten hatte ich mich an vieles gewöhnt. An das Gemecker und den Gestank der

Ziegen, das Blöken der Schafe, das Kreischen und Flattern der Hühner, wenn ich schnell über den Wirtschaftshof lief, an die Spinnen, Asseln und sonstiges Getier, das ich manchmal in meinem Zimmer fand. Sogar eine Maus konnte ich ohne Geschrei ertragen, wenn sie nur schnell genug vor mir weglief. Aber diese mannshohen Tiere, so dicht an mir, verursachten mir mit einem Mal Atembeschwerden. Ich spürte, wie mir der kalte Schweiß ausbrach und mein Herz anfing, wie wahnsinnig zu klopfen. Ich musste weg hier, musste die beiden bekloppten Typen irgendwie dazu bringen, mich in Ruhe zu lassen. Was würde sie am meisten erschrecken? Ich tastete in meinem hochgesteckten Zopf herum und stieß auf eine der groben Nadeln aus Holz, mit denen ich mir bei der Arbeit die Haare hochsteckte. Nun würde sie mir dazu dienen, mir die Pferde vom Leib zu halten. Ich hatte sie kaum herausgezogen – die beiden Männer missverstanden diese Geste und johlten laut – als ich erneut Hufschlag und das Geräusch eines näherkommenden Karrens hörte.

»Was ist hier los? Warum blockiert ihr den Weg?«, ertönte gleich darauf eine laute Frauenstimme. Die beiden Kerle ließen endlich von mir ab, sodass ich sah, wer mir da zu Hilfe gekommen war. Die Frau auf dem Kutschbock zügelte ihren Schimmel, als sie mich erblickte.

»Habt ihr diese Jungfer etwa belästigt?«. Ihre Augen zogen sich zu schmalen Schlitzen zusammen. Die Reiter lachten, aber es war ihnen eine deutliche Verlegenheit dabei anzumerken.

»Wir machen nur Spaß«, meinte der Ziegenbärtige lahm.

»Schert euch davon, Gesindel«, rief die Frau. Aus welchem Grund auch immer, die beiden trollten sich endlich, nicht ohne dass der Dunkelhaarige mir noch mit einer obszönen Geste zu verstehen gab, wie er das fand.

Ich strich mir das Haar aus dem Gesicht und musterte meine Retterin. Sie war wohlbeleibt, mochte Mitte Fünfzig sein, unter ihrer Haube sah man krauses, hellblondes Haar und sie trug ein einfaches Gewand.

»Wohin willst du?«, fragte sie mich.

»Ins Dorf, zum Heiler.«

»Steig auf, ich nehme dich mit.«

Dankbar erklomm ich den Sitz und nahm neben ihr Platz. Im offenen Karren hinter uns lag ein Sack Getreide.

»Meine Bezahlung. Ich habe vorhin dem Müller sein Kind geholt.« Sie schnalzte mit der Zunge und ihr Pferd setzte sich wieder in Bewegung. »Ich bin die Hebamme«, führte sie das Gespräch fort, nachdem sie meinen verständnislosen Blick gesehen hatte. »Was willst du von dem Scharlatan Lawrence?«, wollte sie danach wissen. »Du siehst nicht krank aus.«

Ich murmelte etwas von Frauenbeschwerden, was ein schwerer Fehler war.

»Da kenne ich mich besser aus als dieser Kerl«, behauptete sie nämlich. Ihr Blick streifte meinen Körper und mir wurde klar, was sie dachte. Diese Hebamme brachte nicht nur Kinder zur Welt, sondern verhinderte offensichtlich auch, dass unerwünschter Nachwuchs das Licht der Welt erblickte.

»Nein, nein«, wehrte ich erschrocken ab. »Ich bin nicht guter Hoffnung, falls du das meinst.«

Danach legten wir eine Strecke des Wegs schweigend zurück.

»Du hältst nicht viel von dem Heiler?«, fragte ich sie schließlich.

»Verspricht viel und hält wenig«, entgegnete sie knapp.

Mir rutschte das Herz in die Hose. Rational betrachtet war es natürlich auch völlig unmöglich, dass jemand in die Vergangenheit zurückgeschickt wurde.

Trotzdem ist es dir passiert.

Im Dorf angekommen, ließ sie mich in der Nähe des Marktplatzes aussteigen. »Dort drüben ist mein Haus.« Sie deutete auf ein niedriges Gebäude aus dunklem Stein, das ziemlich windschief aussah. »Falls du einmal etwas brauchst.«

Ich nickte matt und hoffte, dass mir das erspart bliebe. Dann eilte ich zum Marktplatz hinüber. Nur, um festzustellen, dass dort kein Zelt aufgeschlagen stand.

KAPITEL 38

Der Pub war gut besucht. Da ich keine Lust hatte, mich irgendwo zwischen die laute und lärmende Menge zu quetschen, holte ich mir einen Krug Cider und nahm unter einem der Fenster auf einer Bank im Freien Platz. Meine Füße brannten vom vielen Herumlaufen. Im ganzen Dorf war ich gewesen. Master Lawrence hatte ich nicht gefunden. Auf meine Frage hatten alle nur mit den Schultern gezuckt.

»Vielleicht im Nachbardorf«, hatte jemand gemeint. Dorthin war es zu Fuß zu weit, ich hätte es niemals vor Einbruch der Nacht wieder zurück nach Hause geschafft. Ganz abgesehen davon, dass mich ein solcher Marsch an meine körperlichen Grenzen bringen würde, und der Weg vielleicht umsonst war, fehlte mir nach der Erfahrung am Nachmittag dazu die Lust. Nicht auszudenken, wie die Begegnung mit den beiden Reitern ohne das Eingreifen der Hebamme ausgegangen wäre. Die Vorstellung, nach Einbruch der Dämmerung alleine unterwegs zu sein, war mir auf einmal nicht mehr geheuer. Irgendwie schämte ich mich fast dafür. War ich nicht immer so stolz darauf gewesen, als taff zu gelten?

Anderes Leben, andere Regeln.

Langsam trank ich den kühlen Apfelwein und sinnierte vor mich hin. Martha und Fiona war ich ebenfalls nicht begegnet. Hatten sie den Heiler gefunden? Ich hoffte es, damit ich wenigstens die Chance hatte, den Mann zu einem späteren Zeitpunkt zu kontaktieren. Wohin war er weitergezogen? Wo lebte er?

Irgendwann merkte ich, dass es im Gastraum hinter mir leiser geworden war. Lediglich die Stimmen zweier Männer vernahm ich laut und deutlich. Vermutlich saßen sie innen an einem Tisch, der neben dem geöffneten Fenster stand. Zunächst interessierte mich ihr Gespräch nicht. Doch als ich einen Namen hörte, der mir bekannt war, lauschte ich.

»Der alte Haggarty? Der hat sein ganzes Geld in mehr als fragwürdige Projekte gesteckt«, sagte eine vom Alter bereits leicht brüchige Stimme.

»Wie viele andere ebenfalls«, antwortete ein durchdringender Bass. »Nun steht er mit nichts da.«

»Wie gut, dass sein Sohn bald die Tochter des Earls heiratet.«

»Da kommen zwei Armenhäusler zusammen.« Der Bass brach in Lachen aus.

»Nur, dass beide nichts davon wissen«, fiel die Altersstimme ein.

»Dass Rupert kaum noch etwas besitzt, dürfte dem alten Haggarty doch bekannt sein.« Das war wieder der Bass.

»Bislang war es ihm egal. Immerhin ist die schmalbrüstige Isobel die einzige Adelige, die sein Sohn Gavin mit seiner Hasenscharte kriegen kann.«

Der alte Haggarty war also bereit gewesen, seinen Reichtum dazu zu nutzen, seinem Sohn eine adelige

Partie zu ermöglichen. Und dem Earl war das Geld wichtiger als die Gefühle seiner Tochter!

»Was, wenn der Earl erfährt, dass sein Schwiegersohn in spe mit leeren Händen kommt?«

»Das wird er nicht.« Der ältere der beiden senkte die Stimme so, dass ich draußen nichts mehr verstehen konnte. Schnell stellte ich den Krug mit dem Cider auf der Bank ab und erhob mich, um näher ans Fenster treten zu können.

» ... die Banken sind zum Stillschweigen verpflichtet«, hörte ich. Dann wandte sich das Gespräch der beiden der Tatsache zu, dass Banken im Allgemeinen den Menschen das Leben nur schwermachten, weil sie ihnen nur gaben, was sie brauchten, wenn sie es nicht wirklich nötig hatten und wenn sie es nötig hatten, eben nichts.

Es hatte sich in mehr als dreihundert Jahren nichts geändert! Ich setzte mich wieder. Mein Getränk war warm geworden und ich schüttete den kleinen Rest weg. Isobel durfte Gavin Haggarty nicht heiraten. Sie würde schrecklich unglücklich werden. Denn der ersehnte Reichtum war dahin. Und mit ihm und seiner Fischlippe würde sie im ganzen Leben nicht glücklich werden. Aber wer war der andere Freier? Der Neffe der Gouvernante? War er besser oder nur ein Mitgiftjäger, der sich von Titel und Landsitz des Earls hatte blenden lassen?

Tatsächlich hatte ich nie geglaubt, in einem reichen Haushalt gelandet zu sein, Adelstitel hin oder her. Dass es so schlecht um die Familie stand, hätte ich dennoch nicht vermutet. Allerdings konnte ich derlei nicht wirklich beurteilen, denn das Leben in dieser Epoche war so ganz anders als in meiner. Trotzdem und trotz der Tatsache, dass Isobel verzogen, zickig und manchmal unerträglich war – die junge Lady durfte keineswegs sehenden Auges in ihr Unglück rennen. Ich würde sie warnen. Nur, dass ich mein Wissen nicht umsonst teilen würde. Auch ich musste etwas davon haben. Noch wusste ich nicht genau, wozu mir das, was ich gerade erfahren hatte, nützlich sein konnte. Lediglich die Tatsache, dass ich auf der Abschussliste stand und dringend eine Alternative benötigte, führte zu dieser Überlegung. Ich hob den Kopf und blickte in den Himmel, den bereits die Vorboten der Dämmerung überzogen. Ab heute, das schwor ich mir in diesem Moment, würde ich alles daran setzen, nur noch meine eigenen Ziele zu verfolgen.

KAPITEL 39

»Sie sind in die entgegengesetzte Richtung gefahren.«
Adrian lag aufgestützt neben mir. Seine Fingerspitzen
glitten über meinen nackten Bauch und jagten kleine,
aufregende Schauer durch meinen ganzen Körper. Als
er zu seiner Hütte gekommen war, hatte er mich davor
sitzend gefunden. Ein Blick hatte genügt, um sämtliche
Vorsätze verdampfen zu lassen, um jede Zurückhaltung aufzugeben. Jetzt, wo wir wieder zu Atem gekommen waren, erzählte ich ihm von meiner vergeblichen
Suche.

»Martha hatte sich geirrt, es aber sofort gemerkt.« Fiona hatte dann mit ihr und dem Gaul den Weg in ein
weiter entfernt liegendes Dorf eingeschlagen.

»Wie lange muss ich jetzt warten, bis er wieder in unsere Nähe kommt?«, murmelte ich vor mich hin.

»Ich werde ihn dann ebenfalls aufsuchen und nehme
dich mit, wenn du mir sagst, was genau du von ihm
willst.«

»Was willst *du* denn von ihm?« Erstaunt richtete ich
mich auf, klaubte ein kleines Ästchen aus dem Haar
meines Geliebten und warf es mit Schwung in Richtung Kamin. Es verfehlte das Feuer und blieb auf dem
Boden liegen.

Dieser Mann schleppt ständig den halben Wald mit sich herum.

Wie gut, dass meine Haltung zu Sauberkeit und Ordnung in den vergangenen Monaten wesentlich entspannter geworden war.

»Es geht nicht um mich. Sondern um meinen jüngeren Bruder.«

Adrian seufzte. Er schwang die Beine über den Rand der Bettstatt und fuhr sich mit gespreizten Fingern durchs Haar. Ich hielt die Luft an, so aufregend sah das Spiel seiner Armmuskeln im zuckenden Kaminfeuer aus. Es war inzwischen tiefe Nacht und die Luft nach einem Regenguss entsprechend abgekühlt. Doch hier drinnen war es mollig warm. So warm, dass ich so gar keine Lust verspürte, meine Kleidung wieder anzulegen. Am liebsten wäre ich die ganze Nacht geblieben. Nackt, in seinen Armen. Nur die Tatsache, dass ich es nach Tagesanbruch kaum schaffen würde, ungesehen ins Haupthaus zu gelangen, hielt mich davon ab.

»Mein Bruder ist schwachsinnig, das habe ich dir ja schon gesagt«, erklärte mir Adrian jetzt. Er erhob sich und ging zum Tisch, um etwas Wasser aus einem Krug zu trinken. Er hielt ihn danach in meine Richtung, doch ich schüttelte den Kopf.

»Darum hast du mich neulich gefragt, ob wir in meiner Zeit, in der Zukunft, Schwachsinn heilen können.«

»Bisher konnte ihm kein Arzt helfen.«

Ich zog die Beine an und schlang die Arme um die Knie. »Was macht er denn? Ich meine, wie äußert sich der Schwachsinn? Außer, dass er den Himmel zeichnet?«

Adrian lachte dumpf auf. »Er spricht in Rätseln. Und er redet mit den Sternen.«

Was wusste ich über geistige Behinderung? Wenig. Ivy hatte einmal ein Schülerpraktikum in einer entsprechenden Einrichtung absolviert. Nun kramte ich in meiner Erinnerung nach dem Wenigen, das mir von ihren Erzählungen im Gedächtnis geblieben war.

»Es gibt Menschen, die kommen uns nur sonderbar vor. Sie können viele Dinge nicht, dafür andere Sachen ganz exzellent«, hörte ich ihre Stimme in meinem Kopf. Inselbegabung nannte man das. Aber ob Adrians Bruder jemand war, der schwer im Leben zurechtkam oder einer der Menschen, die eine besondere Begabung hatten, das war wohl die Frage.

»Kann ich ihn mal kennenlernen?«, hörte ich mich sagen. Gleich darauf hätte ich mich am liebsten geohrfeigt. Was sollte ich mit jemandem anfangen, der vermutlich nur Blödsinn redete, sabberte und mich womöglich anfasste? Das wusste ich nämlich noch aus Ivys Erzählungen. »Diese Menschen sind so unfassbar freundlich. Arglos. Kennen keine Distanz.«

»Du willst ihn kennenlernen?« Adrians skeptischer Gesichtsausdruck zeigte, wie abwegig er das fand.

Au weia, da hatte ich mir was eingebrockt. Aber jetzt einen Rückzieher zu machen, kam nicht infrage. »Ja, natürlich«, hörte ich mich sagen. Grinste ich etwa auch noch dabei wie das sprichwörtliche Honigkuchenpferd? Genau so war es.

Es scheint, als ob dieser Mann in deinem Kopf ganz kräftig etwas durcheinandergebracht hat!

»Ich will ihn demnächst besuchen.« Adrians Blick lag nachdenklich auf mir. Plötzlich wusste ich, was er dachte.

»Hey, ich bin nicht schwachsinnig«, verteidigte ich mich lahm. Er wiegte den Kopf wie immer, wenn er keine Antwort geben wollte.

»Was ich dir erzählt habe, stimmt. Ich kann es sogar beweisen.«

»Wie denn?«

Die Geschichte mit dem Buch über Robinson Crusoe überzeugte ihn nicht. »Woher soll ich wissen, ob du mir die Wahrheit sagst?«

Stimmt. Den Earl würde er nicht fragen können. Und da er selbst nicht lesen konnte, würde es mir auch nichts nützen, ihm den Zeitungsartikel zu zeigen. Gab es denn gar nichts, was mir über dieses Jahr, die Zukunft der nächsten Wochen einfiel? Jetzt bedauerte ich heftig, nicht in einem anderen Jahrhundert gelandet zu sein. In einer Zeit, an die ich mich noch aus dem Geschichtsunterricht erinnern konnte.

Adrian kam zu mir zurück. Sein Körper war warm und als ich mit meinen Fingern durch sein üppiges Brusthaar krabbelte, schloss er genüsslich die Augen. Um sie nach kurzer Zeit ruckartig wieder aufzureißen.

»Du hast meine Frage nicht beantwortet. Was du von diesem Heiler willst.«

Ich seufzte tief auf. »Er soll angeblich Menschen in die Vergangenheit zurückschicken können.«

»Der Mann ist vermutlich ein Scharlatan«, lautete seine Meinung.

»Ein Scharlatan, den auch du aufsuchen willst«, erinnerte ich ihn spitz.

Er zuckte mit den Schultern »Da kein Arzt meinem Bruder bisher helfen konnte, ist er unsere letzte Hoffnung.«

»So ähnlich sehe ich das auch«, fügte ich leise hinzu.

»Warum willst du eigentlich wieder zurück? Du hast doch hier alles, was du brauchst.«

Empört reckte ich das Kinn. »Als Kammermädchen zu arbeiten ist nicht gerade mein Traum. Außerdem, was wird aus mir, wenn Isobel heiratet? Dann muss ich mich wieder als Magd verdingen!«

»Sie wird dich mitnehmen in ihren neuen Haushalt.«

»Waaas?!« Jetzt war ich erst recht alarmiert. Und empört, denn der Mann, dem ich mich noch vor einer halben Stunde so leidenschaftlich hingegeben hatte, lachte ungeniert. »Was denkst du denn?«, japste er, als ich ihn in die Seite boxte. »Unsere junge Lady braucht doch auch als verheiratete Frau ein Kammermädchen. Aber das liegt ja in weiter Ferne.«

»Liegt es nicht«, setzte ich ihn düster in Kenntnis des momentanen Sachstands. »Ich habe die Verlobungsanzeige gesehen. Der Earl wird sie noch dieser Tage verschicken.«

»Himmel!«, jetzt war es an Adrian, verwirrt zu sein. »Hat der junge Haggarty tatsächlich um sie angehalten.«

»Ja, aber er ist verarmt. Sein Vater hat all sein Geld verspekuliert.«

Adrian sagte nichts mehr, er starrte jetzt einfach sprachlos zur Decke.

KAPITEL 40

Noch immer trug ich die Idee, Ivy einen Brief zu hinterlassen, mit mir herum. Nach der erschreckenden Aussage von Adrian ging ich mit neuer Energie daran, dieses Vorhaben umzusetzen. Inzwischen kannte ich den Grundriss des Anwesens gut. Das Haupthaus verfügte als einziges Gebäude des Guts über Keller, sie befanden sich unterhalb der Wirtschaftsräume. Zwar war ich im einige Meter davon entfernten Pferdestall zu mir gekommen, dennoch glaubte ich, im Keller des Hauses richtig zu sein, um eine Nachricht in die Zukunft zu hinterlassen. Schließlich musste ich genau an dieser Stelle gewesen sein, als ich fiel.

Zu Marthas Verwunderung stieg ich also eines Tages dort hinunter. Eine Kerze in der Hand inspizierte ich die Räume, in denen allerlei Gemüse und Obst eingelagert waren, ebenso wie der umfangreiche Whiskeyvorrat des Earls und ein paar verstaubte Flaschen Wein. Wieder und wieder versetzte ich mich in die letzten Minuten meines alten Lebens hinein. Doch jetzt sah hier alles ganz anders aus. Erst als ich, nach dem x-ten Rundgang, den Teil des Kellers erkannte, in dem ich damals Ivys Pilzzucht entdeckt hatte, war ich zufrieden. Nun musste ich nur noch den geeigneten Moment finden, um Papier, Tinte und Feder zu ergattern. In die

Bibliothek traute ich mich nach dem angespannten Gespräch mit dem Earl nicht. Mir schien, dass er mir seither aus dem Weg ging, was mir nicht unrecht war. Nun verbrachte Isobel viele Abende bei ihrem Vater, bemüht, Schachspielen zu lernen. Zwei Tage nach meinem vergeblichen Versuch, Master Lawrence zu erreichen, war es wieder soweit. Nachdem die junge Lady ihr Gemach verlassen hatte, deckte ich dort das Bett auf, parfümierte die Laken mit etwas Lavendelessenz, räumte die herumliegenden Kleidungsstücke auf und schob am Toilettentischchen alles auf seinen Platz. Das Tübchen Lipgloss war, trotz sparsamen Gebrauchs, fast leer. Noch immer war mir nicht eingefallen, wie ich es ersetzen könnte. Als meine Arbeit getan war, lauschte ich in den Gang hinaus. Alles war ruhig. Mein Blick glitt zu Isobels Sekretär. Dort lag alles, was ich brauchte. Sie würde so bald nicht wiederkommen. Und ich wusste nicht, wie viel Zeit mir hier in diesem Haus noch blieb und welche Gelegenheit sich mir dabei noch bieten würde, den Brief zu deponieren. Wenn überhaupt. Kurz entschlossen schob ich die Tür bis auf einen winzigen Spalt zu und setzte mich an den Tisch. Was ich schreiben wollte, wusste ich genau. Hatte die Worte schon x-mal in meinem Kopf hin und her gewälzt. Und so begann ich meinen Brief.

Liebe Ivy,
wenn du diesen Brief findest, hoffentlich nah der
Stelle, an der ich am Heiligabend gestürzt bin, hat er
über 300 Jahre überdauert. Du wirst das im ersten Moment merkwürdig finden. Glaube mir, das ist nichts
im Gegensatz zu meinen Gefühlen. Ich weiß immer

noch nicht, wie das geschehen konnte, aber nach meinem Sturz, vermutlich verursacht durch die Plätzchen, die du wohl mit psychedelischen Pilzen gewürzt hast, bin ich im Dezember des Jahres 1718 wieder zu mir gekommen. Was ich zunächst für einen Witz hielt, einen Streich, den ihr mir spielt, hat sich als Wirklichkeit herausgestellt. Ich lebe am Hof eines unbedeutenden Earl, dessen Domizil auf genau demselben Grundstück steht, das heute unseren Zweitwohnsitz beherbergt. Nichts ist so, wie es einmal sein wird. Lediglich der älteste Teil unseres Kellers existiert. Daher hoffe ich, dass dieses Schreiben dich erreicht.

Ich bin durch einen glücklichen Zufall von der Küchenmagd zum Kammermädchen aufgestiegen. Mein Boss ist eine verzogene 17-jährige, die Augen wie Gigi Hadid hat, leider ist die Nase darunter etwas zu groß geraten, außerdem ist sie den Männern dieser Epoche zu dünn. In ›unserer‹ Zeit hungern die Mädels, um den Typen zu gefallen. Hier gelten andere Gesetze. Jedenfalls für junge Frauen von Stand. Ich gehöre da nicht dazu, aber das ist eine andere Geschichte.

Ivy, ich war oft nicht nett zu dir, habe deinen ›Öko-Wahn‹ nicht ernst genommen, dich wegen deines sozialen Engagements gehänselt und habe mich insgesamt nicht immer so verhalten, wie es sich für eine ältere Schwester gehört hätte. Jetzt, wo ich in einer Zeit lebe ...«

Irgendwoher zog es und ich meinte, ein Geräusch gehört zu haben. Ganz still saß ich da und blickte zur Tür. Dort hatte sich nichts verändert. Trotzdem, ich sollte wohl besser zum Ende meines Briefes kommen, bevor mich Isobel an ihrem Schreibtisch entdeckte und womöglich zeter und mordio schrie.

» ... in der die Dinge noch ursprünglicher, natürlicher sind, begreife ich erst, worum es dir ging. Die Luft im Freien ist so sauber, dass ich das Gefühl habe, jeder Atemzug reinigt mich innerlich. Das Wasser im Bach ist so klar und frisch, dass man es trinken kann. Es gibt keinen Umweltschmutz, keine Überbevölkerung, keine Bedrohung durch Waffen, die man nicht sehen oder hören kann. Dafür gibt es Reiche, die so ziemlich alles tun und lassen können, was ihnen gefällt. Und Bedienstete, wie mich, die nicht mehr sind als Leibeigene. Kannst du dir mich vorstellen, ohne mein Smartphone, Designerklamotten, Schmuck, Cabriolet? Jetzt besitze ich nur das, was ich am Leib trage. Glaube mir, das ist nicht mehr als das, was du mir für unser Krippenspiel zugestanden hast. Dazu muss ich mich heimlich an den Schreibtisch meiner Lady-Boss setzen, um dir zu schreiben. Was ich dir aus der Vergangenheit zurufen will: Bleib, wie du bist, kämpfe weiter für deine Überzeugung. Wenn ich könnte, würde ich dich unterstützen.
Ich liebe dich und unsere Eltern und umarme euch alle ganz fest ...«

In diesem Moment wurde die Tür hinter mir mit einem lauten Knall aufgestoßen. Ich fuhr auf, trotz allem Schrecken bemüht, den gerade geschriebenen Brief hinter meinem Rücken zu verstecken. Es war Clothilde, wie immer in Schwarz, wie immer den strengen Blick einer Richterin.

»Was machst du am Schreibtisch der jungen Lady?«

Hinter ihr, im Halbdunkel des Gangs, erkannte ich Fiona. Sie grinste bösartig und entblößte dabei einmal mehr ihre Rattenzähne. Hatte sie mir hinterher-spioniert? Ganz sicher. Und mich dann an die Gouvernante verraten.

»Ich habe aufgeräumt«, entgegnete ich mit so viel Würde, wie ich in dieser Situation aufbringen konnte.

»Dazu musst du dich setzen?«

»Mir war auf einmal schwindelig.«

Sie kam näher wie ein Raubtier, das Blut wittert. Ich schob den Brief hinter mich und hoffte, die Tinte würde nicht zerlaufen und die Nachricht zerstören.

»Erst kürzlich meinte der Earl, du seist ihm nicht geheuer.«

Kein Wunder, immerhin hatte er mir die Geschichte mit *Robinson Crusoe* nicht wirklich abgenommen.

»Verschwinde!«, schrie ich in Richtung Fiona. Die stand an der Tür und hechelte innerlich.

»Es steht dir nicht zu, eine andere Bedienstete herumzukommandieren!« Clothilde war mit einem großen Schritt nähergekommen, sie stand nun so dicht vor mir, dass ihr Atem mein Ohr streifte. Sie versuchte, hinter mich zu greifen.

»Soll sie hören, was Ihr mit Eurem Neffen plant?« Meine Stimme war ganz leise, dennoch zuckte die Gouvernante zurück, als habe ich sie mit einer Nadel gestochen.

»Was … wie …«, stammelte sie und griff nach dem Baumwolltüchlein, das sie stets am Gürtel trug.

»Fiona, lass uns allein«, befahl sie der Magd und tupfte sich vorsichtig die Schweißperlen von der

Oberlippe. Vermutlich waren es die Wechseljahre oder der Schreck über meine Worte, oder beides. Jedenfalls starrte sie mich mit aufgerissenen Augen an wie hypnotisiert.

»Aber ich sollte doch dem Earl ...«, widersetzte sich Fiona.

»Schweig oder ich erzähle ihm, dass du Zwietracht säst und schlecht über andere redest.«

Nach diesen Worten hätte man eine Stecknadel fallen hören können. Fiona stand stocksteif. Ich ahnte, was in ihr vorging. Hatte sie nicht Monate auf diesen Moment hingearbeitet? Vom ersten Tag an suchte sie nach Vorwänden, um mir zu schaden. Nun, wo sie glaubte, endlich am Ziel zu sein, lief die Sache nicht so wie geplant.

»Wird's bald!« Clothilde hatte sich noch nicht einmal zu Fiona umgedreht. Noch immer fixierte sie mich mit ihren Augen, die so dunkel waren, dass man die Pupillen nicht erkennen konnte.

Als die Tür ins Schloss fiel, atmete sie hörbar aus.

»Also, was hast du zu sagen? Was glaubst du, zu wissen?«

»Isobel will Gavin Haggarty nicht heiraten, weil sie schon lange in Euren Neffen verliebt ist. Ihr ermöglicht den beiden, sich heimlich zu treffen. Dabei spielt Ihr nur angeblich die Anstandsdame.« Der letzte Satz war ein Schuss ins Blaue, der genau traf. Clothilde wankte zwei Schritte rückwärts und wurde weiß wie ein Laken.

»Woher weißt du das?« Ihr Blick flog zum Sekretär. Noch ein letztes Aufbäumen. »Du hast Isobels Briefe gelesen? Du wirst dieses Haus auf der Stelle verlassen!«

»Das werde ich nicht«, entgegnete ich gelassen. »Jedenfalls nicht auf diese Weise. Ich gehe freiwillig, aber jetzt noch nicht.«

»Wie kannst du es wagen …«

Ich hob die Hand in einer beschwichtigenden Geste und brachte sie dadurch zum Schweigen.

»Ihr wollt Euren Neffen mit der jungen Lady verheiraten? Ich kann Euch dabei helfen. Aber nur, wenn ich noch eine Weile hierbleiben kann. Falls nicht – der Earl hat bereits das Aufgebot für die Hochzeit mit Gavin bestellt. Es bleibt Euch also nicht mehr viel Zeit.«

Jetzt riss sie die Augen so weit auf, dass ich befürchten musste, sie würden gleich über den Boden kullern. Sie wusste es also noch nicht! Hatte der alte Earl also sowohl die Verlobung als auch die Hochzeit in die Wege geleitet, ohne die Braut zu informieren.

Verdammt, da kann man ja wirklich in unserer Zeit froh sein, lieben zu können, wen man will.

Nun ja, ich liebte niemanden in meiner Zeit und jemanden in dieser Zeit, aber den Gedanken schob ich erst einmal beiseite.

»Vermählung?« Clothildes Stimme klang brüchig.

»Genau. Aber es gibt etwas, das diese Hochzeit aufhalten kann.« Mehr sagte ich nicht. Wer weiß, womöglich sprach sich die Misere der Haggartys gerade herum, dann hätte ich kein Druckmittel mehr in der Hand. Aber egal, was noch kam. Ich musste zusehen, hier herauszukommen, solange ich es noch in der Hand hatte.

Die Lider der Gouvernante flatterten heftig. Ich konnte geradezu sehen, was in ihrem Kopf ablief.

»Ihr musstet doch damit rechnen, dass Isobel den ihr zugedachten Bräutigam irgendwann heiraten wird«, erinnerte ich sie an das Offensichtliche.

»Nicht, solange die Haggartys in Trauer sind«, murmelte sie. »Gavins Großvater starb doch erst kurz vor Weihnachten. Das Jahr ist noch nicht um.«

Nun ja, der Earl hatte wohl entschieden, es sei jetzt genug. Dass er es ohne Wissen von Gavins Vater getan hatte, erschien mir unwahrscheinlich. Der wiederum war offensichtlich nach seiner überraschenden Pleite sogar die treibende Kraft gewesen. So fügte sich alles zusammen.

»Verliert kein Wort über meine ... Verfehlung heute. Dann helfe ich Euch.«

Sie nickte schwach. Ich war mir nicht sicher, ob ihr zu trauen war. Doch für mich gab es nur diesen Weg. Einen anderen sah ich nicht.

Kapitel 41

Am nächsten Tag weckte mich der erste Hahnenschrei und wie üblich kleidete ich mich hastig an, um in die Küche hinunter zu flitzen, mir etwas Wasser zu erhitzen und den Brief im Keller zu deponieren. Doch als ich in der Truhe herumkramte, fand ich ihn nicht. Schlaftrunken wie ich war, zog ich alles heraus. Kleid, Schuhe, Unterwäsche. Starrte auf den zerbröselten Lavendel. Schüttelte die Schuhe aus, suchte in den Taschen meines Kleides. Ganz langsam dämmerte mir die grobe Wahrheit: Mein Brief an Ivy befand sich nicht mehr dort, wohin ich ihn am Vorabend gelegt hatte. Nicht in der Truhe. Nicht in meiner Kammer. Auf einen Schlag war ich hellwach, das Adrenalin flutete meinen Körper. Was hatte ich am Vorabend noch getan?

Mir war klar gewesen, dass ich den Brief schleunigst deponieren musste, auch ohne Unterschrift. Bedenken hatte ich bezüglich Feuchtigkeit und Moder im Keller. Würde ein einfaches Blatt Papier das überhaupt überstehen? Vermutlich nicht. Doch was tun? Während ich, den Brief an meine Schwester in der Hand hin und her drehend, in meiner Kammer gesessen hatte, fiel mir etwas ein. Hatte ich nicht in der verhängnisvollen Situation im fürstlichen Schlafzimmer eine Schweinsblase an mich genommen? Ich sprang auf und wühlte in meiner Kleiderkiste herum. Tatsächlich, unter meinem Outfit für Ivys Krippenspiel und neben einem vertrockneten Lavendelsträußchen lag das Verhüterli. Ich hatte das Blatt eingerollt und in diese Hülle gesteckt. Es war nicht das Optimale, aber das Beste, was ich zur Verfügung hatte. Es hatte mir schon am Vorabend unter den Nägeln gebrannt, den Brief zu hinterlegen. Doch zu nachtschlafender Zeit in den Keller hinabzusteigen, wäre nicht nur gefährlich, sondern auch auffällig gewesen. Daher hatte ich entschieden, bis zum nächsten Morgen zu warten.

Später, ich hatte einer an diesem Abend äußerst mundfaulen Isobel beim Auskleiden geholfen, ihr Haar gebürstet und geflochten und sie schließlich zu Bett gebracht, war ich todmüde auf meine Schlafstatt gesunken. Vermutlich war der Brief schon zu diesem Zeitpunkt nicht mehr an seinem Platz gewesen. Meine Gedanken überschlugen sich. Clothilde und Fiona waren die einzigen beiden Personen, die am Vorabend gemerkt haben konnten, was ich in Isobels Zimmer getan hatte. Hatte eine von ihnen das Schriftstück an sich genommen? Und wenn ja, wozu? Fiona konnte nicht lesen oder schreiben. Schon gar kein Esperanto. Clothilde hingegen ... Mir fuhr der Schreck erneut in alle Glieder. Was, wenn die Gouvernante zumindest teilweise verstand, was ich geschrieben hatte – nicht auszudenken. Man würde mich wieder einmal als auf den Kopf gefallen, gemeingefährlich oder wahnsinnig bezeichnen. Eilig raffte ich meine Röcke und rannte aus dem Zimmer. Clothildes Gemach lag ein Stück den Gang hinunter, doch als ich dort ankam, wurde mir auf mein Klopfen nicht geantwortet. Leise schob ich die Tür auf. Der Raum dahinter war zwar besser eingerichtet als meiner, aber ebenfalls sehr überschaubar. Er war leer.

Ich zog die Tür zu und kaute angestrengt auf meiner Unterlippe. Dann lief ich zurück und schaute in Isobels Zimmer nach. Ebenfalls Fehlanzeige. Das allerdings wunderte mich. Die verwöhnte junge Lady stand ungern früh auf. Und es war draußen noch nicht einmal hell! Jetzt flog ich praktisch die Treppen hinunter. In der Küche war niemand. Verzweiflung überkam mich. Wer hatte meinen Brief gestohlen, wer ihn womöglich gelesen, wer wusste Bescheid? Einmal drehte ich mich um mich selbst, als ein Geräusch aus der Kammer neben der Küche kam. Es war der Raum, den ich mir anfangs mit Lizzy geteilt hatte. Die taumelte nun schlaftrunken durch die Tür, gähnte herzhaft und hielt sich erschrocken die Hand vor den Mund, als sie mich sah.

»Wo sind die anderen?«, fragte ich.

»Wer?«

»Fiona. Ich glaube, sie hat mir etwas gestohlen.«

Lizzy sah mich verwirrt an. »Die wurde in die Bibliothek gerufen.«

Hätte ich mir auch denken können! Auf dem Absatz machte ich kehrt und rannte die Treppen hinauf in den ersten Stock, flog praktisch über den Flur und riss schließlich mit einer großen Geste die Tür zur Bibliothek auf. Dann blieb ich stehen wie vom Donner gerührt.

KAPITEL 42

Fiona war nicht dabei. Clothilde stand, mit meinem Brief in der Hand, mitten im Raum. Neben ihr, zerzaust und offensichtlich unter einem Plaid noch im Nachtgewand, stand Isobel. Auf der anderen Seite der Pfarrer. Die Tatsache, dass sich hier drei Menschen zu fast nachtschlafender Zeit versammelt hatten, führte mir die Wichtigkeit der Angelegenheit vor Augen. Alle drei hatten sich leise unterhalten, das Gespräch verstummte, als ich den Raum betrat. Drei Augenpaare waren auf mich gerichtet. Clothildes Wangen hatten sich hochrot gefärbt. Isobel schaute eher tumb aus. Der Pfarrer hingegen musterte mich, als sei ihm gerade der Leibhaftige begegnet.

Mit wenigen Schritten war ich bei Clothilde, riss ihr das Blatt aus der Hand.

»Das gehört mir«, verkündete ich kühl. Die Temperatur im Raum schien schlagartig um mehrere Grade abzusinken.

»Ihr seid ein aufsässiges Frauenzimmer«, murmelte der Pfarrer und schlug ein Kreuz, was mich mehr ärgerte, als mir lieb war. Danach trat er eilig einen Schritt zurück, als fürchte er, ich könne womöglich gleich in Flammen aufgehen.

»Unsinn«, entgegnete ich. »Das ist ein Brief an meine Schwester. Sie ist der beste Mensch, den ich kenne.«

Isobel sank auf eine Chaiselongue und gähnte verhalten. Es war ihr anzumerken, dass sie wenig interessiert war an den Dingen, die in diesem Raum gerade vor sich gingen.

»Zaubersprüche«, murmelte Clothilde. »In einer fremden Sprache. Um den Earl zu becircen.«

»Magische Schrift«, ergänzte der Pfarrer und sah mich streng an.

»Spinnt ihr?« Den Earl becircen? Die Schweinsblase lag noch immer in des Pfarrers Hand. Jetzt begriff ich!

»Ich habe den Brief dort hineingetan, damit er keinen Schaden nimmt. Der Earl interessiert mich nicht.«

»Wieso kann sie schreiben? Eine einfache Magd?« Der Pfarrer griff sich an den Kopf.

»Kammermädchen. Wenn schon, dann Kammermädchen!« Ich hob trotzig das Kinn.

»Du bist mir unheimlich.« Clothilde zeigte mit dem Finger auf mich.

»Weil ich von Isobels heimlicher Liebschaft weiß?«

Die japste erschrocken auf und sprang hoch. »Was bildest du dir ein?«, giftete sie. Aber schwach, sehr schwach.

»Ich weiß noch mehr«, fuhr ich fort. »Dass dein Vater bereits die Verlobung mit Gavin publik machen will.« Vom Hochzeitstermin erzählte ich nichts. Man muss sein Pulver nicht auf einmal verschießen. Die Ankündigung war auch so schon heftig genug für das verwöhnte kleine Biest. Das Blut wich ihr aus dem Gesicht und sie sank wieder zurück auf die Chaiselongue.

Der Pfarrer hingegen wirkte wie kurz vor einer Ohnmacht.

»Aber es gibt Hoffnung. Hat dir deine Gouvernante das nicht gesagt?«

»Wie redet Ihr mit der jungen Lady?« Clothilde fuhr wütend dazwischen.

»Meine Damen, ich muss doch bitten.« Der Pfarrer fühlte sich sichtlich unwohl. Ich konnte mir schon denken, warum. Sollte er seine Schweigepflicht brechen und Isobel offenbaren, was deren Vater offensichtlich heimlich in die Wege geleitet hatte? Doch ihn trieben andere Gedanken um.

»Was steht in dem Brief?«, wandte er sich an mich.

»Dass ich meine Schwester liebe und es mir leidtut, dass ich so oft mit ihr gestritten habe.« Bei diesen Worten traten mir Tränen in die Augen, die ich einfach laufen ließ. »Dass ich mir wünsche, ich könnte die Zeit zurückdrehen.« Wie weit genau, das mussten die drei nicht wissen. Ich starrte auf das Papier, auf dem gerade einzelne Buchstaben zerflossen. Schnell drehte ich es wieder zusammen, bevor noch mehr passierte.

»Ich informiere Earl Rupert«, ließ sich der Pfarrer vernehmen. »Er soll entscheiden, wie hier zu verfahren ist.«

»Nur zu. Ich hätte ihm einiges zu erzählen«, trumpfte ich auf.

Isobels alarmierter Blick suchte den ihrer Gouvernante. Clothilde schüttelte wie im Krampf den Kopf. »Das ist nicht nötig«, befand sie dann, an den Pfaffen gewandt. »Darum kümmere ich mich.« Das war dem Alten gar nicht recht, aber er konnte sich schlecht gegen sie stellen. Also nickte er, bedachte mich mit einem düsteren Blick und wandte sich zum Gehen.

»Begleite ihn hinaus«, verlangte Isobel von ihrer Gouvernante. Die zögerte kurz, bevor sie der Aufforderung Folge leistete. Als sie und der Pfarrer verschwunden waren, wandte ich mich an meine Herrin.

»Wer hat den Brief aus meiner Kammer gestohlen?«

»Fiona. Sie und Clothilde haben gesehen, dass du an meinem Schreibtisch etwas getan hast und sie wollten wissen, was.«

»Das rechtfertigt den Diebstahl an meinem Eigentum?«

»Wenn, dann wäre es mein Eigentum. Du bist hier Bedienstete, dir gehört gar nichts.«

Peng. Da war sie wieder. Die Erinnerung daran, dass ich hier nichts galt.

»Sag mir, was du zu wissen glaubst.«

Ich erzählte es ihr.

Sie wirkte schockiert, aber wesentlich gefasster als Clothilde gestern.

»Na wenn schon«, meinte sie schließlich. »Mein Vater wird sich damit abfinden, dass ich diesen Gavin nicht heirate.«

»Glaube ich nicht«, widersprach ich und erinnerte sie an das Aufgebot, das ihr Vater in Kürze bestellen würde.

Isobel zwirbelte gedankenverloren eine Locke ihres Haars. »Sagtest du nicht, es gäbe eine Möglichkeit für mich, dieser Verpflichtung zu entkommen?«

Ja. Die würde ich ihr eröffnen. Aber nicht umsonst. Jetzt nahm langsam ein Plan in meinem Kopf Gestalt an. Denn es musste sich dringend etwas ändern in meinem Leben. Weniger Arbeit, mehr Geld. Und mehr Zeit mit Adrian. In diesem Moment war ich optimistisch: Es würde mir gelingen! Ich musste lediglich meine Karten gut ausspielen.

KAPITEL 43

Zwei Tage später trat der Earl seine angekündigte Reise nach Edinburgh an. Obwohl ich Augen und Ohren offengehalten hatte, war es mir nicht gelungen, vor seiner Abreise herauszufinden, was genau der Grund dafür war. Erst, als die Kutsche mit ihm und seinem Leibdiener abgefahren war, traute ich mich wieder in die Bibliothek. Leider förderte auch eine intensive Suche auf dem Sekretär dort nichts zutage. Der Herr des Hauses hatte also Vorsicht walten lassen. Zunächst musste ich meine Ungeduld zügeln, denn erwartungsgemäß bereitete sich auch Isobel auf eine Abwesenheit vor. Als ich dafür immer mehr Kleidung einpacken sollte, wurde mir mulmig zumute. Es wirkte fast so, als bereite die junge Lady ihre Flucht vor.

»Heiratet keinen Mann, dessen Bankauszüge Ihr nicht kennt«, warnte ich sie in einem unbeobachteten Moment. Clothilde ließ ihren Schützling nicht eine Sekunde aus den Augen und ich ahnte bereits, was die beiden Frauen sich ausgedacht hatte: Wäre Isobel erst mit dem Neffen der Gouvernante vermählt, konnte ihr Vater sich Gavin Haggarty und dessen Sippe in die Haare schmieren. Ich war zwar fest davon überzeugt, dass der junge Mann die junge Lady zurücknehmen würde, so man die Ehe mit dem mittellosen Neffen annullieren konnte, doch gewiss war das nicht.

Mit gemischten Gefühlen beobachtete ich die beiden Frauen beim Besteigen einer eigens gemieteten Kutsche. Trotz allem war mir nicht wohl bei dem Gedanken, dass der Earl von seiner eigenen Tochter und deren Anstandsdame gelinkt wurde.

Andererseits markierte diese Wendung auch für mich einen wichtigen Zeitpunkt. Nämlich den, mein Verschwinden aus diesem Haushalt zu planen.

Doch zunächst musste ich den Brief an Ivy deponieren. Bloß wie? Die Schweinsblase hatte man mir nämlich nicht zurückgegeben.

Es lagen noch mehr in der Schublade. Wofür auch immer.

Ganz sicher hatte sich daran nichts verändert. Meine Schultern strafften sich wie von selbst. Bevor ich mir den Kopf darüber zerbrechen konnte, was mir bei Entdeckung drohte, setzte ich einen Fuß vor den anderen. Wenig später befand ich mich zum zweiten Mal im Schlafgemach des Earls. Das Bett war gemacht, die Luft war erstaunlich frisch. Gerade so, als habe kürzlich jemand gelüftet. Vorsichtig blickte ich mich um. Grundsätzlich war hier kein Raum je verschlossen, weil man davon ausging, dass niemand vom Personal die Unverschämtheit besaß, sich unbefugt alleine irgendwo aufzuhalten. Aus diesem Grund musste man ja auch immer vermuten, überraschenderweise jemanden anzutreffen. Doch der Leibdiener des Earls war mit ihm unterwegs. Martha, Fiona und Lizzy hatten um diese Uhrzeit in der Küche zu tun. Die Gouvernante war weg und vom Rest der Bedienstetenschar hatte keiner in den

Gemächern der fürstlichen Familie etwas verloren. Aufatmend stellte ich fest, dass außer mir niemand anwesend war und suchte zielstrebig die Kammer auf, in der die Kommode mit dem fraglichen Inhalt stand. Ich hatte nicht gesehen, welche Schublade Lizzy damals aufgezogen hatte. Daher fing ich mit der obersten an. Sie klemmte ein wenig und ich musste heftig ruckeln, bevor sie aufging. Sie enthielt Cross Belts. Ich schloss die Schublade und arbeitete mich weiter durch Bauchbinden und Unterwäsche, bis ich fand, was ich suchte. Ein halbes Dutzend Verhüterli lagen dort, fein säuberlich übereinandergestapelt. Ich nahm das erste beste heraus. Schloss die Schublade und verließ die Kammer. Noch immer war es unheimlich ruhig im Haus. Ich verließ das Schlafzimmer und durchquerte den Raum, in dem ich mehrmals abends gesessen und dem Earl die Geschichte von Robinson Crusoe erzählt hatte. Auch hier stand ein Sekretär. Ein Blick zur Tür versicherte mir, dass ich mich noch immer alleine hier in den Räumen des Hausherrn befand. Kurz entschlossen trat ich an den Sekretär. Doch die Schubladen waren verschlossen. Natürlich! Der Earl musste befürchten, jemand des niederen Standes, ich, war des Lesens mächtig. Doch jetzt war meine Neugier erst richtig geweckt. Wo versteckte man einen Schlüssel? Mein Blick flog über die Einrichtung. Den Globus, der unter einem der Fenster stand. Entlang der Bücherregale. Nicht so viel wie in der Bibliothek, aber immerhin. Über die Sitzgarnitur aus Leder, die kleinen Rauchertischchen. Erst beim zweiten Mal fiel mir etwas auf. In einem Regal stand ein Buchrücken nicht ganz in der Reihe mit den anderen. Es war zu hoch, als dass ich es hätte einfach

so erklimmen können. Also stieg auf einen Sessel und
zog das Buch heraus. Bingo! Dahinter lag ein Schlüssel
der, wie sich gleich danach herausstellte, zur Schublade des Sekretärs passte. Und dort drinnen fand ich genau das brisante Material, das ich mir erhofft hatte. Der
Schriftverkehr mit einem Verwandten offenbarte das
ganze Elend. Der Earl pfiff finanziell auf dem letzten
Loch. Er war nicht einmal mehr in der Lage, die Hochzeit seiner Tochter auszurichten und erbat sich Hilfe.
Vermutlich nicht nur der familiären Bande wegen, sondern auch, weil sich so etwas von dort nach hier nicht
so schnell herumsprach.

Mir wurde mulmig, als ich erkannte, dass die Bediensteten wohl nicht mehr bezahlt werden würden.

*Wenn die Hochzeit mit Gavin Haggarty essenziell
wichtig für dich und deine Familie ist, kaufe ich dir das
Stück Land, über das wir gesprochen haben, zu den dir
bekannten Bedingungen ab*

schrieb der Verwandte. Darum war der Earl abgefahren. Doch als ich genauer hinsah und den älteren
Schriftverkehr sichtete, wurde mir siedend heiß. Wenn
der Earl das Wäldchen verkaufte, brauchte er auch keinen Jäger mehr. Die Sache war auf einmal brisant. Dass
ich und die anderen Dienstboten kein Geld mehr bekamen, war eine Sache. Dass Adrian seine Stellung verlieren sollte, eine andere.

KAPITEL 44

Adrian stand über die Regentonne gebeugt hinter seiner Hütte und wusch sich das Blut von den Armen. Inzwischen wusste ich, dass nicht nur das Jagen, sondern auch das Aufbrechen des Wildes zu seinen Aufgaben gehörte, doch gewöhnt hatte ich mich immer noch nicht daran. Er hob den Kopf und sah mir mit einem Lächeln entgegen.

»Wohin des Wegs, holde Jungfer?«, rief er mir zu.

Na, das mit der Jungfer ist wohl eher ein Insidergag.

Als ich nicht auf das Geplänkel einstieg, wandte er sich mir stirnrunzelnd zu. Ich reichte ihm einen der Stofflappen, die neben der Tonne lagen. »Ich muss mit dir reden«, sagte ich leise.

»Du siehst aus, als habest du ein Gespenst gesehen.« Mit ruhigen Bewegungen trocknete er Hände und Unterarme ab.

»Habe ich auch.« Hektisch verscheuchte ich ein paar Fliegen, die uns umsummten.

»Komm mit.« Adrian warf das Tuch zu Boden und griff nach meinem Ellbogen. Aus dem Gesindehaus trat eine der Wäscherinnen. Sie blickte zum Himmel, als wolle sie das Wetter prüfen und schien uns nicht zu bemerken.

Adrian führte mich auf die andere Seite seiner Hütte, wo eine selbst gezimmerte Bank stand. Wir setzten uns. Zum ersten Mal fiel mir ein kaum mannshohes Tor auf, das dort in die Mauer eingelassen, aber halb durch einen Goldregenstrauch verdeckt war.

»Der Earl ist pleite«, informierte ich Adrian, kaum dass wir saßen.

»Was heißt das?«

»Er hat kein Geld mehr. Noch nicht einmal mehr genug, um uns zu bezahlen. Geschweige denn, die Hochzeit seiner Tochter auszurichten. Jetzt ist er nach Edinburgh gefahren, um einem entfernten Verwandten das Waldstück abzutreten.«

Adrians Oberkörper zuckte zurück, als habe ich ihn geschlagen. »Das ... das glaube ich nicht. Der Earl geht leidenschaftlich gern auf die Jagd. Eigentlich ist es das Einzige, was ihm Freude bereitet.«

Tja, nur dass diese Freude zu kostspielig geworden war.

»Uns bleibt nicht viel Zeit. Isobel ist ebenfalls weggefahren. Sie wird, wenn mich nicht alles täuscht, überstürzt ihren Verehrer ehelichen. Es ist Clothildes Neffe.«

Adrian schüttelte wie betäubt den Kopf. »Deswegen war sie so häufig abwesend«, murmelte er. »Es wurde bereits getratscht in der Dienerschaft.«

»Warum hat der Earl es nicht unterbunden? Sie ist doch zu jung, um so häufig unterwegs zu sein.«

Adrian zuckte die Schultern. »Ich denke, er hatte andere Dinge im Kopf. Jetzt wissen wir auch was. Außerdem vertraut er Clothilde. Sie war ihm immer eine große Stütze seit dem Tod seiner Frau.«

»Und jetzt? Ich für meinen Teil will zusehen, sobald als möglich aus dem herrschaftlichen Haushalt auszuscheiden. Es muss doch eine Arbeit geben, die ich ausüben kann.«

Nervös biss ich mir auf die Unterlippe.

»Da wüsste ich etwas«, entgegnete Adrian halblaut. Mit einem Blick vergewisserte er sich, dass wir immer noch alleine waren, bevor er fortfuhr. »Du kannst lesen und schreiben. Und ich habe gehört, dass der Lehrer, der auch gleichzeitig Schreiber ist, im Dorf von einem Pferdefuhrwerk überrollt wurde und siech ist.«

»Schreiber? Was genau ist das?«

»Er liest und schreibt Briefe und amtliche Dinge gegen ein Entgelt.«

Beinahe wäre ich von der Bank gehüpft. »Aber das ist ja … das wäre ja wunderbar!« Natürlich bedauerte ich das, was dem armen Mann zugestoßen war, zutiefst, aber gleichzeitig eröffnete mir sein Malheur die Chance auf eine andere und viel bessere Zukunft.

»Wo bewirbt man sich um den Job?«

»Job?«

»Um die Arbeitsstelle.«

Adrian überlegte. »Er hat beim Pfarrer sein Tagwerk verrichtet.« Dem zweiten Mann im Dorf, der fließend lesen und schreiben konnte, dafür aber kein Geld annehmen durfte. Für mich war diese Auskunft ein Schlag in die Magengrube.

»Der Pfarrer«, murmelte ich. »Den gilt es also zu überzeugen, mir was genau zu ermöglichen?«

»Eine Schreibstube. Dorthin gehen die Leute.«

Und wenn ich diese Arbeit übernehmen wollen würde, musste ich den Pfaffen überzeugen.

KAPITEL 45

»Nur über meine Leiche.« Der Pfarrer stand vor mir, erbost auf eine wirklich fast schon persönlich zu nehmende Weise. »Eine gottlose Person lasse ich nie und nimmer in meine Schreibstube.«

»Wohin gehen denn dann all die Menschen, die einen Brief gelesen oder geschrieben haben wollen?«, konterte ich. »Wollen Sie die alle wegschicken?«

Ich hatte gebeten und gebettelt, am Ende sogar fast gedroht, aber es half alles nichts. Der Mann blieb hart. Für mich, die ich in seinen Augen die Liederlichkeit in Person war, gab es keinen Platz hier.

Niedergeschlagen verließ ich das Pfarrhaus. Dann erfasste mich die Wut. Was hatte ich denn getan? Nichts! Wäre ich dem Earl zu Willen gewesen, hätte kein Hahn danach gekräht. Lediglich der Umstand, dass ich einen Brief in einer für die hiesige Gesellschaft fremden Schrift verfasst und ihn dummerweise in einer Schweinsblase versteckt hatte, reichte aus, um mich zu beschimpfen. Über den Ärger mit dem Pfarrer hatte ich jedoch fast auch noch etwas anderes vergessen: Ich brauchte nicht nur eine Stube, in der ich meinem zukünftigen Gewerbe nachgehen konnte. Sondern auch ein Dach über dem Kopf. Sobald ich meine Stelle aufgab, würde ich nicht mehr in meiner Kammer bleiben können. Zu Adrian zu ziehen verbot sich gleichfalls.

Als ich so vor mich hin sinnierend durch die Gassen schritt, rief mich jemand.

»Nun, junge Frau. Schon wieder alleine unterwegs?« Es war die Hebamme, die mir mit einem Korb voller Gemüse auf der Straße entgegenkam. Wir begrüßten uns und weil es in mir kochte, erzählte ich ihr auch gleich, was geschehen war.

»Du kannst lesen und schreiben? Alle Worte und alle Zahlen?«

»Ja«, versicherte ich ihr.

Sie wischte sich mit dem Handrücken über die mit Schweißperlen getupfte Stirn.

»Komm mit«, forderte sie mich dann auf. »Ich wohne gleich dort drüben.«

Wenige Minuten später stand ich mit ihr im Erdgeschoß ihres leicht schiefen Hauses. Küche und Wohnzimmer bildeten einen größeren Raum, der zwar bis unter die wuchtigen Deckenbalken rußgeschwärzt war, aber ansonsten peinlich sauber und aufgeräumt.

»Oben unter dem Dach ist mein Schlafgemach«, informierte sie mich. »Und hier«, sie trat auf eine Holztür zu, »war das Gemach meiner Mutter, Gott hab sie selig.«

Der Raum war winzig, aber größer als meine jetzige Kammer. Hinter einem halb zugezogenen Vorhang konnte ich ein Bett erkennen, mitten im Zimmer standen ein Tisch und zwei Stühle, in einer Ecke ein Schrank.

»Was sagst du dazu?«

Nichts, mir verschlug es die Sprache und meine Gedanken fuhren auf einmal Karussell.

»Du meinst, ich kann hier wohnen und ... arbeiten?«

Die Hebamme, inzwischen wusste ich, dass ihr Name Emma war, nickte heftig.

»Ich bräuchte jemanden, der mir gelegentlich zur Hand geht in Haus, Hof und Garten.«

Ich musste erschrocken dreingesehen haben, denn sie schmunzelte. »Keine Magd, einfach jemanden, mit dem man sich die Arbeit teilen kann. Ich bin häufig nicht hier, du kannst also in aller Ruhe die Leute empfangen und für sie lesen und schreiben.«

»Was soll das Zimmer kosten?«, fragte ich vorsichtig. Noch konnte ich nicht einschätzen, was mir mein neues Geschäft einbringen würde. Da hieß es vorsichtig sein mit überstürzten Aktionen. Meine neue Wirtin schien allerdings mit dieser Frage genauso überfordert wie ich. Gedankenverloren kaute sie auf der Innenseite ihrer Wange herum. Dann zuckte sie die Schulter. »Nicht viel. Gib mir einfach, was du erübrigen kannst.«

Ich überlegte nur kurz. Dann reichten wir uns die Hände und besiegelten das Geschäft.

KAPITEL 46

Nachdem ich aus dem Dorf zurück war, bereitete ich alles für meine Abreise vor. Zunächst jedoch musste ich noch einmal in den Keller hinabsteigen, um den Brief an meine Schwester zu deponieren. Ich ging eilig in die Küche, griff nach der Kellertür und stellte fest, dass sie verschlossen war. Verwirrt zog und zerrte ich, aber die Tür gab nicht nach. Martha musste sie abgeschlossen haben, vermutlich um zu verhindern, dass jemand unbefugt hinabstieg, um sich etwas zu holen. Sollte ich warten, bis sie wieder da war? Aber wie konnte ich ihr erklären, was mich in den Keller trieb? Gar nicht. Sie würde mich für eine Diebin halten!

»Mist«, stieß ich aus und trat mit dem Fuß gegen das massive Holz. Es nützte nichts. Die Tür blieb zu und ich musste von der Idee, meiner Schwester in die Zukunft zu schreiben, Abstand nehmen.

Egal, dachte ich. *Wenn ich Glück habe, bin ich bald wieder bei meiner Familie.*

Dann ging ich zurück in meine Kammer. Aus der Kiste nahm ich meine eigene Kleidung. Eingedenk der Tatsache, dass ich jedoch für bereits geleistete Arbeit keinen Lohn mehr erhalten würde und nicht wusste, wann ich mir ein neues Gewand würde leisten können, beschloss ich, die Sachen einzupacken und das, was ich am Leib trug, mitzunehmen. Sonst nichts. Wieder einmal wurde mir bewusst, dass ich, abgesehen von ein paar Haarnadeln und einem Kamm, nichts besaß.

Nachdem ich mein Bündel geschnürt hatte, ging ich zu Adrians Hütte hinüber. Eigentlich hätte ich es mir denken können, dass er nicht da war. Zurzeit streifte er vom frühen Morgen, meist noch vor Sonnenaufgang, bis zum späten Abend durch den Wald, der so bald den Besitzer wechseln würde.

Bevor ich ging, verabschiedete ich mich von meinen Kolleginnen. Martha war inzwischen wieder in der Küche und mit dem Essen beschäftigt. Sie verstand nicht, was in mich gefahren war. »Du hast eine Stellung, um die du beneidet wirst. Eine eigene Kammer, musst nicht beim anderen Gesinde schlafen. Bekommst zu essen.« Ja, sogar inzwischen genug, um nicht mehr Hunger zu leiden. Sie schüttelte den Kopf und ich war versucht, ihr die Wahrheit über die Schieflage des fürstlichen Haushalts zu verraten. Doch dann ließ ich es. Ich wollte keine Scherereien. Dass mir der Earl die bereiten konnte, auch wenn ich im Dorf lebte und arbeitete, war mir nämlich durchaus klar.

Lizzy wischte sich das Wasser aus den Augen, als ich mich von ihr verabschiedete. »Wir sehen uns im Pub«, tröstete ich sie. Die junge Magd hatte so viel für mich getan, manches meiner Missgeschicke auf sich genommen, und ich hatte mich bisher nie bei ihr revanchieren können.

»Wasch dir die Hände, richte dein Haar, vielleicht nimmt Isobel dich zum Kammermädchen, wenn ich weg bin.« Fast erschrocken winkte Lizzy ab. »Ich bin zufrieden dort, wo ich bin«, meinte sie. Innerlich kopfschüttelnd verließ ich das Anwesen. Wenn Lizzy so wenig Ehrgeiz zeigte, würde womöglich die böse Fiona den Job bekommen. Na, sollte sie. Das war auch kein reines Zuckerschlecken und spätestens wenn die junge Lady einen ihrer gefürchteten Wutanfälle bekam und mit Schuhen um sich warf, würde das Rattengesicht das kapieren.

Emma empfing mich erfreut. »Der erste Besucher war am Morgen bereits hier«, informierte sie mich. Die Tatsache, dass ich jetzt bei ihr wohnte und meine Dienste feilbot, hatte sich dank ihrer guten Bekanntheit im Dorf wohl herumgesprochen wie ein Lauffeuer. »Er war ganz betrübt, als ich ihn auf den Nachmittag vertröstete.«

Kurz darauf kam ein Junge angeritten und rief die Hebamme zu seiner Familie. »Das Bauernkind kommt zu früh, aber was soll man machen. Manchmal haben sie es eben eilig.« Sie spannte den Karren an und fuhr davon, während ich meinen ersten Kunden begrüßte. Ein Witwer, für den ich eine Kontaktanzeige für eine gottesfürchtige, sparsame und fleißige Frauensperson beim *Scots Courant* aufgeben sollte. Danach kam eine jüngere Frau, die ihrem in Übersee dienenden Verlobten schrieb. Und danach eine Kaufmannsfrau, deren Hände von der Gicht so mitgenommen waren, dass ich für sie eine umfangreiche Bestellung von Kesseln und Töpfen aufgab. Jeder dieser Briefe brachte mir fast so viel ein, wie ich beim Earl sonst für eine ganze Woche Lohn erhalten hatte. Ich wickelte alles in ein Tuch und verstaute dieses in meinen Doc Martens, die unten in der Kleidertruhe lagen. Dann überschlug ich die mir bevorstehenden Ausgaben. Ein zweites Kleid wäre nicht schlecht, ebenso wenig ein zweites Paar Schuhe. Und Unterwäsche zum Wechseln. Waschen müsste ich selbst. Oder waschen lassen, was vermutlich die bessere Wahl war. Dazu kamen nun Kost und Logis. Dennoch, ich würde mich auf jeden Fall besser stellen als beim Earl. Wenn der Zulauf aus diesem und den umliegenden Dörfern groß genug war, würde ich schon bald genügend Erspartes besitzen, um mein dringendstes Anliegen weiterzuverfolgen und mich daran zu machen, diesen sagenhaften Master Lawrence aufzuspüren.

KAPITEL 47

Den ganzen Sommer über traf ich mich mit Adrian entweder am See oder einer anderen Stelle im Wald. Meine Einladung in mein neues Domizil hatte er fast erschrocken abgewehrt. »Das ziemt sich nicht. Dann bist du als Frauenzimmer verrufen«, lautete seine Meinung. Was ihn aber nicht davon abhielt, mich gelegentlich nach einem abendlichen Treffen im Pub in einen nahe gelegenen Heuschober zu schleppen, wo wir, auf Pferdedecken liegend, so manche Nacht gemeinsam verbrachten. Jede Minute, die ich mit Adrian verbrachte, war kostbar. So kostbar, dass ich schon bald in seiner Nähe das Gefühl hatte, nicht mehr richtig denken zu können. Sobald seine Hände meine berührten, sobald er mich küsste - inzwischen hatte er viel dazugelernt - war es unvermeidlich, sämtliche störende Kleidung abzulegen. Sein Körper strömte stets eine unglaubliche Wärme aus, die selbst im Sommer auf mich anregend wirkte. Oft schloss ich die Augen, fuhr mit den Fingerspitzen die straffen Muskeln und Sehnen an seinem Oberkörper nach und genoss es, seine Leidenschaft anzuregen. Gelegentlich dachte ich darüber nach, wie es mit uns beiden wohl weitergehen sollte. Doch schnell schob ich den Gedanken wieder weg. Ich wollte das Zusammensein genießen, im Hier und Jetzt.

Ihm schien es ähnlich zu gehen. Jedenfalls fragte er mich nie nach meinen Plänen.

Zu meiner und auch seiner Überraschung und Freude hatte der Verwandte des Earls Adrian in Diensten behalten. Er bewohnte nach wie vor seine Hütte und ging seiner Arbeit nach, wie bisher. Der neue Besitzer war erst einmal aufgetaucht, kurz nachdem er dem Earl das Waldstück abgekauft hatte. Er würde im Herbst wiederkommen, wenn es zur Jagd ging.

»Er bringt dann eine ganze Reihe von Jagdfreunden mit. Und hoffentlich genügend Personal.«

Isobel hatte sich nicht mit dem Neffen der Gouvernante vermählt. Jemand – ich tippte auf Fiona – musste veranlasst haben, dass dem Earl eine Depesche geschickt wurde, sodass er seine Tochter gleich wieder einsammelte. Wie Clothilde ihren Kopf aus der Schlinge hatte ziehen können, war mir nicht klar. Auch Isobel konnte aufatmen. Eine Nachricht, die ich ihr vor meinem Weggang auf ihrem Sekretär hinterlassen hatte, konnte ihren Vater davon überzeugen, dass Gavin Haggarty nicht der richtige Schwiegersohn für ihn war. Wie es hieß, hatte der Earl jedoch bereits einen anderen Interessenten ausgemacht. Einen jungen Franzosen, den er in Edinburgh kennengelernt hatte und der nach Ansicht eines Gemäldes von Isobel ganz wild darauf war, die junge Lady zu ehelichen.

Meinen Abgang hatte man schnell verschmerzt. Weder Lizzy noch Fiona waren zur Kammerzofe befördert worden. Diese Tätigkeit übte nun ein junges Ding aus einem der Dörfer aus. Sie war bisher nie in Stellung gewesen, hatte keine Ahnung von dem Job, aber vermutlich war sie die einzige, die man sich leisten konnte.

Schon bald nach meinem Umzug ins Dorf machte Adrian seine Ankündigung wahr und nahm mich mit zu seiner Familie. Es war eine Strecke Wegs dorthin, wir brachen daher schon im Morgengrauen auf. Inzwischen konnte ich schon gut reiten und wir lenkten unsere Pferde Seite an Seite die Straßen entlang.

Das einfache Haus seiner Eltern stand etwas außerhalb eines winzigen Dorfes, umgeben von einem kleinen Garten und einem verwitterten Holzzaun. Als sein Vater heraustrat, um uns zu begrüßen, erschrak ich heftig. Er sah haargenau aus wie mein Geliebter, lediglich rund dreißig Jahre älter. Die Spuren des harten Lebens, das er führte, hatten sich tief eingegraben, dennoch erkannte ich nicht nur das markante Kinn, die wachen Augen und die warme, tiefe Stimme. Schon nach wenigen Worten war mir darüber hinaus klar, dass Eleonore recht gehabt hatte in dem, was sie sagte.

Die Erstgeborenen dieser Familie ähneln ihren Vätern wie ein Ei dem anderen. Nicht nur in Statur und Aussehen, auch im Charakter.

Ganz anders der jüngere Bruder. Er hockte an einem Fenster unterm Dachgiebel und kritzelte auf einem Stück Papier herum. Als wir das Zimmer betraten, beachtete er uns überhaupt nicht. Er wirkte absolut vertieft in das, was er tat. Vorsichtig ging ich auf ihn zu und blickte ihm über die Schulter. Zunächst verstand ich nicht, was ich sah, dann wandte ich mich Adrian zu, der auf der anderen Seite stand.

»Das ist der große Wagen. Das Himmelsbild. Und das dort drüben das Sternzeichen Widder.«

Es war sehr deutlich zu erkennen, was die Kritzeleien des jungen Finlay zeigten. Jeweils ein Kreis, in Häuser unterteilt und die sich darin befindlichen Sternbilder. Ähnliches hatte ich einmal bei einem Horoskop gesehen, das ich mir hatte anfertigen lassen.

Adrian beeindruckte das nicht, er zuckte mit den Schultern. »Ja, er schaut nächtens ins Firmament und zeichnet ab, was er sieht.«

»Nun ja«, stirnrunzelnd trat ich näher. Auf einigen der Zeichnungen standen Daten. Vergangene, sogar längst vergangene und ... zukünftige!

»Wie alt ist dein Bruder?«

Adrian überlegte. »Er ist lange nach mir geboren. Meine Mutter war bereits der Meinung, sie könne nicht mehr empfangen.«

Aha. Das war ja interessant. Offenbar kamen die Frauen in dieser Zeit früher in die Wechseljahre. Oder Adrians Mutter war lange nicht schwanger geworden und hatte das Thema für sich abgehakt. Finlay war schätzungsweise fünfzehn oder sechzehn. Unmöglich, dass er selbst einfach nur die Himmelskonstellationen abgezeichnet hatte. So viele Variationen konnte er in seinem Alter gar nicht selbst beobachtet haben, er musste sie berechnen, wie auch immer das möglich war. Unwillkürlich erfasste mich eine leichte Nervosität. Was hatte Ivy mir über Inselbegabung erzählt? Ich trat ein paar Schritte zurück und winkte Adrian zu mir. »Dein Bruder ist nicht schwachsinnig«, sagte ich ganz leise. »Im Gegenteil. Er verfügt über eine ganz besondere Begabung.« Mit dem Kopf deutete ich auf den immer noch still dasitzenden Teenager. Man hörte nur das leichte Kratzen der Kohle auf dem Papier.

Dann hob er plötzlich den Kopf und fing an zu schreien. So laut, dass ich mir erschrocken die Ohren zuhalten musste. So plötzlich, wie es angefangen hatte, war es auch wieder vorbei und der Junge zeichnete seelenruhig weiter.

»Weißt du, wie diese Sternbilder heißen?«, fragte ich, zu ihm tretend. Er hob den Kopf und sah mich an. Das erste Mal, seit ich den Raum betreten hatte. Dann schaute er sofort wieder weg. Statt zu antworten klemmte er seine Zunge zwischen die Lippen und hielt kurz inne. Ich tippte auf den großen Wagen. »Das ist der große Wagen«, sagte ich. »Und das hier das Sternbild Widder.

»Woher weißt du das?« Adrian sah mich mit gerunzelter Stirn an.

»Das weiß bei uns jeder«, übertrieb ich ein bisschen.

»Das ist Teufelszeug«, brummte er. Beunruhigt sah ich ihn an. Meinte er das ernst?

»Adrian, wir leben nicht mehr im Mittelalter. Die Sterne da oben sind durch einen ...«

»Peng!«, schrie Finlay, knallte die Hände zusammen und fuchtelte mit den Armen herum.

Plötzlich schlug mir das Herz bis zum Hals. Sollte dieser Junge etwa ahnen, was es mit dem Urknall auf sich hatte? Er lachte auf eine beängstigende Art, bevor er wieder in Schweigen versank.

»Er hat recht«, murmelte ich, bis ins Mark erschüttert. Adrian schüttelte den Kopf. Er wurde nicht klug aus dem, was ich sagte.

»Auf jeden Fall sind das alles Dinge, die sich naturwissenschaftlich belegen lassen.«

Jetzt ratterte es in meinem Kopf. Was wusste ich über Astronomie, über Sonne, Mond und Sterne? Über den Urknall und Lichtgeschwindigkeit? Gab es etwas, das ich in die Waagschale werfen konnte, um Adrian doch noch davon zu überzeugen, dass ich aus der Zukunft kam?

Im Zimmer lagen noch andere Papiere verstreut. Da Finlay mich nicht mehr weiter beachtete, ging ich herum, nahm das eine oder andere auf. Die meisten Dinge darauf sagten mir nichts. Es mussten Sternenkonstellationen sein, die ich aufgrund der Luft- und Lichtverschmutzung in meiner Zeit noch nie gesehen hatte. Doch dann entdeckte ich etwas. Mond, Sonne, Erde ...

Wenn ich eine Mondfinsternis vorhersagen würde! Aber so eine Sache war nicht spektakulär genug, um sie in die Geschichtsbücher zu schreiben. Die Enttäuschung legte sich wie ein Bleituch über mein Gemüt. Gab es denn gar nichts, was mir helfen konnte?

Mein Blick glitt über weitere Blätter. Und da sah ich es. Ein Blutmond, Finlay hatte ihn nicht farbig gezeichnet, er arbeitete ja nur mit einem Kohlestück, aber anders als die Mondfinsternis und anhand der übrigen Komponenten auf dem Bild konnte ich sehr gut erkennen, was es war.

»Was haben wir heute für ein Datum?«

Sinnlos, danach zu fragen. Adrian hob lediglich die Brauen. Aber das ließe sich klären. Doch ich brauchte noch etwas anderes.

»Adrian, du musst mir heute Abend ein Buch aus der Bibliothek des Earls mitbringen«, bat ich. »Es hat einen dunkelgrünen Lederrücken und vorne drauf sind Sonne, Mond und Sterne abgebildet.«

Mich hatte dieses Buch bisher nicht interessiert. Aber ich glaubte mich zu erinnern, dass der Verfasser sich

dem Thema der Sonnen- und Mondfinsternisse gewid-
met hatte. Denn dass es in diesem Jahr, in diesem Sommer, einen Blutmond geben würde und ich das wusste,
war einem Projekt meines Abijahrgangs zu verdanken.
Wir hatten damals alle uns zur Verfügung stehenden
Quellen gesichtet und versucht, die Abstände zueinander in eine Relation zu bringen. Die Daten der Vergangenheit würden mir also helfen, das nächste Ereignis
recht genau vorhersagen zu können.

KAPITEL 48

Adrian hatte sich fest geweigert, dem Earl sein Buch zu stehlen, wie er es ausdrückte. All mein Bitten half nichts und am Ende hatten wir wegen der Sache einen heftigen Streit, bis er wutschnaubend auf seinem Pferd davonritt und mich vor Emmas Haus einfach stehenließ.

»Der Mond wird blutrot, denke an meine Worte«, schrie ich ihm hinterher. Er antwortete mit einer Geste, die man nicht anders als *ist mir sowas von egal* interpretieren konnte. Nicht egal war es jedoch dem Pfarrer. Er musste just in dem Moment aufgetaucht sein, in dem ich mein Wissen kundtat.

»Was redet Ihr da, Weibsbild!«, herrschte er mich an. »Der Earl kann froh sein, dass ihr nicht mehr bei ihm dient.«

»Da bin ich auch froh darüber«, gab ich schnaubend zur Antwort. »Der alte Tätschler kann mich mal.« Unter dem empörten Blick des Geistlichen stapfte ich ins Haus und schlug die Tür krachend hinter mir zu.

Emma war nicht anwesend, was ich sehr begrüßte.

Ich war so sauer auf Adrian. Warum war dieser Kerl nur so verbohrt.

Trotzdem, ich war mir sicher, dass es bald zu einem Blutmond kommen würde. Möglicherweise hatte auch

Adrians Bruder die zukünftige Himmelserscheinung in seinen Aufzeichnungen. Doch es waren einfach zu viele gewesen. Und ohne Adrian dessen Eltern zu besuchen, käme denen sicherlich mehr als merkwürdig vor. So merkwürdig wie ich eben auch. Adrian hatte mich vorgestellt als jemand, der in seinem Heimatland viele Menschen wie Finlay kannte. Dass ihr jüngerer Sohn nicht gaga, sondern eher hochbegabt war, wenngleich offenbar nur in einer Sache, hatten sie dennoch mit eher irritierten Blicken zur Kenntnis genommen.

Als Schwiegertochter wünscht man sich jemand anderen.

Ups. Hatte ich das wirklich eben gedacht? War es schon soweit?

Fast schamhaft führte ich den Gedanken zu Ende. Was, wenn wir es taten, uns trauten? Danach würden wir zusammenleben können, brauchten uns nicht mehr zu verstecken. Der Herbst stand vor der Tür. Die Natur hatte uns den ganzen Sommer über ein weiches Bett im Grünen bereitet. Doch schon bald würde es zu kühl dafür. Und auch im Heuschober zog es durch die Ritzen. Aber wo würden wir leben? In Adrians kleiner Hütte sicherlich nicht. In dieser Enge würden wir uns sehr schnell an die Gurgel gehen. Dasselbe galt für mein Zimmer bei Emma. Hier war nur Platz für eine Person, zumal ich ja auch meine Kunden in dem Raum empfing. Mussten wir uns also ein Haus mieten.

Warum eigentlich nicht?

Fast hätte ich den Streit schon wieder vergessen. Ein Lächeln stahl sich auf meine Lippen und ich summte unwillkürlich vor mich hin. All you need is love ...

Doch dann erinnerte ich mich daran, wie wir uns eben getrennt hatten und meine Laune sank unter den Nullpunkt. Nein, Freundchen. So nicht.

KAPITEL 49

In den darauffolgenden Tagen war ich ziemlich beschäftigt. So fiel mir zwar auf, dass Adrian sich überhaupt nicht mehr blicken ließ, nicht bei mir und auch nicht im Gasthaus, doch richtig besorgt wurde ich erst, als ich mehrere Wochen lang nichts von ihm gehört hatte. In dieser Situation lief mir ausgerechnet Fiona im Dorf über den Weg. Es fiel mir extrem schwer, doch sie war die einzige Person aus dem Haushalt des Earls, die greifbar war.

»Wie geht es Lizzy«, begann ich das Gespräch. Fiona starrte mich so unverhohlen feindselig an, dass ich am liebsten einige Schritte zurückgewichen wäre.

»Was geht es dich an?«, fauchte sie auch gleich und wollte weitergehen. Ich hielt sie auf, indem ich ihr die Hand auf den Arm legte. »Warum so feindselig? Ich bin doch weggegangen. Du hast doch, was du wolltest.«

»Fass mich nicht an!« Sie schüttelte mich ab wie ein lästiges Insekt. Dann senkte sie den Kopf und sah mich von unten her mit einem scheelen Blick an.

»Lizzy geht es gut«, beantwortete sie schließlich meine Frage. Etwas in ihrer Stimme ließ mich aufhorchen. Es gab noch etwas, das sie mir sagen wollte. Etwas, das mich verletzen würde. »Der Jäger hat uns verlassen. Er vermählt sich in Bälde.«

Eine Ohrfeige wäre nicht schlimmer gewesen. Ich spürte regelrecht, wie mir das Blut aus dem Gesicht wich. Keineswegs würde ich mir aber anmerken lassen, wie tief mich die Worte dieser bösartigen Person getroffen hatten.

»Davon hat er nichts erzählt, als ich ihn zuletzt sah.« Ich stammelte mehr, als ich sprach. Fiona zog die Oberlippe nach oben und zeigte ihre Rattenzähne. »Das glaube ich wohl. Es gibt Weibsbilder, mit denen man sich nur vergnügt. Und solche, die man ehelicht.«

Ein letzter gemeiner Blick, dann war sie vorübergegangen. Ich hielt sie nicht auf. Mir war, als habe mir jemand in den Magen geboxt. Gleichzeitig wusste ich, dass ich das Gesagte verifizieren musste. Jemanden fragen, der mir nicht aus lauter Bosheit eine Lüge erzählte. Lizzy war die Einzige, die mir einfiel. Doch sie war schon seit längerer Zeit nicht mehr in den Pub gekommen, vielleicht hatte sie zu viel Arbeit oder der Earl erlaubte es dem Gesinde nicht mehr. Da gab es nur eine Lösung: Ich musste in das Haus des Earls zurückkehren, und sei es auch nur für eine halbe Stunde.

KAPITEL 50

»Mein Pferd und den Karren? Nein. Das geht nicht. Zumal du mit dem Tier nicht umgehen kannst.« Emma blieb hart. Es gab einige Frauen in unserem und den weiter weg liegenden Dörfern, die guter Hoffnung waren. »Die kalten Winternächte«, schmunzelte meine Wirtin und inzwischen wohl auch Freundin leicht anzüglich. Ich verdrehte die Augen. Machte ich mich also zu Fuß auf den Weg. Nachdem in den vergangenen Tagen ein stetiger Nieselregen gefallen war, blieb es an diesem Tag trocken. In der Luft lag bereits die Würze des Herbstes, aber die Temperatur war noch mild. Noch war ich mir nicht im Klaren darüber, wie ich Lizzy auf mich aufmerksam machen sollte. Ich konnte doch wohl schlecht einfach in die Küche hineinspazieren und so tun, als sei ich eben mal vorbeigekommen. Nein, ich musste unter vier Augen mit ihr reden, um sie nach Adrian fragen zu können. Das war der Plan.

Kurz bevor ich das Castle erreichte, hörte ich hinter mir eine Kutsche. Schnell trat ich beiseite, denn im Allgemeinen nahm man auf Fußgänger nicht wirklich Rücksicht, was das Aufwirbeln von Staub und Schmutz betraf. Zu meiner Überraschung hielt das Fuhrwerk neben mir. Eine Hand, gehüllt in einen zart schimmernden, vanillefarbenen Handschuh, legte sich auf die

Fensteröffnung und das Gesicht, das gleich darauf erschien, kannte ich.

»Oh«, sagte ich perplex und knickste unwillkürlich. Isobel sah mich mit undurchdringlichem Blick an. »Was tust du hier?«, wollte sie wissen. Ich trat ein paar Schritte näher, um an ihr vorbei in die Kutsche zu spähen. Erstaunt stellte ich fest, dass die junge Lady alleine unterwegs war.

»Ich wollte Lizzy besuchen.«

Die Brauen über den schönen Augen hoben sich. »Warum das?«

»Weil ich wissen will, wie es ihr geht.«

»Aha.« Feine Falten erschienen auf der Alabasterstirn.

»Steig ein«, verlangte meine frühere Herrin jetzt von mir. »Ich nehme dich das letzte Stück mit.«

Ich traute meinen Ohren nicht. Noch nie hatte mich dieses verwöhnte Gör außerhalb meiner Tätigkeit als Kammermädchen zur Kenntnis genommen. Noch nie hatte ich einen Fuß in ihr Fuhrwerk setzen dürfen.

Der Kutscher fuhr an und ich musterte die junge Frau. Inzwischen war sie 18 geworden, soweit ich wusste verlobt und wenn es der Earl immer noch eilig hatte, wäre sie in wenigen Wochen unter der Haube. Sie wirkte nicht wie jemand, der sich auf die Hochzeit freut. Im Gegenteil. Ihr Gesicht war sehr bleich, die Schatten unter den Augen tief und dunkel. Dafür hatte sie etwas zugelegt. Der mädchenhafte Busen schien gereift, aber vielleicht war auch nur das Kleid, das sie trug, entsprechend geschnitten. Wie lange hatten wir uns nicht gesehen? Drei Monate, etwas länger.

»Wie ich hörte, verdingst du dich jetzt als Schreiberin.«

»Ja. Das ist eine Tätigkeit, die mir viel Freude bereitet.«

»Lesen und Schreiben. Das hast du schon gekonnt, als du noch bei uns in Diensten standest.«

»Ganz recht.« Ich hörte selbst, dass meine Stimme nicht mehr so devot klang, wie noch zu früheren Zeiten.

»Du hast mir eine Nachricht hinterlassen.«

Ich antwortete mit einem Nicken. Die Stille im Wagen war auf einmal drückend.

»Und mir damit eine Hochzeit erspart, die mich umgebracht hätte.«

Ich hob die Brauen und blickte aus dem Fenster. Es waren nur noch ein paar Minuten bis zur Ankunft.

»Wie ich hörte, habt Ihr Euch inzwischen mit einem französischen Grafen verlobt?«

Isobel ächzte leicht bei dieser Frage.

»Er gefällt mir«, gestand sie dann zu meiner Überraschung. »Der andere Verehrer war mir etwas langweilig geworden.«

Ich bemühte mich um einen neutralen Gesichtsausdruck. Nun ja, sie war halt noch sehr jung.

»Doch der geplante Hochzeitstermin liegt noch zu weit entfernt«, fuhr sie fort.

»Dann liebt Ihr Euren Verlobten und könnt es nicht erwarten, die Seine zu werden«, stellte ich fest. Die Stille, die dann folgte, war so schwer, dass ich unwillkürlich meinen Blick senkte. Er fiel auf Isobels üppig gewordene Oberweite und plötzlich begriff ich, was los war.

»Oh mein Gott«, murmelte ich leise.

»Von dem ist keine Hilfe zu erhoffen«, antwortete sie.

KAPITEL 51

Die Kutsche bog von der Straße ab und in den gepflasterten Hof vor dem Haupthaus ein und hielt direkt vor dem Eingang. Der Kutscher half Isobel beim Aussteigen und ein Diener öffnete die Tür. Mir wurde bewusst, dass ich das Haus des Earls noch nie durch diesen Eingang betreten hatte. Dem Gesinde stand lediglich das Tor zum Wirtschaftshof zur Verfügung.

»Komm mit.« Isobel schien den Grund meines Besuchs bereits vergessen zu haben, denn sie winkte mich mit sich nach oben, in ihre Gemächer, die ich nur zu gut kannte. Ein mageres junges Ding mit verschrecktem Gesicht kam aus der Kammer gerannt, knickste, warf mir einen scheuen Blick zu und half ihrer Herrin, Handschuhe, Hut und Tasche abzunehmen.

»Geh in die Küche«, befahl ihr die junge Lady danach und gleich darauf war das Mädchen verschwunden.

»Sie ist ganz anstellig, obwohl zu jung und unerfahren für ein Kammermädchen«, meinte Isobel, bevor sie sich mit einem lauten Seufzer in einen Sessel niederließ. Ich stand im Raum wie bestellt und nicht abgeholt.

»Hör zu«, die Stimme der jungen Lady war ganz leise und der nervöse Blick zur Tür zeigte mir, dass alles, was sie mir jetzt anvertrauen würde, sehr intim war.

»Ich hörte, dass du bei einer bestimmten Frau im Dorf wohnst.«

Ich schluckte heftig, denn ich ahnte im selben Moment, worum es ihr ging.

»Diese Frau, sie hilft ... in bestimmten Lebenslagen.«

»Sie ist Hebamme und bringt Kinder zur Welt.« So einfach würde ich es diesem verwöhnten Gör nicht machen. Sie musste schon von selbst auf das Thema kommen.

»Und sie verhindert, dass welche zur Welt kommen.« Sie sah mich an, ganz direkt und keineswegs verschämt. Dann seufzte sie tief. »Ich kann das Kind meinem Zukünftigen nicht unterschieben. Wir kennen uns noch nicht so gut. Er ist eigen, was das betrifft.« Sie schüttelte ganz leicht den Kopf, als fände sie dies für einen Franzosen unpassend.

Ich atmete tief aus. Emma hatte mir viel erzählt. Von armen Bauernfamilien, die ein Kind nach dem anderen bekamen, weil ein reicher Kindersegen bedeutete, im Alter versorgt zu sein. Manchmal wurde es den Frauen auch zu viel, dann half Emma diskret. Oder eine Magd hatte sich nicht der Avancen ihres Herrn erwehren können oder war nach einem Tanzvergnügen sogenannter guter Hoffnung, die in diesen Fällen sicher keine darstellte. Seitensprünge waren kein Grund für Abtreibungen, da wurde das Kind eben dem Angetrauten als eigenes präsentiert.

»Da du diese Frau gut kennst, könntest du für mich anfragen, was zu tun ist und was ihr Lohn dafür ist?«

»Ihr wollt das Kind nicht?«

Sie schüttelte den Kopf, nachdrücklich.

Was soll's. Ich bin kein Moralapostel und das Liebesleben dieser Zeit war und blieb vermutlich an einigen Stellen viel lockerer, als man sich das 300 Jahre später vorstellen mochte.

»Gut, kommt morgen Abend zum Haus der Hebamme.«

Ihre Augen wurden groß und rund. »Aber genau das kann ich nicht tun! Stell dir vor, mich sieht jemand. Nicht auszudenken.«

»Ja aber, wie stellt Ihr Euch das vor?« Jetzt war es an mir, erstaunt zu blicken.

»Du holst mich bei Nacht mit einer Kutsche ab. Ich verberge mich unter einer Decke und schlüpfe ins Haus. Später bringst du mich zurück.«

Dafür wurde ich also gebraucht.

»Eine Kutsche habe ich noch nie gelenkt«, gab ich zu bedenken. »Aber vielleicht könnte Adrian mir helfen.«

»Der Jäger? Der ist nicht mehr anwesend.«

Mein Herz machte einen schmerzhaften Sprung. »Was heißt das?«

Sie zuckte mit den Schultern. Sie wusste es nicht, es interessierte sie nicht. Wieder musste ich an meine Vorgängerin denken und an die lieblose Art, mit der man sie einfach aus dem Leben aller hier gestrichen hatte.

»Kann Lizzy mir nicht helfen?«

»Nein«, erwiderte sie scharf. »Niemand im Haus soll wissen, wohin ich gehe. Keine Magd, kein Kutscher.«

Clothilde offenbar auch nicht. Wie es schien, war dieses Verhältnis merklich abgekühlt.

»Gut, ich werde sehen, was ich tun kann«, murmelte ich. »Dafür müsst Ihr aber auch etwas für mich tun.«

»Ach ja?« Sie hob die Brauen in einer Weise, die mir zeigte, wie wenig sie begriffen hatte, dass ich heute in einer anderen Rolle vor ihr stand.

»Ja«, erwiderte ich nachdrücklich. »Ich will wissen, wo Adrian ist.«

Sie blickte mich irritiert an, nickte dann aber. »Das kann ich für dich herausfinden. Komm morgen, nach Einbruch der Dunkelheit und hole mich ab.«

KAPITEL 52

Emma wunderte sich über gar nichts und zeigte sich auf einmal überraschend verständnisvoll. »In diesem besonderen Fall kannst du meine Kutsche haben«, sagte sie. »Am Abend brauche ich sie hoffentlich nicht mehr.« Es war schon klar, dass sie lieber selbst gefahren wäre. Aber die Vorstellung, was jeder, der sie sah, sich zusammengereimt hätte – nein, da war es ihr anders lieber. Sie hoffte auf eine gute Bezahlung.

»Die Bauernfamilien haben nicht viel Geld, manchmal bezahlt man mich mit Nahrungsmitteln. « Obwohl Emma für mehrere Dörfer und die dazu gehörigen Bauernhöfe zuständig war, stand sie finanziell nicht gerade üppig da. Ihre verstorbenen Eltern hatten ihr das Haus hinterlassen, sodass sie relativ unabhängig war und etwas fürs Alter zurücklegen konnte.

»Heiraten? Ich?«, hatte sie einmal auf meine diesbezügliche Frage geantwortet. »Mir kommt kein Mann ins Haus. Aus dem, wofür sie gut sind, mache ich mir nichts. Und einen, der glaubt, mich herumkommandieren zu müssen, brauche ich nicht.«

Damit war das Thema durch.

»Du hilfst Isobel also aus ihrer Lage heraus?«, versicherte ich mich. Emma nickte und schrubbte bereits energisch den großen, grob gezimmerten Holztisch.

»Wir Frauen müssen zusammenhalten«, stieß sie noch hervor. Ich konnte nur hoffen, dass die junge Lady das genauso sah und mir verriet, wohin es Adrian verschlagen hatte und warum er verschwunden war. Unser Streit lag mir jetzt noch viel schmerzhafter im Magen. Was hatte Adrian bewogen, ohne ein Wort abzureisen? Eine Heirat konnte es nicht sein, dessen war ich mir sicher. Wen hätte er denn ehelichen sollen? Ein ungutes Gefühl beschlich mich. Ob er mit seiner Ex einen neuen Anlauf nahm, um des gemeinsamen Sohnes willen? Mitten in diese Überlegung hinein platzte Emma mit einer Nachricht heraus, die mich mindestens genauso stark elektrisierte wie die Frage, die ich gerade gewälzt hatte.

»Der Heiler, den du suchst. Er soll morgen auf den Jahrmarkt im Nachbardorf kommen.«

Sie deutete dabei in westlicher Richtung, damit ich wusste, welches Dorf gemeint war.

Es lag einen Fußmarsch von rund drei Stunden von hier entfernt.

»Fährst du zum Jahrmarkt?«, fragte ich hoffnungsvoll.

»Kommt darauf an, was die junge Lady mir für meine Dienste bezahlt«, antwortete Emma listig.

»Oh nein, ich kann mit Isobel doch nicht über deinen Preis verhandeln«, rief ich entsetzt aus. Schlimm genug, dass ich hier das Taxi spielen musste. Mehr wollte ich damit nicht zu tun haben.

»Sag ihr einfach, sie soll die Taler im Voraus entrichten.« Emma warf mir einen kleinen Lederbeutel zu. »Wenn der Beutel voll ist, ist es genug. Weniger sollte es nicht sein. Immerhin riskiere ich es, von unserem Pfarrer verdammt zu werden.« Sie kicherte leise.

Der war im Dorf eine Respektsperson und eine Institution. Andererseits erlebte ich ihn als hochmütig und kaltherzig, wenn es um menschliche Belange ging. Dass er sich an dem denkwürdigen Tag im Castle mir gegenüber benommen hatte, als wären wir noch im Mittelalter, hatte mich geschockt. Teufelsschrift und Hexenwerk, das sollte schon längst einem aufgeklärteren Umgang mit den Dingen gewichen sein. Aber auch Emma mochte ihn nicht und wurde nicht müde zu betonen, dass der alte Mann ein harter Knochen sei, der immer noch Gedanken nachhänge, die man schon längst überwunden glaubte.

»Wenn der Beutel voll ist, fährst du mit mir zum Jahrmarkt?«, kam ich auf unser Gespräch zurück.

»So ist es. Obwohl ich nicht weiß, was du von diesem Betrüger willst.«

Wir gaben uns die Hand drauf. Dabei dachte ich, dass es sich durchaus um einen Betrüger handelte. Doch er war der einzige Mensch, von dem ich Hilfe erwarten konnte.

KAPITEL 53

Der Gaul erwies sich als gutmütig genug, sich von mir lenken zu lassen. Dennoch befand ich mich am Rande der Verzweiflung, bevor ich auch nur die Hälfte der Strecke zurückgelegt hatte. Der Mond stand hell am Himmel und leuchtete uns den Weg, trotzdem hatte ich die ganze Zeit das Gefühl, wie durch Nebel zu treiben. Ein falscher Schritt und ich wäre mitsamt dem Karren im Straßengraben gelandet. Doch alles ging gut und ich erreichte das Castle zwar nassgeschwitzt, doch heil. Isobel hatte mir aufgetragen, nicht ganz bis zum Tor zu fahren. Sie wartete außerhalb bereits auf mich. In ein dunkles Plaid gehüllt hatte ich sie nicht gesehen und erschrak, als sie aus dem Schatten eines Baumes auf den Weg hinaustrat. Ohne ein Wort mit mir zu wechseln, erklomm sie schnell den offenen Wagen. Ich hatte einen leeren Sack hineingelegt, auf den sie sich jetzt bettete, den Umhang über sich zog und mir mit einem Fingerschnalzen angab, zu fahren. Ich hob die Zügel und der Gaul trottete voran. Erst nach einigen Minuten hieß ich ihn, anzuhalten. »Bevor wir ins Dorf kommen, musst du den Lohn für die Hebamme entrichten«, ließ ich sie wissen. Es fiel mir verdammt schwer, aber wenn ich ins Nachbardorf wollte, musste ich Emmas Forderung erfüllen.

»Hier, nimm!«, erklang es unter der Decke hervor. Mit Schwung warf sie einen Beutel in meine Richtung, den ich nur mit Mühe fangen konnte. Er war sogar ein bisschen größer als der, den mir Emma gegeben hatte, und prall gefüllt. Es war wohl nicht die richtige Zeit für Knauserigkeit. Froh darüber, dass ich nun auch meine Pläne würde weiterverfolgen können, ließ ich das Pferd wieder weiterlaufen.

Angekommen lenkte ich das Pferdefuhrwerk in den Hof des Hauses, sprang vom Karren, verschloss das Tor und half Isobel beim Aussteigen. Ihre kleine Hand zitterte in meiner und auf einmal fing sie an zu weinen. Mir fielen keine Worte ein, mit denen ich sie hätte trösten können. So nahm ich sie einfach in den Arm, streichelte ihr übers Haar und hielt sie so lange fest, bis sie sich beruhigt hatte. Emma erwartete uns schon in der großen Küche. Über dem Feuer hing ein großer Kessel, in dem Wasser blubberte. Ein paar Glasgefäße mit Kräutern standen auf der Anrichte bereit, ebenso lag dort ein Stapel mit Tüchern. Eines davon breitete Emma nun über den Tisch. Sie blickte mich fragend an und ich nickte ihr zu, um zu signalisieren, der Lohn sei bezahlt.

»Ich gehe nach nebenan«, murmelte ich und machte, dass ich aus der Küche kam. Was immer dort jetzt geschah, ich wollte es nicht wissen und noch weniger miterleben. Nachdem ich die Tür zu meinem Raum geschlossen hatte, setzte ich mich im Dunkeln auf mein Bett und wartete. Nebenan war es ruhig, dann hörte ich Isobel erneut schluchzen und Emmas beruhigendes Murmeln. Eine Weile blieb es still, dann entstand wieder Bewegung. Ein Stuhl wurde gerückt, dann ein zweiter. Etwas fiel zu Boden, es hörte sich an wie ein Topf. Die Stimmen erklangen lauter, ohne dass ich verstehen konnte, worum es ging. Schließlich riss Emma die Tür auf. Was immer ich erwartet hatte, es trat nicht ein. Emmas Schürze war so weiß wie zuvor, auch konnte ich hinter ihr in der Küche nichts erkennen, was auf eine wie auch immer geartete medizinische Aktion hinwies. Isobel saß auf einem Stuhl und hielt den Kopf in den Händen verborgen. Als sie sie wegzog, sah ich sie zu meiner Überraschung grinsen.

»Was ist los?«, fragte ich leise.

Emma schmunzelte und schüttelte den Kopf. »Falscher Alarm«, wisperte sie. Ihre Wangen waren hochrot. »Das junge Fräulein hat wohl ein bisschen zu viel gegessen in der letzten Zeit. Außerdem setzte ihr wohl die Angst, sie könne mit dem falschen Mann verheiratet werden, so zu, dass der Körper sich nicht mehr der Natur gemäß verhielt.« Hieß, Isobels Periode hatte ausgesetzt. Und weil sie wohl dem Neffen ihre Unschuld geschenkt und anschließend, durch Marthas gut gemeinte Aktionen, mehr gegessen hatte als üblich, fügte sich in ihrer Fantasie eines zum anderen.

»Die junge Lady hier ist zwar eindeutig keine Jungfer mehr, aber sie ist auch nicht guter Hoffnung.«

Wenig später machten wir uns auf den Rückweg. Jetzt fragte ich noch einmal nach Adrian. Die Antwort gefiel mir allerdings überhaupt nicht. »Man sagt, er wolle sich verheiraten und sei dabei, alles dafür vorzubereiten.«

KAPITEL 54

Die ganze Nacht über lag ich heulend in meinem Bett. Konnte mich nicht beruhigen. Was sollte das bedeuten? Wen wollte Adrian heiraten? Warum hatte er nie ein Wort darüber verloren?

Mein Herz schmerzte und in meinem Kopf spielten sich die schlimmsten Fantasien ab. Erst im Morgengrauen schlief ich ein. Kurz danach donnerte Emma an die Tür. Sie sei bereit zur Abfahrt. In Windeseile machte ich mich zurecht und stieg gefühlt eine Viertelstunde später zu Emma auf den Karren. Falls sie mein Weinen gehört hatte, sagte sie jedenfalls nichts dazu. Auch sie schien ihren Gedanken nachzuhängen. Als wir das Dorf erreichten, war der Jahrmarkt bereits in vollem Gang. Gaukler tanzten und jonglierten, ein Dudelsackspieler ging herum und machte den jungen Frauen schöne Augen, an einem der Stände wurde Fladenbrot feilgeboten, an einem anderen Trockenfleisch und daneben hatte eine Händlerin auf einem mit Samt bedeckten Tisch Zierkämme ausgelegt. Für nichts hatte ich einen Blick. Emma jedoch hatte Besorgungen zu machen. Wir verabredeten uns im nahe gelegenen Pub und ich beeilte mich, zum Zelt des Heilers zu kommen. Es war nicht zu übersehen, ein rechteckiges Gebilde aus dunkelblauem Stoff mit goldenen Mustern darauf.

Rund ein Dutzend Menschen standen bereits davor, und ich reihte mich in die Schlange der Wartenden ein. Nervös spielten meine Finger mit dem Beutel voller Münzen, den ich am Gürtel meines Kleides trug. Ob es ausreichen würde? Nach und nach verschwanden die Leute vor mir im Zelt und kamen nach einiger Zeit wieder heraus. Vor mir stand ein Mann mit einer dicken Backe, vermutlich ein vereiterter Zahn, der gelegentlich schmerzhaft aufstöhnte. Als er im Zelt verschwand, steigerte sich meine Nervosität noch einmal beträchtlich. Es war, als hüpfe in meinem Magen ein Ball herum und ich hoffte, dass sich nicht gerade jetzt meine Blase meldete. Dann durchzuckte mich ein schmerzhafter Gedanke. Was, wenn der Mann mich sofort wieder in mein altes Leben zurückschickte? Es gäbe keine Gelegenheit mehr, Adrian zu sehen. Der Gedanke an ihn machte mich noch unruhiger und trauriger. Ich sehnte ihn so sehr herbei, dass ich im ersten Moment an eine Sinnestäuschung glaubte, als ich ihn tatsächlich sah. Er schlenderte zwischen den Ständen hindurch, aß einen Apfel und sah so unverschämt gut aus, dass ich Angst hatte, allein seine Nähe würde genügen, mich gleich zusammenbrechen zu lassen. Er sah mich erst, als er fast direkt vor dem Zelt angekommen war. Wir starrten uns an. Er nahm einen letzten Bissen vom Apfel und warf den Stiel, das einzige, was übrig geblieben war, zu Boden.

»Valerie«, sagte er, nachdem er geschluckt hatte und noch einen Schritt näher gekommen war.

Noch bevor ich antworten konnte, erschien eine entsetzlich reizlose Person neben dem Mann meiner Träume. Ihr längliches Gesicht wurde beherrscht durch leicht nach unten gezogene graue Augen, ihr Teint hatte einen Stich ins Gelbliche, das glanzlose Haar war zu Schillerlocken gedreht. Ihr Kleid jedoch schien nicht nur neu, sondern dazu auch noch teuer zu sein, ein Traum aus Samt mit einer Spitzenborte am Kragen.

»Adrian, Liebster, lass uns ein Ale trinken gehen«, forderte sie und schob ihm die Hand unter den Arm. Er rührte sich nicht, starrte mich immer noch an.

»Wer ist diese Person?« Ihre leicht näselnde Stimme hob sich bei den letzten beiden Worten.

»Das ist Valerie. Eine liebe Freundin.«

Die Reizlose sah mich naserümpfend an. »Eine Magd«, stellte sie fest.

»Geh schon voran, Charlotte«, bat Adrian seine Begleiterin. »Ich folge dir gleich.«

Man sah der Frau an, dass sie das nicht guthieß und keineswegs erfreut darüber war. Doch Adrian schob ihre Hand von seinem Arm und nickte ihr so auffordernd zu, dass sie gar nicht anders konnte.

»Lass mich nicht zu lange warten«, näselte sie und ging, wenngleich zögerlich, ein paar Schritte. An einem der Stände blieb sie stehen und blickte verstohlen zu uns herüber.

»Valerie.« Er sprach meinen Namen so sanft aus, dass ich glaubte, auf der Stelle umfallen zu müssen.

Vor mir entstand Bewegung, der Eingang zum Zelt öffnete sich. Der Mann, der herauskam, hielt sich die Wange, sah aber eindeutig glücklicher drein als noch Minuten zuvor.

»Ich warte morgen Abend im Gasthof auf dich«, raunte mir Adrian zu, dann stieß mich mein

ungeduldiger Hintermann grob zwischen die Schulter-
blätter, sodass ich ins Zelt taumelte.

»Wir haben nicht bis morgen früh Zeit«, schimpfte
der Fremde. Der Vorhang fiel hinter mir zu und ich sah
mich dem Mann gegenüber, den ich schon seit so langer Zeit suchte.

KAPITEL 55

Master Lawrence mochte um die fünfzig sein, er war groß, sehnig und trug sein graues Haar kurz. Gekleidet war er nicht wie ein Schotte, sondern mit einer einfachen Leinenhose und einem dazu passenden hüftlangen kragenlosen Hemd. Wache, helle Augen musterten mich und ich spürte, wie mich sofort eine große Ruhe überkam.

»Setzt Euch«, bat er mit tiefer, melodiöser Stimme und deutete auf eine Sitzgelegenheit, die aussah wie ein marokkanischer Pouf, ähnlich dem, auf dem auch er saß. »Was führt Euch zu mir?«

In meinem Kopf schienen gerade sämtliche Gedanken durcheinanderzupurzeln und ich hatte Mühe, mich zu konzentrieren. Vorsichtig ließ ich mich nieder, schlug die Beine unter meinem langen Rock in einen bequemen Lotussitz und atmete tief aus. Es war dämmrig in dem Zelt, in der Luft lag ein leicht harziger Duft.

»Ich möchte, dass Ihr mich in die Vergangenheit führt«, begann ich.

Er betrachtete mich einige Augenblicke lang ruhig. »Gebt mir Eure Hände«, sagte er. Ich tat wie geheißen. Sofort durchfloss mich eine starke Energie. »Schließt die Augen.« Ich schloss die Augen und überließ mich dem Gefühl, davonzutreiben.

»Um jemanden in die Vergangenheit zurückzuführen, muss eine Gefühlsbrücke aufgebaut werden. Die überschreitet Ihr. Je nachdem, wie stark der Anker ist, den Ihr in die Vergangenheit werft, desto intensiver wird das Erlebnis für Euch.« Seine Stimme schien direkt in meinem Kopf zu sein und weckte den Wunsch, mich einfach hinzulegen, zu atmen und nichts mehr weiter denken zu müssen.

»Zu welchem Tag, zu welchem Ereignis möchtet Ihr zurückkehren?«, fuhr er fort.

Nun wurde es schwierig. Mühsam löste ich mich aus dem Schleier, in den er meine Gedanken eingewoben hatte. »Es ist so, dass ich nicht wirklich in die Vergangenheit reisen möchte«, antwortete ich ihm. »Sondern in die Zukunft.«

Seine Hände blieben ruhig, verrieten nicht, ob er meine Worte merkwürdig fand.

»Ihr wollt in die Zukunft reisen? Das wird nicht möglich sein. Wie gesagt, wir brauchen eine Erinnerung. Eine starke Erinnerung.«

Ich öffnete die Augen und blickte in seine. Wie konnte es sein, dass es war, als blicke man in einen tiefen, ruhig daliegenden See?

»Es gibt diese starke Erinnerung. Denn ich komme aus der Zukunft. Genauer gesagt, lebte ich rund 300 Jahre später auf dieser Welt. Nach einem Sturz bin ich hier aufgewacht. Seither versuche ich, zurückzukehren. Ihr seid meine einzige Hoffnung.«

Noch immer hielt er meine Hände, vielleicht sogar ein wenig fester als noch kurz zuvor.

»Ihr seid also aus der Zukunft zu uns gekommen? Dann berichtet mir ein wenig davon.«

Himmel, jetzt musste ich wieder irgend etwas vorhersagen, was ich nicht konnte. Zu meinem Erstaunen fiel mir aber jetzt etwas ein. Das sicherlich auch gut zu seiner Profession passte.

»Bald werden die Menschen ihre Scheu vor dem Wasser ablegen, sich darin und damit waschen.«

»Es ist kein Geheimnis, dass immer mehr Menschen sich waschen. Eine längst überfällige Entscheidung meiner Meinung nach.« Er lächelte sanft und ließ meine Hände los.

»Ich weiß«, seufzte ich. »Aber leider gibt es nicht wirklich viel anderes, was ich noch aus dem Geschichtsunterricht weiß, das sich genau mit diesem Jahr befasst. Aber eines kann ich Euch noch sagen: Sehr bald wird der Mond am Himmel blutrot sein!«

Er sah mich lange an, erhob sich dann geschmeidig wie eine Katze und trat zum Zelteingang.

»Kommt morgen wieder. Ich kann heute niemanden mehr behandeln«, ließ er die Leute dort draußen wissen. Ein vielstimmiges Murren war die Antwort, doch dann wurde es ruhiger draußen und der Eingang fiel wieder zu.

»Bevor wir uns deinem Anliegen widmen, erzähle mir, wie die Zukunft aussieht.«

KAPITEL 56

Wie bereits bei Adrian fiel es mir schwer, Dinge zu erklären, die so fern der Lebenswirklichkeit der Menschen hier war, dass sie es sich nicht einmal vorstellen konnten. Flugzeuge am Himmel, Züge, Autos, Telefone. Zumal ich auf keine der Fragen, wie so etwas funktionieren sollte, eine Antwort hatte. Man nutzte die Dinge, aber wer konnte schon erklären, was ein Flugzeug am Himmel hielt und wie ein Telefon funktionierte? Die Fortschritte der Medizin waren noch ein ganz besonderes Kapitel. Die Pest, sagte ich ihm, sei ausgerottet. Syphilis kein Thema mehr. Kinder starben nicht mehr zwangsläufig in jungen Jahren an Krankheiten wie Keuchhusten, Masern oder Diphtherie. Dabei folgte unser Gespräch einer einfachen Regel. Er fragte, ich antwortete. Irgendwann schien er genug gehört zu haben und – er schien mir zu glauben. »Du hast schnell und ohne zu zögern geantwortet, dich nie verhaspelt, musstest dich nicht korrigieren und warst dir in allen deinen Ausführungen so sicher, dass ich annehmen muss, du bist eine sehr raffinierte Lügnerin, die sich eine eigene Welt zusammenfantasiert hat. Oder du bist wirklich durch die Zeit gereist. In diesem Fall wird es allerdings schwieriger, dich zurückzuschicken, denn wir müssen gleichzeitig zurück und vorwärts gehen.«

Er entließ mich mit dem Versprechen, darüber nachzudenken, wie das funktionieren könnte. Eine Bezahlung wollte er nicht, aber ich musste ihm zusichern,
ihm weitere Details aus der Zukunft zu erzählen.

»Morgen widme ich mich den Menschen hier, aber
am Tag danach schlage ich mein Zelt auf der Wiese vor
eurem Dorf auf.« Mit diesen Worten verabschiedete er
sich und geleitete mich hinaus. Adrian und seine Begleiterin sah ich nicht mehr. Doch allein der Gedanke
daran, ihn verloren zu haben, drückte mir das Herz zusammen, als wäre er eine riesige Faust.

KAPITEL 57

Am folgenden Abend ging ich zeitig in den Pub. Die ganze Nacht über hatte ich kaum ein Auge zugetan. Die Energie, die ich bei meinem Besuch bei Master Lawrence gespürt hatte, verlieh mir einen bisher unbekannten Optimismus. Etwas an diesem Mann war besonders. Aber würden seine Kenntnisse ausreichen, mich zurück in mein richtiges Leben zu schicken? Auch die Begegnung mit Adrian hatte mich aufgewühlt. Es war ja nicht so, dass seit unserem letzten Zusammentreffen Monate vergangen waren. Wie konnte es sein, dass er sich innerhalb kurzer Zeit in eine andere Frau verliebte, gar heiraten wollte?

Dazu noch eine, die nicht einmal hübsch ist.

Valerie, du bist eitel.

Wenn schon. Wenn sie attraktiv wäre, könnte ich es wenigstens verstehen.

Die Schankstube war noch nicht sehr voll. Ich bestellte mir einen Cider und suchte mir einen Platz, von dem aus ich die Tür im Auge behalten konnte, denn Adrian war noch nicht da. Jedes Mal, wenn jemand den Pub betrat, zuckte ich zusammen. Meine Nervosität nahm von Minute zu Minute zu und ich spürte förmlich, wie sich meine Nerven anspannten, als ziehe jemand mit Gewalt daran. Dann endlich sah ich ein bekanntes Gesicht. Es war Lizzy. Sie betrat die Schankstube mit zwei Männern und einer Frau, die ich bei näherem Hinsehen als Bedienstete des Earls erkannte.

»Lizzy!« Ich winkte ihr zu. Ihr Gesicht erhellte sich und sie kam sofort zu mir herüber. Ich freute mich so, sie zu sehen, dass ich sie gleich umarmte. Zu meiner Überraschung zuckte sie zurück und griff sich mit schmerzverzerrtem Gesicht an den Arm.

»Was hast du?« Irritiert schob ich den Ärmel ihres Kleides nach oben. Sofort sog ich scharf die Luft ein. »Das sind Brandblasen.«

Lizzy nickte und erst jetzt sah ich die Schwellung über ihrem linken Auge.

»Was ist geschehen?«, fragte ich mit tonloser Stimme.

»Ich war ungeschickt«, log sie und drehte den Kopf weg; vor Scham über ihre eigene Lüge, vermutlich.

Ich griff nach ihrem Kinn und wandte ihr Gesicht zu mir. »Sag mir die Wahrheit«, bat ich sie ruhig. Sie schaute mich gequält an, ein Flackern in den hellen blauen Augen. Dann seufzte sie, tief und traurig. »Seit du weg bist, werde ich schikaniert.«

»Von Martha?« Das konnte ich mir wirklich nicht vorstellen. Die Köchin war streng und verteilte schon auch mal Backpfeifen. Aber sicher auch nicht mehr.

»Fiona.« Lizzys Stimme war kaum zu verstehen. Sie drehte vorsichtig den Kopf, doch ihre Begleiter waren zu weit weg, um etwas von unserem Gespräch zu verstehen.

»Sie wälzt ihre Fehler auf mich ab, sodass Martha mich ausschimpft. Gestern hat sie mich angerempelt, mit einem Topf heißen Wassers in der Hand.« Und dem armen Ding damit den Arm verbrüht. »Der Earl ist nur noch ein Schatten seiner selbst«, fuhr sie fort. »Isobels neue Kammerzofe ist ihrer Arbeit nicht gewachsen. Wir müssen mehr schuften als je zuvor. Vor allen Dingen«, sie senkte ihre Stimme an dieser Stelle noch mehr, sodass ich mein Ohr näher an ihre Lippen bringen musste, »weil doch demnächst die Hochzeit des gnädigen Fräuleins ansteht.«

Was das bedeutete, konnte ich mir denken. Sämtliche Räume des fürstlichen Anwesens mussten gesäubert und für Übernachtungsgäste vorbereitet werden, auch diejenigen, die schon lange Zeit leer standen. Eine Arbeit, um die ich die Mädchen nicht beneidete. Vor allem, weil gemunkelt wurde, die Franzosen wären in einigen Dingen heikler als die rustikalen Schotten.

»Martha ist verzweifelt. Sie weiß nicht, wie sie das alles bewältigen soll. Die Speisekammern sind leer, seit …«, sie brach mitten im Satz ab und blickte mich erschrocken an.

»Seit Adrian nicht mehr bei euch ist?«

»Du weißt es also?«

»Fiona hat es mir neulich erzählt. Ich traf sie im Dorf.« Ich biss mir auf die Lippen, weil der Schmerz, den diese Nachricht in mir ausgelöst hatte, mich erneut ergriff.

»Er musste gehen.«

Danach verstummte sie. Ihre Finger nestelten nervös an ihrem Kleid herum.

»Er *musste* gehen?«

Sie nickte. Ihre hellen Wangen hatten sich mit Röte überzogen.

»Man sagt, jemand habe dem Earl verraten, dass der Jäger und … also … du … dass ihr heimlich ein Paar wart.

Dass ihr über ihn gelacht habt, weil er … weil er … dich doch häufig abends zu sich bestellt hatte.«

Jemand hatte es gewagt, den Earl mit einer solchen Intrige bloßzustellen. Es musste ja auf Außenstehende gewirkt haben, als sei ich einerseits die Mätresse des Herrn gewesen und hätte diesen gleichzeitig mit einem Untergebenen betrogen. Der Earl andererseits hatte, wenngleich auch schweren Herzens, den angeführten Verlobten respektiert und wusste nun, dass ich ihn in diesem Punkt belogen hatte. Ich schnaubte empört. Es gab nur eine Person im fürstlichen Haushalt, der ich eine solche Gemeinheit zutraute.

»Das war Fiona!«, stieß ich hervor.

Lizzy blickte unglücklich zu Boden. Sie hatte den Ärmel wieder über die verbrannte Stelle gezogen. Inzwischen war das Gasthaus gut gefüllt, Adrian war noch immer nicht aufgetaucht. Dennoch entschied ich mich jetzt, zunächst dem Menschen zu helfen, der selbstlos schon so viel für mich getan hatte.

»Komm mit, ich wohne jetzt bei der Hebamme. Sie ist ein bisschen bewandert in medizinischen Dingen und wird sicherlich etwas zur Linderung deiner Schmerzen haben.«

Wenig später blickte Emma mit gerunzelter Stirn auf Lizzys Verletzung. »Das sieht nicht gut aus«, sagte sie. »Wenn du Pech hast, wirst du für den Rest deines Lebens die Spuren davon auf der Haut tragen.« Über die Schwellung am Auge sagte sie nichts, aber der Blick, den sie mir zuwarf, sprach Bände.

»Ich tue etwas Beinwellsud auf die Haut«, erklärte sie. »Das heilt und schützt. Ich gebe dir etwas davon mit. Du tupfst es morgens und abends auf die Haut. Wenn es aufgebraucht ist, komm wieder.«

Schweigend verarztete sie die junge Magd. Als diese scheu nach dem Preis fragte, winkte Emma ab. »Du bist eine Freundin von Valerie. Du brauchst bei mir nichts zu bezahlen.«

Lizzys Begleiter hatten wir gebeten, Adrian zu bitten, zu warten. Aber als wir zurück ins Pub kamen, war er immer noch nicht aufgetaucht. Wir tranken ein weiteres Glas miteinander, dann war es so spät, dass ich nicht mehr mit ihm rechnete. Als Lizzy mit den anderen aufbrach, machte auch ich mich auf. Traurig und wütend zugleich. Warum hatte er mich herbestellt, wenn er doch nicht kam?

KAPITEL 58

In der Nacht suchten mich schreckliche Träume heim. Ich taumelte durch einen dunklen Tunnel, wusste nicht mehr, wohin ich ging und woher ich kam. Einzig eine bislang noch nie gekannte Angst trieb mich voran. Am Morgen erwachte ich schweißgebadet. Es war der Tag, an dem ich mich erneut mit Master Lawrence treffen wollte. Ob der Magier zu einem Ergebnis gekommen war?

Emma schnaufte heftig, als ich sie in der Küche antraf. Inzwischen wusste ich, dass sie älter war, als ich sie zunächst geschätzt hatte. Seit ich bei ihr eingezogen war, hatte ich ihr immer mehr Dinge in Haus, Hof und sogar im Stall abgenommen. Hätte man je gedacht, dass ich einmal bereit sein würde, ein Pferd zu striegeln und anzuschirren? Was ein paar Monate in einem vergangenen Jahrhundert doch mit einem anstellen konnten!

Ich warf ein paar Pfefferminzblätter in einen Tonbecher, goss heißes Wasser darüber und machte es mir damit auf der Bank vor dem Haus gemütlich. Der Sommer hatte sich bereits verabschiedet, es lag ein würziger Duft nach der von der Nacht feuchten Erde in der Luft, aber die Sonnenstrahlen kitzelten noch angenehm. Emma kam mit einem Korb aus dem Haus, sie wollte Beeren und Pilze sammeln gehen und fragte, ob ich mitkäme. Doch mir fehlte die Lust, durch Wald und Wiesen zu streunen. Ich war unruhig wegen des bevorstehenden Treffens mit Master Lawrence.

Um mich abzulenken, knetete ich einen Brotteig. Das Mehl stäubte und in der Luft lag das Aroma der getrockneten Kräuter, die ich der Masse zugesetzt hatte. Am Ende legte ich den Teig in eine Schüssel, damit er gehen konnte. Danach schrubbte ich Holz und Boden mit Sand und fegte alles zur Tür hinaus. Einfache Arbeiten, die ich in meinem früheren Leben nicht gekannt hatte, die mir jetzt aber in ihrer inzwischen gewohnten Routine Ruhe gaben.

Später, am Nachmittag, ging ich zu der Wiese vor dem Dorf. Dort schlug fahrendes Volk seine Zelte auf, gelegentlich auch ein Wanderzirkus oder fliegende Händler. Nun stand dort bereits das mir bekannte, dunkelblaue Zelt mit den goldfarbenen Ornamenten. Niemand stand davor, die Stoffbahn am Eingang war zurückgeschlagen. Als ich näherkam, sah ich, dass der Magier im Inneren im Schneidersitz verharrte, die Hände lagen mit den Innenseiten nach oben auf den Knien, die Augen hielt er geschlossen. Ich hielt sofort inne, weil mir klar war, dass der Mann meditierte und ich ihn dabei nicht stören wollte. Einige Augenblicke stand ich so, in den Anblick versunken, bevor ich abgelenkt wurde. Eine Biene flog direkt vor mir in eine trichterförmige blaue Blüte und kam mit dicken, gelben, pollenbestäubten Beinchen wieder heraus. Ich verfolgte ihren Flug mit den Blicken, bis sie außer Sichtweite war. Als ich wieder zum Zelt blickte, hatte Master Lawrence seine Haltung nicht verändert, doch seine Augen waren nun geöffnet und er sah mich direkt an.

»Kommt herein«, bat er mich und ich betrat das Zelt. Auf sein Zeichen hin schloss ich den Eingang und setzte mich ihm gegenüber. Erneut lag ein leicht harziger Duft in der Luft und wie bei meinem ersten Besuch verspürte ich sofort eine tiefe Ruhe. Ohne von ihm dazu aufgefordert worden zu sein, legte ich meine Hände in seine. Sofort durchströmte mich eine starke Energie und verlieh mir das Gefühl, alles erreichen zu können.

Dieser Mann ist wie Kokain!

Doch ich war mir sicher, dass das, was mit mir geschah, nicht auf Drogen oder irgendeinen Hokuspokus zurückzuführen war. Ich spürte einfach nur die mentale Kraft meines Gegenübers, die er mir über die Berührung unserer Hände übermittelte.

Wir saßen eine ganze Weile so da, dann spürte ich eine Veränderung und öffnete die Augen. Auch er sah mich an und erneut versank ich fast in der Tiefe seines Blicks. Leichte Wirbel schienen von seinen Pupillen aufzusteigen, sich in regenbogenfarbene Schleier zu verwandeln.

»Ihr seid nicht frei, zu reisen«, durchbrach er die Stille.

»Euer Herz und Euer Geist sind mit etwas beschäftigt, das Euch so stark im Hier und Jetzt verwurzelt, dass eine Rückführung wenig Erfolg verheißend ist.«

»Aber … nein«, widersprach ich entgegen besseren Wissens. Um dann gleich beschämt den Kopf zu senken. Master Lawrence schwindelte man nicht an.

»Ihr habt Euer Herz verschenkt«, fuhr er unbeeindruckt fort.

»Das stimmt«, antwortete ich leise. Gegen die aufsteigenden Tränen kam ich nicht an, sie liefen mir einfach übers Gesicht und ich ließ es zu. Er wartete geduldig, bis der Strom versiegt war, hielt weiter meine Hände und schwieg.

»Was wollt Ihr tun?«, wollte er als Nächstes wissen.

»Ich muss zurück«, entgegnete ich mit erstickter Stimme. »Erstens vermisse ich mein altes Leben. Ich bin nicht gemacht für dieses Jahrhundert. Zweitens ... liebe ich diesen Mann, aber er liebt mich nicht.«

Wieder schwiegen wir eine ganze Weile.

»Gut«, entgegnete er dann. »Ihr müsst mir genau berichten, was geschehen ist, bevor Ihr hierherkamt.«

»Ich war im Keller und bin gestürzt ...«

»Was war vorher?«

Vorher? Ach ja, die Pilzzucht.

Und vorher? Immer weiter führte er mich zurück in meiner Erinnerung, bis ich an dem Punkt angelangt war, der ihm wichtig erschien.

»Als ich das Kleid sah, wusste ich, dass ich meine Schwester gleich erwürgen würde.«

»Gut, das ist der emotionale Moment, den wir zum Einstieg brauchen.«

Wieder griff er nach meinen Händen, hieß mich nun aber nicht, meine Augen zu schließen, sondern in seine zu blicken. Dieses Mal drehten sich die Wirbel in seiner Iris noch schneller, noch bunter, noch verwirrender, bis ich das Gefühl hatte, mich in einer Zwischenwelt voller vielfarbiger Nebel zu befinden. Und mitten aus dem Nebel heraus kristallisierte sich erneut der Abend im letzten Dezember.

»Es lag Schnee, am Himmel erschien eine Sternschnuppe und ich klagte einer Freundin mein Leid«, erzählte ich weiter. Solange, bis ich zu dem Moment kam, an dem ich zu Boden fiel und die Besinnung verlor.

Die Zeit war rasend schnell vergangen. Als ich mit meiner Erzählung am Ende angelangt war, bemerkte ich, dass es draußen bereits dunkel sein musste.

»Nun geht nach Hause. Ich werde Euch rufen, wenn ich mehr darüber weiß, wie ich Euren Wunsch erfüllen kann.«

Wir erhoben uns und auf einmal erfasste mich ein starker Schwindel. Vielleicht war es der Umstand, dass ich den ganzen Tag über kaum etwas gegessen hatte, vielleicht die anstrengende Sitzung, vielleicht auch die Nervosität und Vorfreude darauf, eventuell bald wieder in mein richtiges Leben zurückkatapultiert zu werden. Jedenfalls sank ich regelrecht in Master Lawrence' Arme, er umschloss mich mit seinen ganz fest und so standen wir ein paar Augenblicke. Bis sich die Atmosphäre veränderte, die Stoffbahn am Eingang zurückgeschlagen wurde und jemand hinter mir das Zelt betrat. Es war Adrian, der bei unserem Anblick schnaubte wie ein wilder Stier.

»Hat man mir doch zu Recht berichtet, du seiest hier!«, stieß er mit vor Wut heiserer Stimme hervor. »Und so finde ich dich mit diesem ... Quacksalber!«

Zornbebend stand er eine Sekunde vor uns, bevor er sich umdrehte und wieder in die Nacht hinausstürmte.

»Adrian!«, rief ich ihm hinterher, bevor ich ihm ohne nachzudenken folgte. Am Eingang drehte ich mich noch einmal um, um mich von Master Lawrence zu verabschieden. Er stand ganz ruhig in der Mitte des

Zeltes, die Hände ineinander gelegt. Um seine Lippen spielte ein leichtes Lächeln.

KAPITEL 59

»Adrian, so warte doch!« Es war recht dunkel in dieser Nacht und ich stolperte mehrmals, bevor ich den Weg erreichte, der ins Dorf führte. Dann rannte ich, so schnell ich konnte. Dennoch erreichte ich Adrian erst kurz vor der Kirche. Heftig atmend griff ich nach seinem Arm, doch er riss ihn weg.

»Was willst du, Weib?«, knurrte er. Seine Augen blitzen in dem spärlichen Licht der Nacht.

»Dass du stehenbleibst und mir erklärst, warum du so wütend bist. Zwischen mir und Master Lawrence ist doch gar nichts. Ich habe ihn lediglich konsultiert.«

»Konsultiert? Mitten in der Nacht? Und dann stehst du eng umschlungen mit ihm da?« Er drehte sich um und stapfte weiter. »Lass uns reden«, bat ich und ging ihm nach. »Immerhin musst auch du mir einiges erklären.«

»Gar nichts muss ich«, brummte er. Es hörte sich allerdings etwas versöhnlicher an.

»Doch. Du meldest dich wochenlang nicht, willst eine andere heiraten und ...«

»Heiraten? Ich?« Er fuhr herum zu mir wie von der Tarantel gestochen. »Wer erzählt das denn?«

Nun standen wir uns in der stillen Straße gegenüber. In keinem der Häuser um uns herum brannte noch

Licht. Lediglich weiter vorn, im Pub, schien noch Betrieb zu sein.

»Stimmt es nicht?«

»Nein!« Er drehte mir erneut den Rücken zu und stiefelte weiter.

Himmel. Ich bin in meinem ganzen Leben noch keinem Kerl hinterhergelaufen.

Ich schubste meinen Stolz zur Seite und folgte dem Wütenden.

»So rede doch mit mir«, verlangte ich erneut und griff nach seinem Arm. Dieses Mal schlug er meine Hand nicht weg, sondern packte mich und zog mich zu sich heran. Wir standen so dicht voreinander, dass sein Atem meine Wange wärmte.

»Sag mir Weib, was willst du eigentlich von mir?«

»Ich heiße Valerie«, entgegnete ich so sanft ich konnte.

Einen Moment lang tat sich nichts, dann senkte er den Kopf und küsste mich. So heftig und verlangend, dass mir die Knie weich wurden. Zum zweiten Mal innerhalb kurzer Zeit erfasste mich ein Schwindelgefühl. Dieses Mal jedoch verbunden mit einer heftigen Lust, die plötzlich in meinem Körper entfacht wurde. Wir umschlangen uns so gierig, als wären wir Verhungernde, meine Hände tasteten über sein Wams, glitten darunter, zogen das Hemd aus der Hose. Er ließ von mir ab, schwer atmend. Wir blickten uns um. Dunkle Nacht, kaum ein Stern am Himmel. Weiter oben in der Straße öffnete sich die Tür des Pubs und entließ eine Traube von Menschen. Adrian fackelte nicht lange. Er griff unter meine Kniekehlen, hob mich hoch und trug mich mit schnellen, festen Schritten davon.

60

Der Heuschober hatte uns schon vor längerer Zeit gelegentlich als Liebesnest gedient. Nun lagen wir nebeneinander, schwer atmend, der Schweiß glänzte auf unserer Haut und ich hätte schreien können vor Glück. Adrian spielte gedankenverloren mit meinem Haar, das sich gelöst hatte und über die Pferdedecke floss, die uns als Unterlage diente.

»Könntest du dir vorstellen, von hier wegzugehen?«, fragte ich.

»Weggehen, wohin?«

»In ein anderes Land.«

»Warum denn? Mir gefällt es hier.«

»Aber, könntest du es dir nicht trotzdem mal versuchen, vorzustellen?«

Er blickte an die Decke über uns. Durch die Ritzen der Holzlatten schimmerte hin und wieder ein Stern. »Nach England?«

»Eigentlich nicht«, seufzte ich. Die Frage hätte ich gleich anders stellen können. »Könntest du dir vorstellen, mit mir in die Zukunft zu kommen?«

»Hat dir das dieser Scharlatan in den Kopf gesetzt?« Auf Adrians Stirn bildeten sich Falten wie Gewitterwolken.

»Beruhige dich.« Ich legte meine Hand auf seine Brust. Sein Herz schlug kräftig und schnell. Seit unserem

Kuss waren wir wie im Rausch gewesen. Nun war wohl die Zeit reif für einige Erklärungen.

»Wie ich dir schon sagte, ist zwischen Master Lawrence und mir nichts. Ich habe ihn aufgesucht, weil er Menschen in die Vergangenheit zurückführen kann. Da meine Vergangenheit in der Zukunft liegt, ist es nicht so einfach. Zumal ich auch nicht nur ein paar Stunden wieder erleben möchte, sondern gänzlich zurückkehren.«

»Du willst mich verlassen?«

»Nein!« Jetzt setzte ich mich auf und sah ihn direkt an. In seinen Augen las ich Unverständnis.

»Ich will, dass wir zusammen sein können. Vorausgesetzt, du willst das ebenfalls.«

Er brummte etwas Zustimmendes und zog mich wieder in seinen Arm.

»Wer ist diese Charlotte?«

Er seufzte tief auf. »Nicht die Frau, die ich heiraten will.«

»Auf dem Jahrmarkt wirktet ihr beide sehr vertraut.«

Wieder ein tiefes Seufzen. »Ihr Vater drängt sie mir auf. Ich war nur höflich zu ihr. Habe ihr keine Hoffnung gemacht.«

»Wer ist denn ihr Vater?«

»Der Mann, dem das Haus gehört, in dem meine Familie wohnt.«

Ich verstand nur Bahnhof. Was erhoffte sich der Vermieter davon?

»Valerie, mein Vater ist vor einiger Zeit gestorben.«

Ich fuhr nach oben und starrte Adrian entsetzt an. »Aber wie das? Und warum hast du nichts gesagt?«

Es war der Tag nach unserem Streit, an dem sein Vater beim Versuch, ein verirrtes Schaf von einer Klippe zu retten, abgestürzt und ums Leben gekommen war.

»Nun will der Vermieter, dass Mutter und Finlay ausziehen. Er glaubt, er bekommt von einer armen Witwe und ihrem schwachsinnigen Sohn kein Geld. Andererseits werden die beiden kaum etwas anderes finden.« Er schluckte schwer, bevor er fortfuhr. »Mein Bruder schreit seit dem Tod unseres Vaters fast ununterbrochen. Er zerkratzt sich die Arme und zerschlägt Geschirr. Meine Mutter weiß sich keinen Rat mehr.«

»Was für ein Mist«, murmelte ich. Das Bild von Adrians Vater stand noch vor meinem inneren Auge. So lebendig, dass ich kaum glauben konnte, was geschehen war. Und Finlay ... Ich hatte erlebt, wie laut er schreien konnte.

»Solange ich in Lohn und Brot beim Earl war, habe ich meine Familie unterstützt.«

»Aber dann hat er dich vom Hof gejagt, im wahrsten Sinne des Wortes.«

Adrian nickte. Ich haderte mit mir, ob ich ihm die Wahrheit sagen sollte, aber er kannte sie bereits. »Er war außer sich, als er von uns erfuhr und schrie, er dulde mich nicht mehr in seiner Nähe. Jetzt, wo ich mir eine andere Wohnstatt habe suchen müssen und mich darüber hinaus der neue Waldbesitzer bislang nur unregelmäßig bezahlt, kann ich meiner Familie nichts mehr geben.«

Tja, und da hatte der reiche Mann mit der reizlosen Tochter gedacht, er könne sich einen attraktiven Schwiegersohn kaufen.

»Er hat mir sogar angeboten, bei ihm im Whiskeyhandel einzusteigen.«

Die klassische Konstellation also.

»Aber ich will das nicht. Charlotte ist eine nette Person.« So, wie er das sagte, glaubte er das selber nicht. »Doch ich liebe sie nicht. Mein Herz ist bereits vergeben.« Sein Blick suchte meinen und mir schlug erneut das Herz bis zum Hals. »Wenn ich jemanden heirate, dann dich.«

Jetzt war es raus. Ein Heiratsantrag. Und ich, Valerie, obercool, reich, verwöhnt und bisher im Glauben, ein Antrag müsse auf Knien auf einer Trauminsel, vielleicht auf den Malediven, mit einer gut gekühlten Flasche Champagner und Sonnenuntergang im Hintergrund, untermalt von romantischer Musik und begleitet von einem extra für mich gefertigten Diamantring, erfolgen, sprang auf und hüpfte vor Freude nackt in einem Heuschober herum. »Ja, ich will!«, rief ich dabei aus. Um dann zu begreifen, was das bedeutete. Als habe man mir die Luft rausgelassen sank ich wieder ins Heu. »Aber wo werden wir leben?«, fragte ich mich so leise, dass nur ich es hören konnte.

KAPITEL 61

Ein Junge aus dem Dorf brachte mir die Nachricht am nächsten Tag. Sofort machte ich mich auf zum Zelt des Magiers. Dieses Mal wirkte er nicht so gelassen wie bei unseren letzten Begegnungen.

»Es gibt nur eine Möglichkeit«, eröffnete er mir sogleich. »Wir müssen dieselben Voraussetzungen schaffen auf der Erde. Es müssen dieselben Bedingungen herrschen am Himmel.«

Ich ließ die Worte etwas auf mich wirken, bevor ich ihn bat, fortzufahren.

»Ihr seid in einem Stall zu Euch gekommen, also müssen wir dorthin. Es muss der Heiligabend sein und Ihr müsst Euch in derselben Verfassung befinden, wie damals. Dieselbe Kleidung tragen.«

»Dann kann ich dieses Jahr an Weihnachten zurück in mein richtiges Leben?«

»Das ist leider der Punkt, an dem es schwierig wird.«

»Schwierig?« Was hatte das denn zu bedeuten.

Er erklärte es mir. »Der Himmel muss berechnet werden. Mond und Sternenkonstellation müssen exakt dieselben sein wie an jenem Tag, an dem Ihr herkamt, sonst wird die Reise nicht von Dauer sein. Doch sind meine Kenntnisse der Astronomie nicht so weit gediehen, dass ich das für die Zukunft berechnen kann. Ungenauigkeit können wir uns nicht leisten.«

Plötzlich erfasste mich Angst. Was, wenn das Experiment schief ging? Ich womöglich in der Steinzeit oder am falschen Ort, in der Wüste oder, Gott behüte, in Nordkorea aufwachen würde? Eine solche Hoffnungslosigkeit machte sich in diesem Moment in mir breit, dass mein Kopf so schwer wurde, als habe man ihn mit Blei gefüllt. Im selben Augenblick durchzuckte mich ein Gedanke, der so unfassbar war, dass ich es selbst kaum glauben konnte. »Es könnte sein, dass ich jemanden kenne, der Euch helfen kann.« Zu viel versprechen wollte ich nicht. Aber wenn es funktionierte, wären zwei Fliegen mit einer Klappe geschlagen.

Adrian zeigte sich wenig begeistert. »Was soll mein Bruder denn für diesen Magier tun? Er versteht weder sich selbst noch das Leben.« Noch immer hatte ich ihn nicht davon überzeugen können, dass sein Bruder nicht schwachsinnig, sondern – im Gegenteil – hochbegabt war. Dennoch stimmte er zu, ihn zu Master Lawrence zu bringen. Es war eine furchtbare Fahrt, denn Finlay musste nicht nur regelrecht aus dem Haus gezerrt werden, er schrie und strampelte die ganze Zeit über so heftig, dass ich mehr als einmal befürchtete, er werde vom Pferd fallen. Doch Adrian hielt ihn fest und ließ ihn erst los, als wir am Zelt des Magiers ankamen. Dort erlebten wir dann die allergrößte Überraschung. Sobald Finlay den Mann sah, hörte er auf zu schreien. Ja, er lief auf ihn zu und strahlte ihn an. Offensichtlich gelang es den beiden, auf den ersten Blick einen Draht zueinander zu finden und Master Lawrence versprach, sich um Finlay zu kümmern. »Er kann bei mir bleiben«, sagte er schlicht. Als sich wenige Tage später dann Adrians Mutter entschloss, zukünftig bei seiner Ex Eleonore und ihrem Enkel zu leben, schien sich alles zum Guten zu wenden. Wenn nicht Master Lawrence am nächsten Tag verschwunden gewesen wäre. Dort, wo sein Zelt gestanden hatte, war nichts übrig als eine kalte Feuerstelle und ein paar niedergedrückte Halme. Und mit ihm war auch meine Hoffnung verschwunden, jemals wieder in mein richtiges Leben zurückzukehren.

KAPITEL 62

Der Winter war ins Land gezogen und hatte alles unter einer dichten Schneedecke begraben. Adrian lebte seit dem Herbst in einem geduckten, strohgedeckten Haus am Dorfrand, in das ich mich abends so oft wie möglich schlich. Inzwischen traf sein Lohn wieder pünktlich ein und darüber hinaus durfte er sich aus dem Wald nehmen, was er brauchte. So hatten wir keinen Mangel an Brennholz, Fellen, Fleisch, Beeren und Pilzen. Nicht lange nach der Nacht im Heuschober war Adrian mit einer kleinen, gehämmerten Dose nach Hause gekommen. Er hatte sie mir kniend vor dem knisternden Kaminfeuer überreicht und seinen Antrag noch einmal formell wiederholt. Die Dose war mit Perlmutt ausgeschlagen, drinnen lag ein Ring aus dunklem Silber, eingeflochten in die Stränge eine blauschwarz schimmernde Perle. Mir war schier das Herz stehengeblieben, als ich das Schmuckstück sah. Natürlich hatte ich mein *JA* bekräftigt und wir hatten beschlossen, gleich nach Ende des Trauerjahrs für seinen Vater den Bund fürs Leben zu schließen. Mein Leben hatte sich auch an anderer Stelle verändert. Inzwischen brachte ich den Dorfkindern Lesen, Schreiben und Rechnen bei. Zwar musste ich mich damit abfinden, dass kaum ein Kind regelmäßig zum Unterricht erschien und zudem sämtliche Jahrgänge in ein und demselben Klassenzimmer hockten – es gab nur eines – sondern auch damit, dass nicht nur die Schüler, sondern auch ich jedes Mal einen Arm voll Feuerholz mitbringen musste, damit wir es wenigstens ansatzweise warm hatten. Aber das Gefühl, etwas Sinnvolles zu tun, überlagerte alles.

Und noch etwas hatte ich bewirkt. Lizzy hatte dem Earl den Rücken gekehrt und ging nun Emma zur Hand. Jetzt teilten wir wieder ein Zimmer und Lizzy blühte im Haus der Hebamme sichtlich auf. Emma rechnete gar damit, dass sie ihr Gewerbe übernehmen würde. Sie lehrte sie alles, was sie selbst wusste und die einst so stille Magd zeigte sich mehr und mehr von ihrer lebhaften Seite und sog ihre neuen Kenntnisse auf wie ein Schwamm. Wenn ich die beiden so beisammen sitzen sah, wie sie lebhaft und mit blitzenden Augen über Kräuter und Pflanzen und ihre Wirkung sprachen, erkannte ich die schüchterne und bescheidene Magd nicht wieder.

Isobel war ihrem Mann nach Frankreich gefolgt. Dem Vernehmen nach war die Ehe glücklich. Clothilde hatte sie nicht mitgenommen. Die erzog auf der Isle of Skye im Haushalt eines reichen, verwitweten Kaufmanns dessen zwei halbwüchsige Töchter. Der Earl lebte einsam und durch eigene Schuld um sein einziges Vergnügen, die Jagd, gebracht in einem zu großen Haus. Fiona hatte er entlassen, nachdem er erfahren hatte, dass sie es gewesen war, die im Dorf über seine prekäre finanzielle Situation gesprochen hatte. Mir tat sie nicht leid, im Gegenteil. Ich war froh gewesen zu hören, dass sie endlich einmal nicht mit ihrer intriganten Art durchgekommen war.

Jetzt bereitete sich alle Welt auf die bevorstehenden Weihnachtstage vor und ich dachte mit einem bittersüßen Gefühl daran, dass ich inzwischen ein ganzes Jahr in der Vergangenheit lebte. Hier bleiben würde, denn etwas anderes kam mir nach Master Lawrence' Abgang überhaupt nicht mehr in den Sinn. Natürlich hatte ich versucht, ihn ausfindig zu machen. Doch erfolglos. In keinem der Dörfer wusste man, wohin er gezogen war. Für Adrian war es ebenfalls schwierig, denn er machte sich Sorgen um Finlay. Lediglich der Umstand, dass sein jüngerer Bruder so zufrieden in der Nähe des Magiers gewirkt hatte, beruhigte ihn und seine Mutter. Vielleicht, so dachte ich manchmal bei mir, hatte der Magier sich selbst bei einem seiner Experimente in eine andere Zeit gebeamt und konnte nicht mehr zurückkehren.

Umso erstaunter war ich, als ich einige Tage vor Weihnachten eine Nachricht erhielt. Ich solle, so lautete der Text, am Abend in die große Scheune neben der Dorfwiese kommen. Adrian wollte mich begleiten, doch irgendetwas sagte mir, dass es besser sei, alleine zu gehen. Tatsächlich war es Master Lawrence, der dort drinnen sein Zelt aufgeschlagen hatte und auf mich wartete.

Finlay saß ein Stück entfernt, im hinteren Teil des Raumes und war wie üblich mit seinen Zeichnungen beschäftigt.

»Warum habt Ihr mich einfach sitzenlassen?«, wollte ich sogleich von Lawrence wissen. Dieses Mal funktioniere es mit der Ruhe leider nicht, ich war zu wütend auf ihn.

»Das musste ich tun. Ihr solltet die Möglichkeit haben, Euch zu prüfen.« Er sah mich direkt und offen an, meine Wut verpuffte und ich folgte seiner Aufforderung, mich zu setzen.

»Ich bin Euch unendlich dankbar dafür, dass ich durch Euch Finlay kennenlernen durfte«, eröffnete er das Gespräch. »Er ist ein ganz besonderer junger Mann, hochbegabt und in der Lage, Berechnungen am Sternenhimmel vorzunehmen, die ich nicht vermag.«

Ich nickte und wartete darauf, dass er aufs Wesentliche zu sprechen kam.

»Wir wissen nun, wann der Zeitpunkt für Euch wäre, zurückzukehren. Wenn Ihr es immer noch wollt.«

Wie paralysiert lauschte ich seiner Stimme. Wollte ich noch zurück? In meinem Inneren zog mich etwas mächtig zu meinem richtigen Leben zurück. Andererseits lebte ich hier mit dem Mann, den ich über alles liebte. Mir war, als hielte mich eine mächtige Kraft hier, eine genauso mächtige zog mich fort, zurück in mein altes Leben.

»Es gibt auf die nächsten dreißig Jahre nur einen Tag, an dem wir es wagen können.«

Wieder schwieg er und musterte mich prüfend. Ich schluckte so hart, dass es sich anhörte, als habe ich einen Stein im Hals.

»Am 24. Dezember, dem Heiligabend. Wir müssen an genau dieselbe Stelle gehen, an der Ihr damals gefunden wurdet. Ihr müsst Eure Kleidung tragen. Und Ihr müsst dies hier zu Euch nehmen.« Auf seiner ausgestreckten Hand lagen ein paar verrunzelte Streifen von Irgendwas. Stirnrunzelnd blickte ich darauf.

»Das sind Pilze, die die Wahrnehmung verändern. Ihr habt sie damals zu Euch genommen, nun müssen wir dieselben Bedingungen schaffen«, erklärte er mir.

Verblüfft starrte ich auf die Pilze, noch war ich unfähig, mich so schnell auf die neuen Begebenheiten einzustellen.

»Kann ... kann ich jemanden mitnehmen?«

»Ihr wollt Euren Verlobten mit in die Zukunft nehmen?«

Ich nickte heftig. »Vorausgesetzt, er will es ebenfalls.«

Master Lawrence schaute zweifelnd drein. »Es braucht einen Anker, eine Brücke, über die man gehen kann«, erinnerte er mich. »Euer Verlobter kennt die Welt nicht, in die Ihr ihn mitnehmen wollt.«

»Er kennt mich. Er will mich heiraten. Wir lieben uns.«

Der Magier sah mir ruhig in die Augen. »Vielleicht reicht das. Fragt ihn. Er muss es genauso wollen wie Ihr.«

Ich ging direkt zu Adrian. Doch wenn ich gehofft hatte, er würde sich für mich freuen, hatte ich mich getäuscht. Im Gegenteil. Als ich ihm die Neuigkeiten unterbreitete, schüttelte er nur den Kopf.

»Das geht nicht«, erklärte er mir. »Was soll ich denn in deiner Welt? Einer Welt, von der ich nichts verstehe.«

Im Stillen musste ich ihm recht geben. Die Vorstellung, wie er wohl auf Autos, Flugzeuge, Smartphones, Fernsehgeräte und Radios reagieren würde, brachte mich teils zum Lachen, teils zur Verzweiflung.

»Aber ich liebe dich«, erklärte ich ihm. »Ich will nicht ohne dich sein.«

»Dann bleibe bei mir. Das ist doch ganz einfach.«

Verstand er mich nicht?

»Stell dir vor, wie es für dich wäre, in einer fremden Welt zu leben«, hielt ich ihm vor.

»Das ist genau das, was du von mir verlangst.«

Autsch. Das tat weh!

Doch ich ließ nicht locker. Ohne ihn zu gehen, erschien mir genauso sinnlos wie für den Rest meines Lebens in diesem Jahrhundert gefangen zu sein. Nach Tagen voller Diskussionen und Nächten, die noch leidenschaftlicher als sonst waren, gab er schließlich ein kleines Stückchen nach.

»Braucht man Jäger und Wildhüter in deiner Welt?«, fragte er.

»Du könntest Förster werden.«

Er brummte etwas vor sich hin. »Gibt es Ale und Branntwein?«

»Oh ja. So viele Sorten, die kannst du in deinem ganzen Leben nicht alle ausprobieren«, sagte ich und schmunzelte.

»Was sollen meine Mutter und mein Bruder ohne mich machen? Was mein Sohn?«

Das war der härteste Brocken. Da seine Mutter jetzt bei Eleonore und Alfie lebte und Finlay bei Master Lawrence nicht nur ein Auskommen, sondern auch einen Lehrmeister gefunden hatte, der ihn in dem unterstützte, was er tat, waren zumindest alle versorgt. Aber ich konnte es verstehen, dass ihn die Vorstellung schmerzte, seine Familie womöglich nie mehr wiederzusehen.

Mich wiederum ließ das auch nicht kalt. Wir redeten in den folgenden zwei Tagen weiter heftig aufeinander ein, und es ging hin und her. Gleichzeitig beschäftigte mich noch ein anderes Detail der geplanten Rückreise: Da wir beide nicht mehr für den Earl arbeiteten, konnten wir nicht so ohne Weiteres in den Stall dort gehen. Dass ich meine Reise aber genau dort antreten musste, wo sie das letzte Mal geendet hatte, war eine Grundbedingung. Isobel hätte mir vielleicht geholfen. Aber ihr Vater? Das konnte ich mir kaum vorstellen. Daher kam mir etwas zupass, was mir Emma kurz darauf erzählte.

»Mein Geld kann sich um ein Vielfaches vermehren«, sagte sie, als ich einen Tag vor Heiligabend bei ihr vorbeischaute. »Man flüstert, sogar der Earl wird wieder große Sprünge machen können.« Wie sich herausstellte, wollte die Hebamme ihre Ersparnisse in Wertpapieren anlegen. Als ich hörte, welchen Titel sie trugen, schrillten bei mir sämtliche Alarmglocken.

»Emma, ich sage dir jetzt etwas. Du darfst mich nicht fragen, woher ich das weiß – aber diese Papiere werden schon in einem Jahr komplett wertlos sein!« An die sogenannte Südsee-Spekulationsblase konnte ich mich aus einem Finanzwirtschafts-Arbeitskreis meines Studiums noch gut erinnern, es war eine der ersten gewesen, bei denen viele gutgläubige Menschen ihr Geld verloren hatten. Nicht die letzte, es folgten noch mehr, aber diese würde im kommenden Jahr für Aufruhr sorgen. Zunächst mit steil steigenden Kursen und schließlich mit dem kompletten Absturz. Und jetzt hatte ich auch etwas, mit dem ich den Earl überzeugen konnte. Ich würde ihm das letzte bisschen Geld retten, über das er noch verfügte. Dafür konnte er uns sicherlich gerne in den Stall gehen lassen.

KAPITEL 63

Zuvor besuchte Adrian noch einmal alle seine Lieben. Wir hatten kleine Geschenke besorgt. Tinkturen für Haut und Haar für Adrians Mutter und Eleonore, einen neuen Bogen für Alfie. Finlay bekam Schal und Mütze, weil er zu Erkältungskrankheiten neigte. Am Ende besuchten wir das Grab von Adrians Vater. Ein einfacher, bereits leicht von Moos getupfter Stein ragte aus der Erde. Eingraviert war ein Kreuz. Von Emma und Lizzy verabschiedete ich mich ebenfalls. Adrian und ich, so erzählte ich ihnen, würden woanders unser Glück suchen.

In der Nacht lagen wir eng umschlungen. Ich spürte den Schlag seines Herzens unter meiner Hand auf seiner Brust. Irgendwann glich sich mein Herzschlag dem seinen an und ich schlief ein, träumte jedoch wirres Zeug und erwachte lange vor Morgengrauen. Noch einmal ging ich in Adrians Haus herum, betrachtete die wenigen Möbel und Habseligkeiten. Dann übermannte mich die Vorfreude. Mit dem Mann meines Herzens in mein richtiges Leben zurückzukehren, flutete jede einzelne Zelle meines Körpers mit Glück.

»Kommt bei Sonnenaufgang, damit wir alles vorbereiten können. Wir dürfen den richtigen Zeitpunkt nicht verpassen«, hatte Master Lawrence gesagt.

Das Dorf lag noch in tiefer Dunkelheit, als wir uns erhoben. Adrian kam mir schwerfälliger vor als sonst.

»Hey«, sagte ich. »Freust du dich nicht?«

Es sah zu Boden und mein Herz fing an, nervös zu schlagen.

»Ich kann nicht«, gestand er mir. Das Blut wich aus meinem Kopf, der auf einen Schlag schmerzhaft dröhnte. »Aber wir haben doch alles besprochen«, antwortete ich hilflos. »Du wirst sehen, das Leben in meiner Zeit ist wunderbar. Es gibt so viele Dinge, die ich dir zeigen möchte.« Adrian und ich, das war mein Zukunftsszenario. In den vergangenen Tagen hatte ich mir unser Zusammensein so schön ausgemalt.

»Ich begleite dich zum Castle. Aber ich komme nicht mit in deine Welt.« Er hob den Kopf und als mich sein Blick traf, so direkt, und dabei meine Seele und mein Herz so berührte, dass mir innerlich heiß und kalt wurde, wusste ich gleichzeitig, dass nochmaliges Betteln und Flehen keinen Sinn machen würde. Er würde nicht mit mir kommen, obwohl ich in seiner Miene lesen konnte, wie schwer es ihm fiel. Stumm sattelte er das Pferd und wir ritten zum Treffpunkt. Adrian schweigend und in sich gekehrt, ich wie unter einer Narkose.

Die Temperaturen befanden sich im Minusbereich und der Atem vor unseren Mündern stieg in dichten weißen Wolken in die schneidend kalte Luft. Doch so kalt, wie es in meinem Herzen aussah, konnte die Welt um mich herum nicht sein. Adrians Arme lagen um meine Taille, er hatte mich vor sich aufs Pferd gehoben und ich erinnerte mich an das erste Mal, dass wir uns ebenfalls auf diesem Pferd körperlich so nah waren. Er hatte ein Plaid um uns beide gelegt. Sein Körper strahlte die Wärme aus, in die ich mich so gerne für den Rest meines Lebens gekuschelt hätte, seine Hände die Stärke, in der ich mich behütet fühlte. Dass er nichts sagte und ich ebenfalls schwieg, machte die Sache nicht leichter. Wir wussten beide, dass unsere Entscheidung gefallen war.

Master Lawrence erwartete uns bereits vor dem Anwesen und überreichte uns die getrockneten Pilze. Er sah zunächst mich, dann Adrian mit prüfendem Blick an, als nur ich mit zitternden Fingern danach griff. Dann nickte er, als habe er es nicht anders erwartet. Schon das allein genügte, um den Schmerz wie ein Messer in mein Herz fahren zu lassen. Und dann traten mir die Tränen in die Augen, doch ich wollte nicht anfangen zu weinen, darum teilte ich den beiden flüsternd mit, in den Innenhof gehen zu wollen.

Der Earl hatte Wort gehalten, zum Dank für meine Information, die ich, wie er glaubte, bei einer meiner Schreibtätigkeiten aufgeschnappt hatte, hatte er angewiesen, das Tor zum Wirtschaftshof offen zu lassen. Wir gingen hinein und mit einem Mal spürte ich fast körperlich Adrians Beklommenheit. Es war ihm nicht wohl bei der Sache. Letztendlich hatte er sich nicht bereit erklärt, mit mir zu reisen. Aber er hatte am Ende auch nicht mehr versucht, mich umzustimmen. Denn seiner Meinung nach würde ich nicht mehr glücklich werden in diesem Leben, wenn ich stets die verpasste Chance vor Augen hatte. Ich sah ihn von der Seite her an, wieder einmal erstaunt, wie heftig sich mein Herz bei seinem Anblick zusammenzog. Ein Windstoß erfasste uns, eine Strähne löste sich aus meiner Frisur und Adrian beugte sich vor, strich sie mit zwei Fingern zurück. Dann lächelte er mich beruhigend an und streichelte sanft meine Wange. »Du weißt, dass mein Herz für dich schlagen wird, solange ich lebe.«

Nun konnte ich die Tränen nicht mehr zurückhalten.

»Schht«, er umarmte mich so fest, dass ich fürchtete, zu zerbrechen. Dann ließ er mich abrupt los.

Wir betraten den Stall, in dem ich vor einem Jahr erwacht war. Drinnen war es kühl, es roch nach Stroh und Tier und merkwürdigerweise machte mir das überhaupt nichts aus. Die Pferde schauten neugierig aus ihren offenen Boxen und schnaubten leise, als wir eintraten.

»Hier genau lag ich«, bezeichnete ich die Stelle. Nun standen Adrian und ich uns gegenüber, er ergriff meine Hände und während Master Lawrence noch einmal hinausging, um den Stand der Himmelsgestirne zu prüfen, küsste Adrian mich ganz zart und liebevoll. Wärme durchströmte mich und ich schloss die Augen. Vielleicht taten die Pilze bereits ihr Werk, ich war jedenfalls fest der Meinung, bereits durchs Universum zu fliegen.

»Wir haben Zeit«, ließ Master Lawrence uns wissen. »Der Mond ist noch zu dominant. Außerdem müssen die Pilze ihre Wirkung tun.«

Mir fiel der Brief an Ivy ein, der in der Tasche meines Kleides lag.

»Wartet hier auf mich«, bat ich die beiden Männer. »Ich muss schnell ins Haus.«

Wer wusste schon, ob es mit der Rückführung klappen würde? Vielleicht landete ich in einem anderen

Universum, einer anderen Zeit. Adrian hatte vermutlich recht damit, der ganzen Sache zu misstrauen. Auf jeden Fall wollte ich den Brief an meine Schwester deponieren. Jetzt, wo ich schon mal da war. Die hintere Tür zur Küche war nicht verschlossen. Drinnen war es kühl und ruhig. Das Feuer im Herd glimmte leicht und verbreitete den typischen Holzgeruch. Ich nahm eine Kerze und zündete sie an, bevor ich zur Kellertür ging. Sie war nicht abgeschlossen. Eilig lief ich im unruhig flackernden Kerzenlicht hinunter, bemüht, nicht auf den leicht glitschigen Stufen auszurutschen. Bewegte mich bis zum hinteren Teil. Ich wusste ja genau, wo ich die Schweinsblase mit dem Schriftstück darin deponieren wollte. Schnell scannte ich die grob gezimmerte Mauer ab, suchte eine Vertiefung und wurde nervös, als ich nicht sofort eine erspähte. Meine Fingerspitzen fuhren über die Fugen, bis ich eine fand, die etwas bröckeliger war als die anderen. Obwohl ich den Brief zu einer sehr dünnen Rolle zusammengerollt hatte, passte er nicht hinein. Fahrig zog ich meine Haarnadel heraus und stieß sie in die Fuge, bis die Öffnung groß genug war. Dann schob ich die Nachricht hinein, schickte ein stummes Stoßgebet gen Himmel und machte mich auf den Weg zurück in den Hof.

KAPITEL 64

Im Haus war es immer noch ganz still. Ich erinnerte mich an meinen ersten Tag hier. Als ich glaubte, einem Scherz meiner Familie oder meiner Kommilitonen aufgesessen zu sein. An Adrian, der mit mir zu dem Turm geritten war, auf dem ich die Wahrheit begriff. An den Abend, als er mich betrunken nach Hause brachte. An unser erstes Zusammensein am See. Auf einen Schlag waren meine Füße bleischwer. Kaum konnte ich sie noch auf die Stufen heben. Es kostete mich entsetzlich viel Kraft, aus dem Keller nach oben in die Küche zu steigen. Die Frau, die vor einem Jahr dort aufgeschlagen war, kam mir auf einmal vor wie eine Fremde. War das wirklich ich gewesen, dieses egozentrische, oberflächliche Wesen, das sich um nichts und niemanden kümmerte? Wie oft hatte die arme Lizzy wegen mir Ohrfeigen bekommen, wie oft wurde sie ohne Abendessen zu Bett geschickt? Sie hatte sich nie beklagt, es mich nie spüren lassen. Als ich mich am Vortag von ihr und Emma verabschiedete, glaubten die beiden, ich sei auf der Rückreise in mein Land. Das La-La-Land. Ohne es zu wollen, musste ich lächeln bei der Erinnerung, wie der Name entstanden war. Und Isobel, die mich zu ihrem Kammermädchen gemacht hatte. Meine Karriere in diesem Haus hatte ich einer Tube Lipgloss zu verdanken. Dass ich nicht mit dem alten Earl in die Kiste musste, dafür hatte Adrian gesorgt. Von Anfang an hatte er im Hintergrund wie mein fleischgewordener Schutzengel agiert. Vielleicht, weil er mich damals schon gern hatte. Endlich war ich in der Küche angelangt. Schwer wie Blei sickerte das erste Morgenlicht durch die Fenster und tauchte alles in ein diffuses Licht. In meinem Kopf begann etwas zu sirren. Womöglich taten die Pilze ihr Werk. Ich musste in den Stall, jetzt schnell, sonst würde ich meinen Zug in die Zukunft verpassen. Ich pustete die Kerze aus und trat durch die Tür. Noch immer war es eiskalt, genau wie am Tag meiner Ankunft. Adrian stand in der Tür zum Stall und sah zu mir herüber. Sein Anblick traf mich wie ein Schlag.

Ich kann nicht gehen. Nicht ohne ihn. Die Erkenntnis stoppte meinen Schritt. Mein Lächeln war wie ein Band, das ihn näher zu mir zog. Er trat aus der Tür in den Innenhof. Hinter ihm kam Master Lawrence. Er winkte mich heran.

Schnell jetzt, schien er mir zu signalisieren.

Doch ich hatte es nicht eilig. Nicht mehr. Ich schüttelte den Kopf. Lächelte.

Du bleibst? Adrians Lippen formten die Worte, doch hören konnte ich sie nicht. Denn auf einen Schlag setzte ein lautes Brummen in meinen Ohren ein.

Ja! Ich bleibe bei dir, schrie ich durch den Lärm zu ihm hinüber. Seine Augen öffneten sich weit, seine Miene war zunächst ungläubig, dann erkannte ich die Freude. Er streckte die Arme nach mir aus und kam auf mich zugerannt. Ich wollte ihm entgegengehen, doch erneut schienen meine Füße bleischwer. Verdammte Magic Mushrooms!

Nun streute der Wind etwas Schnee von den Bäumen zu uns herunter, die Flocken wirbelten auf den Hof, nahmen mir die Sicht. Zudem war urplötzlich ein leichter Nebel aufgekommen. Adrian war nur noch ein dunkler Schemen im diffusen Licht. Dann war es, als ob mich eine Riesenfaust packte und hochhob. Ein Windstoß fuhr mir unter den Rock und ich begriff sofort, was das bedeutete. »Halt«, wollte ich rufen. »Ich habe es mir doch anders überlegt.« Doch es war zu spät, alles, was ich eben noch gesehen hatte, verschwand vor meinen Augen, Dunkelheit umgab mich, dann verlor ich das Bewusstsein.

KAPITEL 65

Ich erwachte langsam wie aus einem langen, tiefen Schlaf, als ich jemanden meinen Namen rufen hörte. Leise stöhnend bewegte ich mich. Mein ganzer Körper schmerzte, jeder Muskel war verkrampft. Um mich herum herrschte Dunkelheit. Lediglich ein schmaler Lichtstrahl bewegte sich auf mich zu.

»Hier bist du!« Jemand hockte sich neben mich.

»Alles okay? Geht es dir nicht gut?«

»Ivy? Was machst du denn hier?« Mühsam richtete ich mich auf.

»Ich habe dich gesucht. Irgendwas ist mit den Sicherungen in diesem alten Kasten geschehen. Auf einmal ging das Licht im ganzen Haus aus. Und du warst weg. Hast du dir den Kopf angeschlagen?«

Ich drehte mich um und starrte meine Schwester an. Sie war es! Vorsichtig hob ich die Hand, berührte ihr Haar und ihre Arme. Sie quittierte es mit einem irritierten Blick.

»Du bist es wirklich«, murmelte ich.

»Manno, du bist aber ganz schön heftig auf den Kopf gefallen«, entgegnete sie.

Ich sah mich um. Alles schien unverändert. »Was sind das für Pilze?«

Ivy war nur kurz verlegen. »Ich experimentiere damit. Für ein Projekt. Kontaktaufnahme zu unseren Ahnen.« Sie kicherte.

Natürlich, die Pilze. Das hatte Master Lawrence ja ebenfalls berücksichtigt. Magic Mushrooms züchtete meine kleine Schwester. Konnte man nur hoffen, dass die so öko waren, wie sie es von allem anderen verlangte.

Langsam klärten sich meine Gedanken. Dabei fiel mir etwas ein. Etwas Wichtiges.

»Habt Ihr mich denn nicht vermisst?« Es war doch wohl kaum so, dass sie mich nach einem Jahr Abwesenheit nicht fragte, wo ich gewesen war.

»Doch schon. Die Aufführung fängt gleich an. Darum habe ich dich gesucht. Bist du trotz deines Sturzes startklar?«

»Ja, ja«, murmelte ich, immer verwirrter. »Die Aufführung, sie ist heute?«

»Valerie, komm zu dir. Heute ist Heiligabend. Es ist gleich halb sechs. Um sechs Uhr geht es los. Also müssen wir uns sputen. Soll ich dir helfen?« Sie streckte mir die Hand entgegen. Ich erhob mich und klopfte den Staub von meinem Kittel. Er sah reichlich mitgenommen aus, obwohl er ein Jahr lang in einer Truhe gelegen hatte. Aber halt ...

»Hör mal Ivy. Es ist unheimlich wichtig, was ich dich jetzt frage. Lach nicht und scherze nicht mit mir. Wo war ich im vergangenen Jahr?«

Ivy blinzelte, ich konnte es sogar im diffusen Licht ihrer Taschenlampe sehen.

»Du warst in Edinburgh, an der Uni. Und, soweit ich weiß, mit deiner Clique«, sie verzog kurz die Mundwinkel, »darüber hinaus einen Monat in Neuseeland.«

Neuseeland. Das war, nach meiner Zeitrechnung, vorletztes Jahr gewesen. Ich versuchte es anders.

»Nein. Ich meine ... als du mich jetzt gesucht hast. Wie lange war ich weg?«

Ivy zuckte die Schultern. »Weiß nicht. Eine Viertelstunde, eine halbe. Du hast dich nicht abgemeldet, bevor du in den Keller gegangen bist.«

Irgendetwas stimmte nicht.

Habt ihr denn nicht bemerkt, dass ich ein ganzes Jahr weg war?

Ich probierte es anders. »Welches Datum haben wir?«

»Himmel, du solltest keine Drogen nehmen«, brummte Ivy gespielt ernst. Dann nannte sie mir die Jahreszahl. Ich wäre fast wieder umgekippt.

KAPITEL 66

Alles nur geträumt. Ein Sturz, eine Beule am Kopf, ein paar Drogenpilze und das reichte, um mich in eine totale Verwirrung zu stürzen. Noch während ich Ivy folgte, sah ich, dass sie mir die Wahrheit gesagt hatte. In der Küche stand alles noch so da, wie ich es zuletzt gesehen hatte. In meinem Zimmer lag das Handy. Ich stürzte mich darauf. Seit meinem letzten Login bei Instagram war gerade mal eine halbe Stunde vergangen. Doch schien mir diese Welt auf einmal so weit entfernt und so – unwichtig. Ich legte das Gerät weg und ließ mich auf den Sitzsack in der Ecke plumpsen.

Der Earl, Isobel, Adrian, Emma, Lizzy. Alles nur meiner Fantasie entsprungen. Wie konnte sich alles, was ich nicht erlebt, sondern nur geträumt hatte, so real anfühlen? Mein Herz war schwer und wund, heftig getroffen von einem Verlust, den ich noch gar nicht die Zeit gehabt hatte, zu verdauen. Mein Blick wanderte durchs Fenster hinaus in die dunkle Nacht. Die Sterne blinkten am Himmel wie Diamantensplitter.

»Val? Kommst du?« Ivy. Ungeduldig. Was sollte ich nochmal tun bei ihrem Weihnachtsspiel? »Einfach dastehen, einen guten Eindruck machen und wenn die anderen die Arme heben, hebst du deine auch und schreist Oh und Ach.« Sie traute mir nicht wirklich viel zu, meine kleine Schwester. Die anderen hatten wenigstens geübt, ich natürlich nicht, ich war ja nicht da gewesen. Auf einmal tat es mir leid. Es wäre kein großer Akt gewesen, ein paar Tage früher zu meiner Familie zu kommen. Auf einmal überkam mich eine ungeheure Zärtlichkeit. Ich konnte nicht anders, ich musste Ivy einfach in den Arm nehmen und ganz fest drücken. Tränen traten mir in die Augen, die ich heftig zu unterdrücken suchte.

»Hey Sister«, Ivy schob mich mit gerunzelter Stirn und fragendem Blick behutsam von sich. »Sicher, dass mit dir alles in Ordnung ist?«

Ich konnte nur stumm nicken.

So in Ordnung, wie noch nie!

»Du hast das alles selbst inszeniert?«, fragte ich sie im Wagen. Ivy nickte, ernst. »Jeder von uns muss sich mit der Zerstörung dieses Planeten durch die Menschen auseinandersetzen. Ich finde, Weihnachten ist ein guter Zeitpunkt, die Gedanken anzuregen.«

Ich dachte an meinen Traum. Das Wasser im Bach war so rein und klar gewesen. Die Äpfel hatten geschmeckt, wie ... mir lief auf einmal das Wasser im Mund zusammen.

» ... Menschheit diese Erde verändert, wie Milliarden von Jahren zuvor nicht.«

»Was hast du gesagt?«

Meine Schwester blickte mich unter ihrem Pony hervor tadelnd an. »Vergiss es. Konzentriere dich auf das Spiel.«

War sie etwa nervös? Ich griff nach ihrer Hand, sie war kalt, und ich drückte sie. Ivy blinzelte etwas, vielleicht, weil sie eine solche Geste von mir nicht gewohnt war.

Später – ich erinnerte mich nur noch an das trotz der vielen brennenden Kerzen kühle Innere der Kirche, die voll besetzten Bänke, auf denen ich auch unsere Eltern erspähte und den rotwangigen Pfarrer, der sich bei der einleitenden Rede zweimal verhaspelte – erkannte ich, wie liebevoll dieses kleine Weihnachtsspecial erdacht und umgesetzt worden war.

Die Weihnachtsgeschichte als Metapher auf die Klimakatastrophe, Profitgier und Menschen, die Zuflucht suchten, weil ihre Heimat untergegangen war.

Als alles vorbei war, klatschten die Menschen begeistert, meiner Mutter standen sogar die Tränen in den Augen. Ivy holte mit einer Handbewegung alle Mitwirkenden nach vorne. Mit über den Schultern gelegten Armen standen wir nebeneinander, verbeugten uns und ich freute mich wie irre für meine Schwester. Auch ich war gerührt. Als wir uns voneinander lösten und zurück in den Raum neben der Sakristei gingen, griff ich im Hinausgehen in die Tasche meines Kittels, um nach einem Taschentuch zu suchen. Ich fand keines, doch meine Finger stießen auf etwas Kleines, Rundes. Überrascht zog ich es heraus und betrachtete es im Halbdunkel des Raums. Der sich auf einmal zusammenzuziehen und auf mich zu stürzen schien. Mein Herz schlug mit einem Mal so heftig und so schnell, dass mir ganz schwindelig wurde.

Die kleine Dose mit der Perlmutteinlage, die Adrian mir geschenkt hatte, schimmerte in meiner Hand.

»Das ist aber hübsch!« Meine Schwester beugte sich über meinen Arm. »Woher hast du das?« Ivy wollte schon danach greifen, doch ich zog meine Hand beiseite.

»Das ist ein Geschenk«, erwiderte ich tonlos. Es war einfach so, dass ich in diesem Moment überhaupt nichts mehr begriff. Wie konnte ich Adrians Geschenk in Händen halten, wenn ich doch alles nur geträumt hatte? Hatte ich diese Dose vielleicht vorher schon besessen? Wusste ich es nur nicht mehr?

»Du hast das noch nie vorher gesehen?«, wollte ich von Ivy wissen.

»Nö«, antwortete die, leicht beleidigt, weil sie die Dose nicht anfassen durfte. »Aber das heißt ja nichts. Du hast viele Sachen, die ich nicht kenne.«

Das stimmte auch wieder. Vielleicht Kira, meine ehemalige Zimmernachbarin im Internat und jetzige Studienkollegin. Wenn jemand etwas über mich wusste, dann sie. Ich würde ihr ein Foto von der Dose schicken und sie fragen. Doch zuerst musste ich nachsehen, was darin lag. Mit zitternden Fingern hob ich den Deckel an, er klemmte etwas. Innen, auf einem Bett aus schwarzem, etwas brüchigem Samt schimmerte mein Ring. Dunkles, gehämmertes Silber, darin eingeflochten eine Perle. Erst, als sich alle anderen im Raum zu mir umdrehten, als ich Ivys erschrockene Augen sah, ihren Arm um meine Schulter fühlte, als ich einen lauten Schrei hörte, realisierte ich, dass ich es war, die hemmungslos weinte. Sämtliche Schleusen hatten sich geöffnet. Ich sank zu Boden, krümmte mich zusammen, umschloss die kleine Dose mit dem Ring darin mit meinen Händen und glaubte, mein Herz müsse zerspringen. Es war alles geschehen, es war kein Traum. Doch nun trennten uns Jahrhunderte und das Wissen,

dass ich niemals jemandem von ihm erzählen würde
können. Ganz abgesehen davon, dass ich wusste, ganz
tief in mir drin wusste, dass ich nie wieder einen Mann
würde so lieben können.

KAPITEL 67

Am nächsten Morgen fühlte ich mich völlig verkatert, obwohl ich zum Abendessen lediglich ein Glas Rotwein getrunken hatte. Immer wieder war ich nach oben gegangen, hatte in meinem Zimmer die Dose in die Hand genommen, den Ring herausgeholt und ihn mir an den Finger gesteckt.

Du und ich – für immer, stand darin eingraviert. Diese Worte sollten mich glücklich machen, doch jetzt brachen sie mir das Herz und schienen mich zu verhöhnen. Immer wieder hob ich den Ring hoch, betrachtete ihn. Die nicht ganz perfekten Silberstränge, die Perle mit dem kleinen Knubbel rechts unten. Konnte man so etwas träumen?

Gleich nach der Heimkehr hatte ich Kira eine Nachricht geschickt und zwei Fotos angehängt. Eines zeigte die Dose, ein anderes den Ring.

Endlich, es war schon kurz vor Mitternacht, antwortete sie.

Süße, ich sehe diese beiden Dinge zum ersten Mal. Ein Weihnachtsgeschenk von einem heimlichen Liebhaber?

Smiley.

Sie würde mich für wahnsinnig halten, wenn ich ihr die Wahrheit verriete.

Kennst du jemanden, der mir mehr über die beiden Dinge sagen kann?

textete ich zurück.

Sie scheinen alt zu sein, aber wie alt …?

Kiras Antwort bestand aus einem hochgereckten Daumen. Immerhin, ihr Vater war einer der bekannteste Juweliere Londons. Vielleicht reichten ihm die Fotos ja aus, um eine Vorstellung zu bekommen. Doch an diesem Abend kam keine Antwort mehr. Kira feierte Heiligabend mit ihrer Familie, ihrem Verlobten und ihrem Bruder, der im Januar für ein Jahr in die USA ginge. Da hatte man eben anderer Prioritäten. Später, als ich zu Bett ging, schloss ich die Augen und stellte mir ganz fest vor, ich könne durch einen Zeittunnel zurückreisen. Hatte das denn jemand schon einmal versucht – tagsüber in der Gegenwart, nachts in der Vergangenheit zu leben? Ohne mein Zutun hatte ich Adrians Duft in der Nase. Spürte seine festen Muskeln unter meinen Fingern. Spürte sein Verlangen. Dass ich überhaupt ein Auge zutun konnte in dieser Nacht, war ein Wunder.

Am nächsten Morgen warf ich als erstes einen Blick auf mein Handy. Es waren etliche Nachrichten angekommen, auch eine von Kira.

Dad meint, dass es sich um sehr alte Stücke handeln muss. Mindestens 200 Jahre, eher mehr. Handarbeit. Der Ring ist vermutlich vom Materialwert her nicht wirklich wertvoll. Aber da er handwerklich sehr interessant ist, wiederum selten. Zur Dose kann er nach dem Foto nicht viel mehr sagen. Willst du es ihm vielleicht mal zeigen?

Ich bedankte mich und schrieb, bei Gelegenheit käme ich gerne mal vorbei.

Alt. Handwerk. Das passte genau zu meiner Erinnerung. Es konnte doch kein Traum gewesen sein! Den ganzen Vormittag über grübelte ich, ergebnislos.

Am Nachmittag war ich mit meiner hiesigen Clique zum Eislaufen verabredet. Meine Mädels und ich hatten uns schon lange nicht mehr getroffen. Sie schrien begeistert auf, als sie mich sahen und Sekunden später lagen wir uns in den Armen und wiegten uns hin und her.

Ich folgte ihnen aufs Eis und bemerkte, dass ich etwas ungelenk war. Auf einmal dachte ich daran, wie ich noch wenige Tage zuvor mit Adrian über eben diesen zugefrorenen kleinen See am Dorfrand geschlittert war. Ohne Schlittschuhe. Wir hatten Anlauf genommen und uns übers Eis gleiten lassen. Es war ein Tag gewesen wie heute. Blauer Himmel, klare, kalte Luft. Der Schnee hatte auf den Büschen geglitzert. Die Wintersonne hatte uns geblendet. Ich war auf dem Hosenboden gelandet und wütend gewesen. Er hatte gelacht und mich hochgezogen ... Schon wieder musste ich blinzeln. Der Schmerz in meiner Brust war so groß, dass er mich fast zu Boden warf. Die Mädels umarmten mich, wir tanzten im Kreis, lachten und schnatterten durcheinander. Irgendeine von uns ließ los, aus dem Kreis wurde eine Kette, wir stoben lachend auseinander, tauchten in die Menge ein. Es mochte meine fünfte oder sechste Runde sein, als ich aus den Augenwinkeln heraus einen Mann sah, der mich förmlich dazu zwang, ein zweites Mal hinzusehen. Er stand mit dem Rücken zu mir, das dunkelblonde Haar fiel ihm bis über den Kragen seiner schwarzen Jacke. Seine Hände lagen auf der Balustrade, er hielt sich fest, während er mit den Schlittschuhen kurze Bewegungen ausführte, als wolle er sie testen.

»Adrian«, schrie ich. Er war es, er musste es sein. Doch als der Mann sich zu mir umdrehte, sah ich, dass ich mich getäuscht hatte. Die Traurigkeit, die mich übermannte, machte meine Beine wackelig wie Pudding. Bald danach machte ich mich auf den Heimweg. Einsam und verzweifelt, weil ich etwas verloren hatte, das ich nie mehr würde finden können.

Sechs Monate

Später

»Valerie, kommst du?« Ivy stand in der Tür meines Zimmers in unserem Haus in Edinburgh. Sie trug ein Plakat mit der Aufschrift »Die Erde gibt es nur einmal« in der Hand. Ich nickte und schnappte mir meine Sonnenbrille. »Hätte nicht gedacht, dass du einmal mit mir auf eine Demo gehst.« Sie schien meinem Sinneswandel noch immer nicht richtig zu trauen. »Dass du den Wagen verkauft hast ...« Ja. Jetzt hätten wir ihn gut gebrauchen können, denn die nächstgelegene Bushaltestelle war schon eine Ecke weg. »Nachdem ich mir mal meinen bisherigen CO2 Abdruck habe bemessen lassen, ist mir ganz schwindelig geworden«, erinnerte ich sie.

»Ach Sister, du bist mir heute auf jeden Fall lieber als früher.«

Ich mir auch. Seit meiner Rückkehr hatte ich einiges in meinem Leben verändert. Von Ivy beraten lebte ich inzwischen nicht nur ohne Auto, sondern hatte mir geschworen, so bald nicht mehr zu fliegen. Wir überboten uns darin, Müll zu vermeiden und ich hatte sogar ein Stück unseres heimischen Gartens in eine Bienenwiese umgewandelt. Unsere Eltern trugen es mit Fassung. Nach wie vor studierte ich Jura, an der Uni hatte ich mich einer Arbeitsgruppe zu Frauenrechten angeschlossen. Mein Freundinnenkreis hatte sich zunächst gelichtet, war aber inzwischen dichter als zuvor. Wenn wir uns trafen, ging es nicht mehr um Modewochen in Paris und Mailand, Instagram-Hotspots oder die hippsten Schuhe und angesagteste Kosmetik, sondern um faire Arbeitsbedingungen für Näherinnen in Bangladesch, den Erhalt des Regenwaldes oder Mikrokredite für Kleinbäuerinnen.

Doch noch andere Dinge trieben mich um. Daher verabschiedete ich mich nach der Demo von Ivy – wir waren zwei Stunden lang skandierend durch die Straßen der Stadt gelaufen.

Wenig später saß ich an einem Lesepult der Stadtbibliothek und blätterte in einem dicken Buch.

»Haben Sie gefunden, was Sie suchten?« Der Mitarbeiter war fast lautlos an meinen Tisch getreten.

»Ja, vielen Dank. Es geht um das Anwesen meiner Familie in den Highlands. Ich wollte wissen, wem es zuvor gehört hat.«

»Unsere Aufzeichnungen reichen bis ins Jahr 1500 zurück«, erklärte er mit verhaltenem Stolz.

Das würde genügen. Tatsächlich fand ich nach einiger Zeit Aufzeichnungen über einen verarmten Earl, dessen Linie inzwischen ausgestorben war. Heftig ausatmend las ich, was da stand. Er hatte sich Geld geliehen, um an der Börse zu spekulieren. Nachdem die Blase geplatzt war, war sein Schicksal besiegelt. Völlig verarmt, ohne Kredit, gejagt von seinen Gläubigern, blieb ihm nichts anderes mehr übrig, als zu flüchten. Wohin genau, wusste niemand. Sein Hab und Gut wurde verkauft. So kam einer meiner Urahnen also zu dem Grundstück, auf dem heute unser Zweitwohnsitz stand. Ich lehnte mich zurück und wusste nicht, ob ich es bedauern sollte. Er hatte nicht auf mich gehört! Ich hatte ihn vor diesen Anlagen gewarnt. Doch der Wunsch, sein Geld zu vermehren musste viel größer gewesen sein als jede Vorsicht. Und das Ende vom Lied war, dass unsere Familie das Grundstück kaufte. So kreuzten sich die Wege seiner und meiner Familie. Lange, nachdem ich seinen Haushalt verlassen hatte.

Nachdenklich fuhr ich nach Hause zurück. Von meinen Erlebnissen in der Vergangenheit wusste niemand. Ivy hatte ich es einen Tag nach meiner Rückkehr erklären wollen, indem ich ihr den Brief zeigte. Aber alles, was wir in der Ritze zwischen zwei feuchten Steinen fanden, war vermodert und nicht mehr zu identifizieren. So hatte ich es gelassen. Durch den Ring wusste ich, dass ich nichts von dem, was geschehen war, geträumt hatte. Der Schmerz über die Trennung von Adrian saß tief in meinem Herzen. Manchmal, wenn ich abends an seine rauen, starken Hände dachte, die mich stets so sicher gehalten hatten, an seine Stärke und den Glauben, in jeder Lebenslage bestehen zu können, fürchtete ich, sterben zu müssen. Ich wusste einfach, dass ich niemanden mehr so lieben würde. Aber an diesem Tag hatte ich nicht nur das Geheimnis unseres Anwesens gelüftet, sondern mir auch eine alte Karte angesehen. Dort war die Landschaft verzeichnet, wie sie damals gewesen war. Das Dorf mit der Kirche, die Straße zum Castle, die Dörfer auf der anderen Seite. Ich hatte alles abfotografiert. Auch wenn nichts davon mehr so existierte, hatte ich beschlossen, diese Orte noch einmal aufzusuchen. Vermutlich würde ich nichts erkennen. Aber das Wissen, dort zu stehen, wo ich mit Adrian gewesen war, wäre für mich ein großer Trost. Mit diesem Wissen fuhr ich zurück in die Highlands.

Schon am nächsten Tag machte ich mich mit dem Rad auf den Weg. Den See im Wald fand ich nicht mehr, lediglich ein sumpfiger Tümpel war noch übrig, über dem so viele Fliegen kreisten, dass ich gleich wieder fortging. Der Ort, an dem das Haus von Adrians Eltern gestanden hatte, beherbergte eine Ansammlung von schmucken Bed&Breakfasts, Cafés und einem Fast Food Restaurant. Vor meinem inneren Auge sah ich Finlay unter dem Dach des kleinen Hauses sitzen und seine Sternenzeichnungen anfertigen. Was wohl aus ihm geworden war? Das Grab des Vaters, vielleicht gab es das noch. Ohne wenig Hoffnung verließ ich den Ort und fuhr durch eine Landschaft voller Ginsterbüschen und Heidekraut vorbei in Richtung Wald. Orientieren konnte ich mich eigentlich an nichts, daher war es fast schon ein Zufall, dass ich auf eine bröckelige und mit Moos bewachsene Mauer stieß. Dahinter befand sich der alte Friedhof, auf dem ich bereits einmal gestanden hatte. Mit heftig klopfendem Herzen lehnte ich das Rad an. Das schmiedeeiserne Tor hing schief in den Angeln und quietschte beim Öffnen. Rundherum war alles still, ein paar Vögel sangen in den Bäumen, von weither drang die Hupe eines Wagens. Dann herrschte wieder Ruhe.

Der Friedhof war größer, als ich ihn in Erinnerung hatte. Alle Gräber waren sehr alt. Nur wenige waren befestigt. Nicht alle der teils schief und krumm stehenden Steine trugen eine Inschrift, bei einigen war sie auch nicht mehr zu erkennen. Überall wucherten Grasbüschel, wilde Blumen und Unkraut zwischen den bröckeligen grauen Steinen hindurch. Langsam schritt ich unter ein paar Birken durch die Reihen. Versuchte, mich zu orientieren. Wie hatte es ausgesehen, als ich das letzte Mal hier war? Kleiner und weniger überwachsen. Ein Rotkehlchen kam angeflogen und musterte mich neugierig von einem umgekippten Grabstein aus. Ich beobachtete, wie es weiter hüpfte, auf einem anderen Stein sitzen blieb und davonflog, als ich mich näherte. In dem Moment, in dem ich diesen Grabstein sah, fing mein Herz an wie verrückt zu schlagen. So heftig, dass ich mir unwillkürlich mit der Hand an die unter dem Hals pochende Ader greifen musste. Ich erkannte den Stein, es kam mir vor, als hätte ich ihn gestern erst gesehen. Das grobkörnige Material, von Wind und Wetter abgeschliffen. Ein einfaches Kreuz als Gravur. Erst, als ich direkt davor stand, konnte ich die Inschrift lesen. Sie musste später angebracht worden sein. Ich las den Namen einer Frau und eines Mannes. Keinen von beiden kannte ich, hatte ich ja nie Adrians Familiennamen erfahren, aber ich konnte mir denken, dass es Adrians Eltern waren. Noch etwas war darunter geschrieben, doch ausgerechnet dieser Teil war nicht mehr zu entziffern. Ich beugte mich hinab, um den Schmutz von dieser Stelle zu entfernen. Gerade als ich begriff, dass all das nichts nutzte, hörte ich ein leises Knacken hinter mir. Erschrocken fuhr ich herum. Nur, um gleich darauf einen Schreckensschrei auszustoßen.

»Adrian«, flüsterte ich. Er stand direkt hinter mir und es war mir ein Rätsel, wieso ich ihn nicht früher hatte näherkommen hören. Das dunkelblonde, etwas zu lange Haar schimmerte in der Sonne, die braungrünen Augen musterten mich fragend. Erkannte er mich denn nicht? Ich sah das Grübchen im Kinn, die kleine Vertiefung am linken Ohrläppchen, und musste schlagartig gegen das Gefühl ankämpfen, mich hinzusetzen, weil meine Beine mich nicht trugen.

»Entschuldigung«, sagte er. Seine Stimme jagte mir einen Schauer über den Rücken. Wann hatte ich sie zuletzt gehört? Vor etwas über einem halben Jahr. Vor einer Ewigkeit ...

»Ich wollte Sie nicht erschrecken.«

»Mich erschrecken?«, stammelte ich.

Erkennst du mich denn nicht?

»Sind Sie hier aus der Gegend?«

»Nicht direkt«, antwortete ich, immer verwirrter.

»Schade.« Er fuhr sich mit gespreizten Fingern durchs Haar. Ich wusste verdammt genau, wie sich das anfühlte und schluckte heftig.

»Ich bin Historiker. Meine Ahnen lebten einst hier, bevor einer meiner Ur-Ur-Großväter nach Amerika ausgewandert ist. Ich hoffte, vielleicht hier noch Spuren zu entdecken.«

Ich trat einen Schritt zur Seite und deutete stumm auf das Grab. »Ich glaube, sie liegen hier.«

Er hob die Brauen und trat näher. »Tatsächlich«, murmelte er dann. »Das ist mein Familienname.«

Er beugte sich weiter nach vorn und entweder seine Augen waren besser als meine, oder der Wind hatte den dritten Namen auf dem Grab freigelegt.

»Finlay«, buchstabierte er.

Also lag nicht Adrian hier, sondern sein Bruder. Und Adrian, war er wirklich nach Amerika gegangen?

»Darf ich fragen, ob Sie der erstgeborene Sohn Ihrer Eltern sind?«, fragte ich mit belegter Stimme.

»Ja. Aber wollen wir uns nicht duzen? Mein Name ist Aidan.«

Wir reichten uns die Hände und spürten beide im selben Moment den elektrischen Schlag, den die Berührung auslöste. Einige Sekunden starrten wir uns verblüfft an, dann lachte er.

»Jetzt musst du mir aber erzählen, woher du wusstest, dass ich am richtigen Grab stand.«

»Hast du ein bisschen Zeit?«, wollte ich wissen.

»Soviel du willst«, antwortete er. Sein Blick löste das Gefühl aus, in Honig getaucht zu werden.

Nach einer Weile blickte ich verlegen zu Boden. Vorsichtig, um die Unebenheiten des Bodens auszugleichen, ging ich um das Grab herum.

»Du bist Historiker, sagtest du?« Er nickte, ein amüsiertes Glitzern in den Augen.

»Möglicherweise kann ich dir ein bisschen etwas über einen deiner Urahnen erzählen. Sein Name war Adrian.« Wir gingen langsam nebeneinander her dem Ausgang zu.

»Sag bloß, du bist auch Historikerin?«

»Nun ja. Ich studiere eigentlich Jura, der Rest ist Hobby.«

Er öffnete das Tor, ließ mich hindurchgehen und schloss es hinter uns wieder. Neben meinem Rad lehnte ein zweites an der Mauer.

»Was hältst du von einer kleinen Tour? Wir suchen uns ein nettes Café und dort erzähle ich dir, was ich über deine Familie weiß.«

Ich griff nach meinem Drahtesel und löste die Kette. Als ich mich erhob, fiel mir eine Haarsträhne ins Gesicht. Wie selbstverständlich hob Aidan die Hand und strich sie mit zwei Fingern zurück.

»Ich hoffe, du hast viel zu erzählen«, meinte er leise. Unsere Blicke tauchten ineinander, etwas geschah mit uns, es war, als ob sämtliche Moleküle in der Luft einen Freudentanz aufführen würden.

»Sehr viel.«

Und dann schreiben wir unsere eigene Geschichte.

Wir schwangen uns auf die Räder. Er fuhr voraus und ich blickte auf seinen starken Rücken mit den breiten Schultern. Wie einst bei Adrian. »Kannst du eigentlich reiten?«, wollte ich von ihm wissen.

»Oh nein!«, rief er lachend aus. »Pferde haben mir schon immer einen Riesenschrecken eingejagt.«

Okay, dachte ich, damit kann ich leben!

ENDE

DANKE

Die Arbeit an einer Geschichte gleicht in mancher Hinsicht einer Wanderung durch teils bekanntes, teils unbekanntes Terrain, einem Weg, der manch unvorhergesehene Biegung nimmt und die Betrachter immer wieder mit neuen Ausblicken überrascht.

Gut, wenn man dabei nicht immer alleine unterwegs ist.

Ich danke …

… den Ortskundigen Fenna, Monica und Nicola. Schön, dass ihr ein paar Schritte mit mir gegangen seid.

… Doro dafür, dass sie die Reise darüber hinaus für mich so wunderschön bebildert hat.

… meinem Mann Wolf-Ingo für die geistige und romantische Wegzehrung, sowie sein allzeit offenes Ohr.

Claudia Steinke pflückte Unsinniges, Überflüssiges und Unverständliches aus dem Text und sorgte dafür, dass alles am richtigen Platz steht.

Alexandra Fölker und dem gesamten Team vom dp Verlag möchte ich für ihr Engagement und ihre herausragende Unterstützung ganz besonders herzlich danken. Das alles macht so vieles möglich für mich.